Al desnudo

MEGAN HART

Editado por Harlequin Ibérica.
Una división de HarperCollins Ibérica, S.A.
Núñez de Balboa, 56
28001 Madrid

© 2010 Megan Hart. Todos los derechos reservados.
AL DESNUDO, N° 38 - 1.7.13
Título original: Naked
Publicada originalmente por Harlequin Enterprises, Ltd.

Todos los derechos están reservados incluidos los de reproducción,
total o parcial. Esta edición ha sido publicada con permiso de
Harlequin Enterprises II BV.
Todos los personajes de este libro son ficticios. Cualquier parecido
con alguna persona, viva o muerta, es pura coincidencia.
® Harlequin y logotipo Harlequin son marcas registradas por
Harlequin Books S.A.
® y ™ son marcas registradas por Harlequin Enterprises Limited y
sus filiales, utilizadas con licencia. Las marcas que lleven ® están
registradas en la Oficina Española de Patentes y Marcas y en otros
países.

I.S.B.N.: 978-84-687-3200-8
Depósito legal: M-13540-2013

No habría podido escribir este libro sin el apoyo constante de mi familia y de mis amigos. Gracias a todos. Gracias, especialmente, a The Bootsquad, por todo el ánimo y la motivación que me dieron para continuar, cuando lo más fácil hubiera sido jugar a los Sims. También a mi mejor amiga, Lori, por decirme siempre que no puedo dejar de escribir porque necesita más libros. Y, finalmente, a todos aquellos que me preguntaron si Alex Kennedy iba a tener su propio libro. Este es para vosotros.

Podría escribir sin escuchar música, pero me alegro mucho de no tener que hacerlo. Esta es una lista de algunas de las canciones que escuché mientras escribía *Al desnudo*. Si te gustan, por favor, apoya a los artistas comprando su música.

Justin King, *Reach You*; Kelly Clarkson, *My Life Would Suck without You*; Lorna Vallings, *Taste*; Hinder, *Better Than Me*; Staind, *Everything Changes*; Sara Bareilles, *Gravity*; Tom Waits, *Hope I Don't Fall in Love with You*.

Capítulo 1

−A Alex no le gustan las chicas −dijo Patrick en tono de advertencia.

Yo había estado mirando a aquel hombre por el rabillo del ojo. Formaba parte de la imagen general de la fiesta de *Chrismukkah* de Patrick. Alex era más bello que las plantas de Pascua y las guirnaldas de luces. Todos los hombres de la fiesta lo eran, en realidad. Patrick tenía los amigos más guapos que yo había visto en mi vida. Aquello era como una convención de tíos buenos. Después del aviso de Patrick, volví a mirar a Alex.

−¿Así es como se llama?

Patrick soltó un resoplido de desaprobación.

−Sí. Así es como se llama.

−¿Alex qué?

−Alex Kennedy −respondió Patrick−. Pero no le gustan las...

−Ya te he oído −dije yo, y puse los labios en el borde de mi copa de vino. El aroma fuerte y rico del vino tinto me llegó a la nariz, pero no tomé ni un sorbo−. No le gustan las chicas, ¿eh?

Patrick frunció los labios y se cruzó de brazos.

−No. Por el amor de Dios, Olivia, deja de mirarle el trasero de esa forma.

Yo arqueé una ceja. Era una vieja costumbre mía que le irritaba mucho.

—¿Para qué me invitas a tus fiestas, si no es para que les mire el trasero a los hombres?

Patrick resopló, refunfuñó y frunció el ceño brevemente, antes de acordarse del efecto que tenía aquello en las arrugas; entonces, relajó la cara y siguió mi mirada hacia el otro lado de la habitación. Alex estaba de espaldas a nosotros, apoyado en la repisa de la chimenea. Tenía un vaso de Guinness del que yo no le había visto beber ni una sola vez.

—¿Y por qué has sentido la necesidad de decírmelo? —le pregunté a Patrick.

Él se encogió de hombros.

—Solo para asegurarme de que lo sabías.

Miré a mi alrededor, a la media docena de hombres que se estaba sirviendo en el bufé, y después hacia el arco de entrada al salón, donde había otra media docena de hombres charlando, bailando o flirteando. El noventa por ciento de ellos era gay, y el otro cinco por ciento se lo estaba pensando.

—Creo que sé perfectamente que no debo hacerme ilusiones de darme un revolcón en una de tus fiestas, Patrick.

Antes de que pudiera comentar algo más, un par de brazos musculosos me rodearon la cintura, y un estómago duro se me pegó a la espalda.

—Escápate conmigo y veremos cuánto tarda en darse cuenta de que nos hemos ido —me dijo al oído alguien con la voz grave.

Yo me giré, riéndome.

—¡Teddy!

Recibí un abrazo y un beso, y después un azotito en el trasero, todo en un segundo, y después, Teddy se movió e hizo lo mismo con Patrick. Patrick, que todavía tenía un mohín en la cara, intentó apartar a Teddy empujándolo, pero Teddy se rio y le revolvió el pelo. Patrick puso cara de pocos amigos y se atusó las plumas, pero permitió a Teddy que le diera un beso en la mejilla.

Yo hice un gesto con mi copa de vino.

—Está intentando decirme que no mire descaradamente el trasero de un hombre.

—¿Cómo? Yo creía que todos estábamos aquí para eso.

Teddy agitó el suyo, yo agité el mío, y los hicimos chocar entre risas. Patrick nos miró con los brazos cruzados y la ceja arqueada. Después, cabeceó.

—Perdón por intentar ser un amigo —dijo.

Patrick y yo éramos amigos desde hacía mucho tiempo. Y mucho tiempo antes habíamos sido algo más. Patrick pensaba que eso le daba derecho a comportarse como si fuera mi tía, y yo se lo permitía porque... Bueno, porque lo quería. Y porque en mi vida nunca había tanto amor como para que yo pudiera permitirme el lujo de rechazar ni una pizca.

Sin embargo, aquello parecía un poco excesivo incluso para él. Teddy y yo nos miramos. Yo me encogí de hombros.

—Voy a la cocina a buscar más vino, queridos —dijo Teddy—. ¿Queréis?

Patrick negó con la cabeza. Los dos vimos a Teddy abrirse paso entre la gente. Cuando se alejó, yo me giré hacia mi exnovio.

—Patrick, si estás intentando decirme con sutilidad que te has tirado a ese tío...

La carcajada de Patrick fue corta, aguda, tan distinta a su risa normal que me dejó asombrada. Él cabeceó.

—Oh, no. Él no.

No se me escapó que apartaba su mirada de la mía. Aquel detalle, más que ninguna otra cosa, me contó una historia entera que no necesitaba palabras. Demonios. Ni siquiera necesitaba una fotografía para verlo todo con claridad.

Se me borró la sonrisa de la cara. Patrick nunca había llevado en secreto su vida privada, y yo había tenido que escuchar más historias de las que hubiera querido acerca de los hombres con los que se había acostado. A Patrick no lo rechazaban. Por lo menos, no lo rechazaban con frecuencia. Me fijé en el rubor que cubría sus pómulos altos y perfectos.

Miré de nuevo a Alex Kennedy.

—¿Te rechazó?

—¡Shh! —siseó Patrick, aunque la música y las conversaciones eran tan altas que los demás no podían oír nuestra charla.

—Vaya.

Él apretó los labios.

—Ni una palabra más.

Miré de nuevo a Alex Kennedy, que seguía apoyado en la repisa. Llevaba unos pantalones negros y un jersey de punto también negro, que se ceñía a sus hombros anchos y a su cintura delgada. Le sentaba muy bien la ropa, pero al resto de los hombres de la fiesta también. Desde aquella distancia, yo podía advertir que tenía los ojos oscuros y el pelo castaño, un poco largo. Me parecía muy guapo, aunque seguramente, si Patrick no me hubiera dicho que no me acercara a él, no le habría prestado más atención.

—¿Y cómo es que yo no lo conocía?

—No es de aquí.

Volví a mirar al hombre al que Patrick quería que yo ignorara. Estaba manteniendo una intensa conversación con otro de los amigos de Patrick, y sus caras tenían una expresión muy seria. No había ningún tipo de flirteo. El interlocutor de Alex bebía con enfado y tragaba el líquido con fuerza.

No tuve que levantar las manos y formar un cuadrado

con los pulgares y los índices para enmarcar la fotografía que estaba componiendo. Mi mente lo hizo automáticamente, al mismo tiempo que asimilaba los detalles de su historia. Clic, clic. No tenía la cámara, pero me imaginaba el encuadre y la fotografía exactamente igual que si la tuviera. Situé a Alex en la fotografía, un poco descentrado y un poco desenfocado.

Patrick murmuró algo y me clavó el dedo en un costado.

—¡Olivia!

Yo me volví hacia él.

—Deja de preocuparte, Patrick. ¿Es que te crees que soy idiota?

Él frunció el ceño.

—No. No creo que seas idiota. Lo que pasa es que no quiero que...

Teddy volvió justo en aquel momento, así que Patrick no me dijo nada más. Sonrió con tirantez. Yo reconocí aquella tensión; hacía mucho tiempo que no la veía reflejada en sus ojos, pero la conocía. Patrick estaba ocultando algo.

Teddy le puso el brazo sobre los hombros y lo estrechó contra sí para acariciarle la mejilla con la nariz.

—Vamos. Las bandejas de queso están vacías, y casi se nos ha acabado el vino. Ven a la cocina conmigo, amor, y te daré un pequeño premio.

Hasta Teddy, Patrick nunca había estado con nadie más tiempo que conmigo. Yo adoraba a Teddy pese a ello, o tal vez por ello. Sabía que Patrick lo quería, aunque casi nunca lo decía, y como yo quería a Patrick, quería que fuera feliz.

Patrick miró fríamente a Alex, y después me miró a mí. Pensé que iba a decir algo más, pero se limitó a cabecear de nuevo y permitió que Teddy se lo llevara a la cocina. Yo volví a mirarle el estupendo trasero a Alex Kennedy.

—¡Livvy! ¡Felices fiestas!

Era Jerald, otro de los amigos de Patrick, un hombre que había posado para mí en algunas ocasiones. Yo le había dado algunas fotografías muy bonitas para su porfolio a cambio de que me permitiera tenerlo en la biblioteca de imágenes que necesitaba para mi empresa de diseño gráfico.

—¿Cuándo me vas a hacer más fotografías, eh?

—¿Cuándo puedes venir al estudio?

Jerald esbozó su preciosa sonrisa y sus dientes perfectamente alineados y blancos.

—Cuando me necesites.

Charlamos unos minutos más para quedar, y, después, Jerald me abandonó y se marchó en busca de alguien con pene. No me importaba; no necesitaba que Patrick estuviera a mi lado para sentirme como en casa. Conocía a la mayoría de sus amigos. Los más recientes me miraban como si yo fuera algo curioso, una reliquia, la mujer con la que había estado Patrick antes de salir del armario, pero eran amables. Y el alcohol ayudaba, por supuesto.

Los otros amigos, los que nos conocían a Patrick y a mí desde la universidad, todavía podían reírse con las cosas buenas que habían sucedido cuando Patrick y yo éramos pareja, sin mirarme con lástima, como hacían sus amigos gais a menudo.

Con mi copa de vino en la mano, me acerqué al bufé y me serví un plato de exquisiteces. Había pan indio con *hummus*, queso con mostaza de arándanos y unos cuantos racimos de uvas. Patrick y Teddy sabían cómo dar una buena fiesta, e incluso el sábado siguiente al Día de Acción de Gracias yo tenía sitio para la comida tan buena que ofrecían. Me estaba debatiendo entre probar una loncha de carne asada con panecillos franceses o servirme ensalada de nueces, cuando alguien me tocó el hombro.

—¡Eh, hola!

Me detuve con un panecillo a medio camino del plato. Era la vecina de Patrick, Nadia. Ella siempre se esforzaba por ser amable conmigo, aunque, en realidad, no tenía ningún motivo para no serlo. Yo tenía la sospecha de que los intentos de Nadia por hacerse amiga mía tenían más que ver con ella que conmigo, y aquella noche mis sospechas se vieron confirmadas.

–Me gustaría presentarte a Carlos, mi novio –dijo Nadie, con una sonrisa.

–Encantado –dijo Carlos, con los ojos en la comida, aunque Nadie lo estaba agarrando de la mano con tanta fuerza que no iba a poder servirse nada.

–Me alegro de conocerte, Carlos.

Nadia nos miró de manera expectante. Carlos y yo nos observamos brevemente, y, después, él volvió a mirar a Nadia, que tenía los dedos enganchados en su brazo, en el pliegue del codo. La blancura de su piel resaltaba en contraste con la de Carlos. Creo que los dos sabíamos lo que quería, pero ninguno íbamos a dárselo.

Yo no supe que era negra hasta el segundo curso. Por supuesto, siempre había sabido que mi piel era más oscura que la de mis padres y mis hermanos. Mis rasgos tampoco eran como los suyos. Ellos nunca me habían ocultado el hecho de que yo era adoptada, y no solo celebrábamos mi cumpleaños, sino también la fecha en la que yo llegué a la familia. Yo siempre me sentí amada y aceptada. Mimada, incluso, tanto por mis hermanos, que eran mucho mayores que yo, como por mis padres. Después me di cuenta de que estaban intentando compensarme por el fracaso de su matrimonio.

Yo siempre había creído que era especial, pero hasta el segundo curso no entendí que era... diferente.

Desiree Johnson comenzó a acudir a mi colegio de Ardmore en ese curso. Procedía de algún lugar cercano a la ciudad de Filadelfia. Llevaba cientos de trencitas en el pelo, camisetas con letras doradas, pantalones de terciopelo, y unas zapatillas blancas y demasiado grandes para su número de pie. Era diferente, y todos nos quedamos mirándola cuando entró en clase.

La profesora, la señorita Dippold, nos había dicho aquella mañana que iba a haber una estudiante nueva en clase. Había mencionado que era muy importante ser buenos con los estudiantes nuevos, especialmente con los que no eran iguales. Nos había leído el cuento de Zeke, un pony con rayas, que resultó ser una cebra y no un pony. Aunque solo estaba en segundo, yo ya había entendido qué era lo que quería decir.

Lo que no había previsto era que la señorita Dippold me mandara cambiar mi pupitre para que Desiree pudiera sentarse a mi lado. Por supuesto, yo obedecí, y me sentí muy contenta de que me hubiera elegido para ser la amiga de la niña nueva. ¿Era porque yo había sido la que mejor nota había sacado en el deletreo de palabras aquella semana? ¿O acaso la señorita Dippold se había dado cuenta de que yo le había prestado a Billy Miller mi mejor lapicero, porque él se lo había dejado en casa una vez más?

No era por ninguno de aquellos motivos, sino por un motivo que yo nunca hubiera imaginado.

—Bueno —dijo la señorita Dippold cuando Desiree se sentó en su pupitre—. Desiree, esta es Olivia. Estoy segura de que vais a ser muy buenas amigas.

Los pequeños pasadores de las trencitas de Desiree chocaron entre sí cuando ella giró la cabeza y me miró de arriba abajo. Se fijó en mi falda de tablas, en mis medias por las rodillas y en mis zapatos de charol. En la diadema con la que mantenía mis rizos bajo control. En mi cárdigan.

Para estar en segundo curso, Desiree ya tenía mucha personalidad.

—Me está tomando el pelo —murmuró.

La señorita Dippold pestañeó.

–¿Desiree? ¿Ocurre algo?

Ella suspiró.

–No, señorita Dippold. No ocurre nada.

Más tarde, justo después de comer, yo me incliné para mirar los dibujos que estaba haciendo en su cuaderno. La mayoría eran espirales y círculos que sombreaba con lápiz. Yo le enseñé mis garabatos, que no eran tan elaborados.

–A mí también me gusta dibujar –le dije.

Desiree miró mis dibujos y soltó un resoplido.

–Ya.

–Puede que la señorita Dippold haya pensado que podemos ser amigas porque a las dos nos gusta dibujar –le expliqué pacientemente.

Desiree arqueó las cejas. Miró a su alrededor, a los demás compañeros de clase, y me miró a mí. Después me tomó la mano y la colocó junto a la suya. Sobre los pupitres de color gris claro, nuestros dedos destacaban como sombras.

–La señorita Dippold no sabía nada de mis dibujos –dijo Desiree–. Lo ha hecho porque las dos somos negras.

Yo pestañeé, intentando entender lo que me había dicho. Miré las caras blancas que había a mi alrededor. Caitlyn Caruso también era adoptada, de China, y era distinta a los otros niños. Pero Desiree tenía razón. Había dicho algo que yo debía haber sabido desde hacía mucho tiempo.

Era negra. Aquella revelación me dejó asombrada y silenciosa durante el resto del día, hasta que llegué a casa y saqué los álbumes de fotos de la familia. ¡Yo era negra! ¡Había sido negra toda mi vida! ¿Cómo era posible que no me hubiera dado cuenta antes?

La respuesta era sencilla: mis padres no me lo habían dicho nunca, no le habían dado importancia. Yo había sido educada de forma que supiera apreciar la diversidad. No me quedaba más remedio; era hija de una madre blanca y de un padre negro, y había sido adoptada por un matrimonio blanco, aunque de diferentes religiones.

Mi madre era judía no practicante, y mi padre era católico no practicante. Mis hermanos se habían criado con una mezcolanza de celebraciones tradicionales, hasta que mis padres se habían divorciado, cuando yo tenía cinco años. En casa nunca se habló del color de mi piel, ni de lo que significaba, ni de si debía significar algo.

Desiree no estuvo mucho tiempo en nuestra clase. Su familia se mudó a los pocos meses. Sin embargo, yo nunca la olvidé, puesto que ella me había revelado algo que yo debería haber sabido durante toda mi vida.

Sin embargo, había un detalle importante sobre la gente como Nadia, que se enorgullecía de no ver el color de la piel de los demás: que, al final, solo veían el color de la piel de los demás. Nadia no me había presentado a su novio porque a los dos nos gustara dibujar, ni porque los dos escucháramos a Depeche Mode, ni siquiera por amabilidad. Carlos y yo lo sabíamos.

Nadia no lo entendía. Se puso a charlar entre nosotros, diciendo nombres como si yo debiera conocerlos, mencionando canciones de hip-hop. Carlos me miró y se encogió ligeramente de hombros sin que ella lo viera. Sin embargo, la observó con evidente amor, y al final la interrumpió con un solo «nena».

Nadia se echó a reír, un poco confusa.

—¿Eh?

—Si no me dejas comer algo, me voy a desmayar.

—Carlos hace mucho ejercicio —dijo Nadia, mientras su novio comenzaba a diezmar la comida del bufé—. Siempre tiene hambre.

El escándalo que se armó en el salón me salvó de tener que hacer algún comentario. Yo había seguido observando a Alex Kennedy de reojo; él no se había apartado de la chimenea. El hombre con el que estaba hablando alzó la voz y las manos, haciendo aspavientos y señalándolo con el dedo índice. Acusándolo de algo. Alex, en vez de responder, se limitó a cabecear y se llevó la cerveza a los labios.

–¡Tú… eres un idiota! –gritó el otro hombre con la voz temblorosa. Yo sentí lástima por él, y también vergüenza ajena–. ¡Ni siquiera sé por qué me he molestado contigo!

Para mí era fácil ver el motivo por el que se había molestado con él. Alex Kennedy era guapísimo. Soportó estoicamente los insultos y las acusaciones, hasta que finalmente, el otro hombre se marchó airadamente, seguido por unos cuantos amigos que intentaban calmarlo. Aquel incidente solo había durado un par de minutos, y solo había atraído un par de miradas. No era la discusión más dramática que había tenido lugar en una de las fiestas de Patrick, y lo más probable era que todo el mundo se hubiera olvidado de ella al final de la noche. Todos, salvo los dos hombres que la habían mantenido.

Bueno, y yo.

Estaba fascinada.

«No le gustan las chicas», me recordé yo. Mandé al cuerno la dieta y me concentré en la carne asada. Y cuando alcé la vista de mi plato, Alex Kennedy ya no estaba allí.

Fue una buena fiesta, una de las mejores de Patrick. A medianoche, yo ya me había hartado de cosas ricas y de cotilleos, y estaba bostezando disimuladamente. En el salón había empezado el karaoke, y había tanta gente bailando que el árbol de Navidad de la esquina y la *menorah* de la ventana estaban temblando.

¿Era eso…? Oh, no. Me tapé los ojos con una mano y miré por entre los dedos cuando un hombre se colocó en medio del escenario y comenzó a cantar un himno discotequero de Beyoncé. Además, se puso a bailar siguiendo perfectamente el ritmo de la canción. Seguramente, tenía un vídeo subido en Youtube. Todo el mundo aplaudió y lo vitoreó, pero yo miré hacia la esquina donde estaba la chimenea, y donde estaba también el objeto de mi atención. Sí. Alex Kennedy.

–Anímate –me dijo Teddy, y me rellenó la copa de vino, aunque yo no quería más–. La fiesta no ha terminado todavía.

Yo gruñí y me apoyé en él.

–Tal vez debería irme a casa.

Él agitó la cabeza, se rio y se dio una palmadita en un bolsillo.

–Yo tengo tus llaves.

Alcé la copa.

–Si no te hubieras empeñado en mantenerla llena…

Los dos nos echamos a reír, porque yo había pasado muchísimas noches en su habitación de invitados sin haberme emborrachado previamente, así que su insistencia en servirme vino no tenía nada que ver. Sin embargo, en aquel momento, hubiera preferido poder marcharme; pero hacía demasiado frío, la noche era demasiado oscura y el trayecto demasiado largo.

Me tapé la boca con la mano para disimular otro bostezo.

–Creo que necesito un poco de café.

Teddy frunció el ceño.

–Pobre Livvy. Siempre trabajando tanto.

–Si no lo hago yo, nadie lo va a hacer en mi lugar –respondí, encogiéndome de hombros.

–Bueno, pues yo estoy impresionado. Empezar un negocio por cuenta propia. Dejar tu trabajo. Patrick no pensaba que ibas a seguir adelante –dijo Teddy. Me pareció que se sentía incómodo, como si acabara de revelar un secreto incómodo.

–Ya sé que lo pensaba.

–Está orgulloso de ti, Liv.

Yo no estaba muy segura de que Patrick tuviera derecho a sentirse orgulloso de mis éxitos, pero no dije nada. Dejé que Teddy me abrazara y me mimara un poco, y después le di mi copa de vino.

–Voy a hacerme un café. O a buscar una Coca-Cola, o algo así.

Podía haberme ido a la cama, pero la fiesta estaba en pleno apogeo, y de todos modos no habría conseguido dormir nada. La cocina de Patrick era muy mona, y tenía electrodomésticos de estética de los años cincuenta. Bueno, salvo la cafetera de expreso futurista, que era de las que espumaban la leche y utilizaban cápsulas especiales. Yo nunca había aprendido a usarla y no me atrevía a tocarla por si la programaba mal y nos mandaba a todos a la Edad de Piedra.

No encontré la cafetera normal en ningún armario, pero sabía que Patrick la tenía. Él nunca se deshacía de nada, ni de su camiseta favorita ni de una lámpara a la que se le hubiera roto el interruptor. Demonios, ni siquiera de mí. Acumulaba pertenencias y gente como si se avecinara el fin del mundo y la única manera de sobrevivir fuera erigir una nueva civilización hecha de ropa pasada de moda, electrodomésticos viejos y... antiguos amantes. Yo sabía que él tenía su cafetera.

Tal vez estuviera en el porche trasero, que estaba acristalado, donde él había almacenado dos docenas de cajas llenas de cosas. Le había prometido a Teddy que iba a revisar el contenido para ir tirando objetos, pero nunca lo había hecho. Su máquina de café expreso era nueva, así que había muchas posibilidades de que acabara de guardar la otra máquina.

Abrí la puerta trasera y solté un silbido al notar el frío. Rápidamente, tuve escalofríos. No encendí la luz, sino que fui hacia el primer grupo de cajas. Solo encontré una colección de revistas pornográficas que hojeé con los dedos entumecidos, y que volví a guardar en su caja. Era la mayor excitación que iba a obtener en toda la noche, y no me arrepentí de haberlo hecho.

Haber creado mi propia empresa había sido estupendo para mi ego, y me proporcionaba satisfacción personal. Sin embargo, había sido horrible para mi cuenta bancaria y para mi vida sexual. No tenía tiempo para salir con nadie, no podía invertir tiempo en nadie, ni aunque conociera a alguien que mereciera la pena. No tenía tiempo para flirtear, puesto que como trabajaba por cuenta propia, estaba sola la mayor parte del tiempo.

Mis otros dos trabajos, los que mantenía para poder pagar la hipoteca, no me facilitaban el hecho de conocer a muchos hombres. Se trataba de hacer fotografías a escolares y a equipos deportivos, y tenía que viajar bastante. Aunque conocía a bastantes padres con los que me hubiera gustado acostarme, la mayoría estaban casados. Mi trabajo en Foto Folks era divertido y estaba bien pagado, pero mis clientes casi siempre eran madres que llevaban a sus hijos a que se hicieran fotografías junto a gigantescos osos de peluche. Yo estaba en decadencia, pero era feliz. Estaba cansada y algunas veces estresada, pero trabajaba en algo que me encantaba.

También estaba oficialmente falta de sexo.

–Vamos, vamos, Patrick, ¿dónde la has puesto? –pregunté en voz baja, y me acerqué al final del porche, rodeando muebles cubiertos con sábanas y unas sillas de jardín–. Ah, por fin.

La cafetera, filtros, incluso una bolsa de café en grano. Verdaderamente, nunca se deshacía de nada. Moví la cabeza, y me giré al oír que la puerta se abría a mis espaldas.

Dos siluetas aparecieron en el hueco de la puerta. Hombres. El más bajo empujó al más alto contra la pared. Oh. Lo entendí. Iba a carraspear para avisarles de que estaba allí, cuando el más alto de los dos volvió la cara hacia la luz.

¿Cómo había podido pensar que era solamente guapo, sin más? Alex Kennedy tenía un perfil que me dio ganas de llorar, aunque solo fuera porque había muy poca gente que tuviera tanta belleza y a la vez fuera tan real. Su nariz era demasiado afilada, y su mandíbula no era tan cuadrada como para llegar a la perfección. Le caía un mechón de pelo por la frente, e hizo una mueca cuando el otro hombre se puso de rodillas ante él y le bajó la cremallera del pantalón.

Yo todavía tenía tiempo de avisarlos. Tal vez ellos estuvieran borrachos, o demasiado consumidos por la lujuria como para darse cuenta de que había alguien más allí, pero yo hubiera podido detenerlos de haber querido.

–Evan –dijo Alex con su voz grave–, no tienes por qué hacerlo.

–Cállate.

Las sombras se convirtieron en figuras de nuevo, una de ellas erguida contra la pared, la otra de rodillas. La luz de la farola de la calle no era lo suficientemente intensa como para iluminar nada, pero sí como para que yo pudiera ver lo que estaba ocurriendo. Yo estaba en el rincón opuesto, entre las sombras; siempre y cuando me mantuviera en silencio y quieta, no se enterarían de que estaba allí. Harían lo que quisieran... y se marcharían.

Evan le bajó los pantalones hasta las rodillas a Alex. Yo no pude ver su miembro, pero no soy tan orgullosa como para negar que no lo intenté. Lo que sí vi fue la mano de Evan, acariciándolo. Alex echó la cabeza hacia atrás y la apoyó con la pared.

–Cállate y aguanta –repitió Evan.

Tal vez quisiera sonar amenazante, y sexy, pero Alex se rio y le puso la mano en la cabeza. ¿Me imaginé que le retorcía el pelo a su compañero? Era imposible verlo, pero al segundo siguiente, cuando la cabeza de Evan se inclinó hacia atrás, pensé que debía de ser por un tirón de la mano de su amante.

—¿Vas en serio? —le preguntó Alex entre risas.

El siguiente ruido que hizo Evan no fue amenazador. A mí no me pareció muy excitante, pero para Alex debió de serlo, porque aflojó la mano lo suficiente como para que la cabeza de Evan se inclinara hacia delante. Oí el sonido suave y húmedo de una boca sobre la carne.

—Dios, qué gozada.

—Sé cómo te gusta —dijo Evan, con más suavidad en aquella ocasión, sin arrogancia.

—¿A quién no le gusta esto? —preguntó Alex; su risa se había vuelto grave, lenta, como somnolienta.

No sé si soy una pervertida por excitarme viendo a otras dos personas mantener relaciones sexuales.

Más sonidos húmedos, leves. Llegados a aquel punto, yo también estaba húmeda y excitada, y el único motivo por el que no me acaricié entre las piernas fue que me había quedado completamente inmóvil por la fascinación, y por supuesto, que no estaba viendo pornografía a escondidas, sino a hombres de verdad manteniendo relaciones sexuales.

Apreté los muslos y sentí placer. Volví a hacerlo, y me provoqué en el clítoris una presión que habría sido mucho mejor con un dedo o una lengua; sin embargo, la contracción rítmica y lenta de los músculos comenzó a crearme una tensión familiar en el cuerpo.

Pestañeé. Me había acostumbrado a la oscuridad, y vi que Alex observaba a Evan con los ojos brillantes. Evan sonrió al apartarse un momento del miembro de Alex. Alex le puso la mano en la cabeza a Evan de nuevo, y Evan siguió con su tarea.

Alex gimió.

Evan emitió un ruido ahogado que no fue tan agradable. Las tablas del suelo crujieron. Oí un golpe en la pared, y abrí los ojos. Entonces, vi a Alex arqueándose.

Iba a tener un orgasmo. Tuve que cerrar los ojos de nuevo y volver la cara. No podía mirar aquello, por muy excitante que fuera, por muy rarita y pervertida que fuera yo. Lo que estaba claro era que ya no tenía frío.

—No —dijo Alex, y yo abrí los ojos.

Evan se había puesto en pie. Había una pequeña distancia entre ellos, un espacio de luz entre sus dos sombras. Yo vi que Evan se adelantaba de nuevo, un poco, y que Alex se hacía a un lado.

—¿No? —repitió Evan con incredulidad—. ¿Me dejas que te la chupe, pero no quieres darme un beso?

Cremallera. Suspiro. Alex se encogió de hombros.

—Eres un capullo, ¿lo sabes?

—Sí, ya lo sé —dijo Alex—. Pero tú también lo sabías antes de sacarme aquí fuera.

Increíblemente, Evan dio una patada en el suelo. A mí me sorprendió aquel gesto tan infantil.

—¡Te odio!

—No, no me odias.

—¡Claro que sí! —exclamó Evan. Abrió la puerta, y yo cerré los ojos para protegerme de la súbita luz—. ¡Olvídate de volver a casa!

—Tu casa no es mi casa —dijo Alex—. ¿Por qué crees que me he llevado todas mis cosas?

Ay. Aquello me dolió incluso a mí. Si yo fuera Evan, también odiaría a Alex, aunque solo fuera por su tono de arrogancia.

—Te odio, te odio. ¡No debería haberte dado otra oportunidad!

—Te dije que no lo hicieras —respondió Alex.

Evan salió. Alex se quedó allí un minuto más, hasta que su respiración agitada se calmó. Yo me mantuve inmóvil, aunque tenía el corazón acelerado. Creía que él iba a oír mis latidos, pero no fue así.

Alex entró.

Y yo descubrí que no necesitaba café para mantenerme despierta.

Capítulo 2

Patrick se abalanzó sobre mí en la cocina, con una expresión feroz.
—¿Dónde estabas?
Yo señalé hacia el porche trasero.
—He ido a buscar tu cafetera.
Él se cruzó de brazos.
—Está ahí mismo, en la encimera.
La fiesta seguía en auge, pero yo ya había tenido suficiente. Demasiadas emociones para una sola noche. Si no hubiera tomado tanto vino me habría ido a mi casa, pese al trayecto, con tal de dormir en mi propia cama. Además, estaba bajándome la subida de adrenalina, y ya casi no podía hablar sin arrastrar las palabras.
—Ya sabes que no sé usar la nueva. Es demasiado complicada.
—¿Estás borracha?
—No. Solo cansada.
Lo abracé, y creo que le sorprendí por un segundo, por el respingo que dio. Sin embargo, después, él también me abrazó a mí, y me estrechó contra sí hasta que yo lo aparté de un empujón.
—Bueno, me voy a dormir.
—¿Ya?

—¡Estoy hecha polvo! —exclamé. Le hice cosquillas en el costado, y Patrick intentó no reírse, aunque al final se rindió—. Y de todos modos, ¿qué te ocurre? ¿Por qué has venido aquí como si se te estuviera quemando el extremo final de la escoba?

Mi broma le molestó.

—Qué graciosa eres. Te estaba buscando, nada más. Has desaparecido.

—Ya. Bueno, pues aquí estoy. No es para tanto, Patrick, por Dios.

Él me agarró de la mano y me la apretó.

—Solo quería asegurarme de que estás bien, Liv. ¿Te parece mal que me cerciore de que mi niña está bien?

—Hacía mucho tiempo que no me llamabas eso —dije yo, y retorcí los dedos, que él tenía atrapados en su puño. Patrick me soltó.

—Lo digo en serio, y tú lo sabes.

Si has querido a alguien demasiado tiempo como para dejar de hacerlo, sabrás cómo me sentí en aquel momento, en la cocina que Patrick compartía con otra persona, agotada y un poco borracha. No me dejé vencer por la tristeza; le di un beso en la mejilla y un azotito en el trasero, como él me hacía a mí siempre.

—Me voy a la cama.

Subí por las escaleras de atrás. Eran estrechas y empinadas, y tenían un giro brusco a mitad de camino, así que resultaba difícil utilizarlas incluso estando completamente sobrio. El sonido de la música fue aminorándose, pero las vibraciones del bajo continuaron mientras subía los escalones y atravesaba lo que Patrick y Teddy llamaban «la habitación trasera», que tenía una puerta para entrar y otra para salir, y recorría un pasillo largo y estrecho. Al igual que la escalera, aquel pasillo tenía un giro brusco a la izquierda.

Me encantaban las casas antiguas, con sus recovecos, y

aquella no era una excepción. Una vez había sacado una fotografía de la vista de aquel pasillo. La luz de la ventana que había al final del corredor esbozaba sombras bajo las lámparas del techo, que no eran lo suficientemente elegantes como para ser llamadas «antiguas», solo «viejas».

Había captado una figura borrosa en una esquina, algo parecido a la forma de una mujer que llevaba un vestido largo y el pelo recogido en un moño. Tal vez un efecto de la luz o una ilusión óptica. Estaba desenfocada, y no podía distinguirla bien. Pero en noches como aquella cuando pensaba que podía tropezarme del cansancio, me imaginaba su mano ayudándome a caminar.

Llegué de la puerta a la cama en pocos pasos. Me quité la ropa y tiré sin contemplaciones al suelo todos los cojines. Palpando en la mesilla de noche, más allá de la caja de pañuelos de papel y del bálsamo labial, encontré la cajita cuadrada de tapones para los oídos que siempre tenía allí.

En medio minuto estaba en un silencio bendito, aunque de vez en cuando, el bajo de la música de abajo me hacía vibrar el estómago.

Saqué una camiseta del cajón de la mesilla de noche, me la puse y me metí bajo el grueso edredón, con la almohada extra entre las rodillas para aliviar la presión de mi dolorida espalda. No oí mi propio suspiro, aunque los latidos del corazón me resonaban en los oídos.

No pude quedarme dormida.

Durante mi segundo año de universidad compartí habitación con otras tres chicas. La residencia que yo había elegido estaba completa, y me habían ofrecido la posibilidad de alojarme en un edificio diferente, bastante más lejano a mis clases y a la cafetería, o en un salón reconvertido en dormitorio durante un semestre.

No estuvo tan mal. Al tener una habitación más grande, nos sobraba espacio, y el salón estaba en una esquina del edificio, así que en vez de tener solo la pequeña ventana que tenían el resto de las habitaciones, teníamos cuatro grandes ventanales. La desventaja era la falta absoluta de privacidad. Por supuesto, había que olvidarse de llevar a un chico a tu habitación. Incluso era imposible masturbarse sin público.

No sé cómo se las arreglarían las otras chicas. Una de ellas era cristiana y muy devota, y yo sospechaba que su postura del misionero no tenía nada que ver con el sexo. Sin embargo, yo siempre había sido muy aficionada a satisfacerme a mí misma, y aprendí el truco de masturbarme con la almohada entre las piernas, justo como la tenía en aquel momento, contrayendo lenta y constantemente los músculos hasta que estaba cerca del clímax, y frotándome al final contra la almohada. Llevaba mucho tiempo sin tener un orgasmo de aquella manera, porque vivía sola y podía desnudarme por completo y masturbarme encima de la mesa del salón si quería. Aunque no lo hiciera.

Sin embargo, no había olvidado cómo se hacía. Descarté la vergüenza que sentía en nombre del orgasmo. Después de todo, yo no los había sorprendido manteniendo relaciones sexuales, ni me había puesto a espiarlos por una cerradura. El espectáculo del porche me había sido concedido como un regalo inesperado, y yo nunca devolvía un regalo, aunque no me quedara perfectamente.

El recuerdo del gemido de Alex Kennedy me atravesó en la oscuridad y fue directamente a mi vientre, a mi clítoris. Me moví ligeramente contra la almohada. ¿Cómo debía de sentirse alguien al ser la causa de aquel gemido?

De repente, me di cuenta de que estaba muy cerca del clímax. Volví a moverme, contrayendo los músculos, y las ondas suaves y dulces del orgasmo empezaron a extenderse por dentro de mí. Volví la cara hacia la almohada y mordí la funda para amortiguar mi propio gemido. Disfruté de aquellas ondas de placer con los ojos cerrados.

De todas las imágenes que mi mente había asimilado aquella noche, su cara era la que aún seguía viendo.

La casa estaba silenciosa cuando me desperté. Me estiré bajo el peso de las sábanas y el edredón. Se me habían quedado frías la punta de la nariz y las mejillas, lo cual no era un buen pronóstico para lo que iba a sentir el resto de mi cuerpo cuando saliera de mi cálido refugio. La casa de Patrick y Teddy era antigua y se calentaba de manera irregular. Además, a mí se me había olvidado abrir el radiador por la noche. Eso podía significar que lo único que estaba helado era mi habitación, pero también era posible que la casa entera pareciera una nevera. Dependía de lo que hubieran hecho con el termostato antes de irse a la cama.

Me rugió el estómago. Mi vejiga, el despertador más efectivo que he tenido en mi vida, me recordó que había bebido mucho vino. Y peor todavía, mi cabeza estaba empeñada en revisar mis actividades de la noche anterior.

¿De veras me había masturbado pensando en Alex Kennedy mientras le hacían una felación? Parecía que sí. Esperé a sentir vergüenza, o por lo menos un poco de azoramiento, pero nada. Era una completa depravada.

Aquello me impulsó a levantarme de la cama, porque nadie podía ser depravado correctamente si no tenía la vejiga vacía y el estómago lleno. Me encargué de lo primero, me lavé las manos con el agua ardiendo que salía del grifo y bajé las escaleras.

En la cocina había un calor glorioso, que salía directamente por la rejilla abierta de la caldera que estaba abajo. Dentro de veinte minutos iba a estar sudando, pero por el momento me deleité. También me deleité al ver los contenedores de plástico llenos de sobras de la comida de la fiesta, perfectamente colocados según tamaño y forma. Era cosa de Patrick. Me imaginaba que se habría quedado un buen rato trabajando antes de que Teddy pudiera obligarlo a subir a la cama.

Unas empanadillas de pollo me estaban llamando, y yo me olvidé de que quería perder uno o dos kilos. Podía ignorar la tarta de chocolate, pero no las pequeñas empanadillas agridulces. Saqué la tartera del frigorífico y me giré para ponerla sobre la mesa, y estuve a punto de chocarme con un pecho desnudo.

La tartera de empanadillas de pollo cayó al suelo y botó. Yo grité. Alto.

Alex Kennedy sonrió.

—Demonios, qué guapo eres –dije.

Él pestañeó, y su sonrisa se hizo más grande. Cruzó los brazos por encima de su precioso estómago, también desnudo.

—Gracias.

Pensé en agacharme para recoger el desayuno, pero si lo hacía me pondría a sus pies, y no estaba segura de poder aguantarlo después de lo que había visto la noche anterior. Él miró la tartera, y después a mí. Entonces se agachó a recogerla.

¿Alex a mis pies? Eso sí me parecía muy agradable.

—Gracias –dije yo. Tomé la tartera de sus manos y pasé por delante de él para meterla en el microondas. Miré hacia atrás por encima de mi hombro–. ¿Quieres un poco?

Él se rio, agitó la cabeza y dio un paso atrás. Entonces me di cuenta de algo que era más o menos divertido, más o menos extraño. ¿Alex estaba... incómodo?

Yo estaba acostumbrada a encontrarme con hombres medio desnudos en la cocina de Patrick la mañana siguiente a una fiesta; aunque, ciertamente, nunca había visto cómo le hacían una felación a ninguno de ellos, y después había usado la visión para conseguir un orgasmo, pero él no sabía nada de eso.

—Me llamo Alex. Patrick me dejó quedarme a dormir anoche.

—Yo soy Olivia —dije yo, y esperé su reacción. Ni un pestañeo.

—Me alegro de conocerte, Olivia.

Carraspeó, y cambió el peso del cuerpo de un pie a otro. Tenía los dedos de los pies tan bonitos como el resto del cuerpo. Me fijé en sus pantalones de pijama, que tenían un estampado de caritas de Hello Kitty y estaban muy descoloridos, como si los usara a menudo. Le tapaban más de lo que me tapaba a mí mi camiseta, y lamenté no tener una bata, o por lo menos un jersey, aunque ya no tuviera frío.

Los miré.

—Muy bonitos.

Alex se miró los pies. Me miró con una expresión divertida, un poco azorado, pero no mucho.

—Gracias. Fueron un regalo.

El microondas pitó, y yo saqué la tartera con las empanadillas de pollo.

—¿Estás seguro de que no quieres?

Él negó con la cabeza.

—Creo que prefiero unos cereales.

Yo saqué un tenedor de un cajón y comencé a pinchar las empanadillas.

—Por favor, no me digas que vas a hacer que me sienta culpable por no haberme despertado pronto esta mañana y no haber salido a correr cinco kilómetros.

—No, claro que no —respondió, riéndose—. Yo no voy a correr. Por lo menos, con este frío no. Bueno, en realidad... nunca.

Yo tragué un poco de deliciosa empanadilla.

—Gracias a Dios.

Fui de nuevo al frigorífico, saqué la jarra de zumo de naranja y le ofrecí un poco. Él asintió. Tomé dos vasos y serví zumo. Él me estaba mirando muy fijamente.

–¿Qué pasa?
–Nada, nada –dijo él–. Es solo que…
Me senté en la mesa de la cocina y le hice un gesto para que se sentara él también. Esperé.
–¿Qué?
–Patrick no me dijo que se hubiera quedado otra persona más a dormir. Eso es todo.
–Ah –dije yo, y pinché otra empanadilla–. Tampoco me dijo a mí que tú ibas a quedarte. De hecho, me dijo que…
Alex arqueó una ceja y se apoyó en el respaldo de la silla. En la cocina hacía calor, pero él no llevaba camiseta, y se le había puesto la carne de gallina. Se me pasó por la mente una imagen de mí misma inclinándome por encima de la mesa para lamerle los pezones, y sentí una descarga de calor que no provenía de la caldera que ardía a nuestros pies.
–¿Qué? Dímelo –me instó él.
–Me dijo que me mantuviera alejada de ti.
–¿De verdad?
Yo me di cuenta de que mi risa sonaba forzada, pero él no me conocía.
–Sí.
–¿Por qué?
–Porque a Patrick le gusta estar seguro de que no me meto en problemas.
Alex resopló ligeramente y bebió zumo.
–¿Acaso cree que yo causo problemas?
–¿Y no es así? –pregunté. Parecía que estaba flirteando, pero yo sabía que era mejor no flirtear con un hombre a quien le gustaban los hombres. Había aprendido esa lección hacía mucho tiempo.
–Supongo que depende –dijo él–. Bueno, sí.
Los dos nos reímos.
–Ya me parecía a mí.

Alex tenía el flequillo despeinado; le caía por la frente y se le metía en los ojos. Cuando se inclinó para mirar la mesa, mientras tamborileaba los dedos, el pelo le oscureció la cara. Yo tuve ganas de apartárselo de la frente.

–Flequillo *emo* –dije.

Entonces él me miró, y se apartó el pelo de los ojos.

–¿Cómo?

–Tu pelo. Ese flequillo tan largo es como el de los chicos emo, los que llevan pantalones vaqueros muy ajustados y las uñas pintadas de negro.

Él volvió a reírse.

–Vaya, eso sí que es una indirecta. ¿Quieres decir que tengo que cortármelo ya?

–No, no creo. Me gusta –dije yo. Pinché la última empanadilla con el tenedor y se la ofrecí–. ¿Seguro que no la quieres?

–Qué demonios, sí –dijo él. La sacó del tenedor y se la comió.

Yo miré sus labios mientras se cerraban sobre sus dedos y lamían la salsa de soja. Sentí más calor, lo cual era una tontería, pero bueno, en realidad una chica puede mirar aunque no pueda tocar. Los dos terminamos nuestro zumo a la vez.

Después comimos en silencio. Tal vez Alex fuera de los que causan problemas, pero no era parlanchín. Parecía que no sabía qué decir.

–¿De qué conoces a Patrick? –le pregunté yo.

–Nos conocimos en Japón.

–¿Trabajas para Quinto and Bates? –le pregunté. Aquel era el bufete en el que trabajaba Patrick.

Él negó con la cabeza.

–No. Yo fui como consultor de Damsmithon Industries, y Patrick estaba allí para asistir a la reunión de negocios internacional.

–Así que tú no eres abogado.

Él soltó una carcajada.

—No, claro que no. Pero Patrick y yo hicimos buenas migas, y salimos después de las reuniones. Después nos mantuvimos en contacto. Cuando le dije que iba a volver a Estados Unidos, me dijo que tenía que venir a visitarlo.

—Entonces, ¿sois amigos?

—¿Qué te dijo exactamente Patrick acerca de mí?

—No mucho, en realidad.

Lo cual no era típico de Patrick. Normalmente, él siempre tenía algo que decir sobre todo el mundo, y algunas veces incluso se lo inventaba. Pensé en eso mientras Alex se levantaba e iba hacia la nevera. Patrick me había advertido que me mantuviera alejada de Alex, pero no me había dado detalles. Nada de cotilleos. Extraño.

Alex sacó la jarra de zumo y un plato de galletas tapadas con papel de aluminio en el que yo no había reparado. Me las ofreció, y yo tomé una. Era un muñeco de jengibre con una enorme erección.

—Ummm... Normalmente me como primero la cabeza, pero...

Alex soltó un resoplido y tomó otra.

—Ahora hay un dilema.

Todavía estábamos riéndonos cuando Patrick bajó por las escaleras. Llevaba un kimono de seda y tenía una expresión sombría. Tenía el pelo revuelto. Nos miró autoritariamente desde el último escalón.

—Se os oye desde arriba —dijo.

—Lo siento —respondió Alex contrito.

Yo no me molesté en disculparme.

—Vamos, Patrick. Es mediodía, así que ya era hora de que te levantaras.

Patrick bostezó y pasó a mi lado. Entonces se volvió hacia mí y me fulminó con la mirada.

—¿Ni siquiera has hecho café?

—Tu cafetera nueva es demasiado complicada —le dije yo.

—Yo lo haré —dijo Alex. Se puso en pie y rodeó la mesa antes de que Patrick o yo pudiéramos hacer otra cosa que mirarnos con sorpresa—. Debería haberlo pensado, tío. Lo siento.

—Gracias —dijo Patrick con algo de tirantez—. Alex, te presento a Olivia Mackey. Olivia, Alex Kennedy. Olivia tiene una empresa de diseño gráfico, y Alex es un consultor independiente que trabaja para varias compañías multinacionales.

Alex se giró hacia nosotros con el depósito de la cafetera lleno de agua, mientras Patrick hacía las presentaciones. Yo me encogí de hombros. Tampoco lo entendía.

—Ya nos hemos conocido —le dije a Patrick—. ¿Qué te pasa?

—Solo estoy siendo un buen anfitrión.

—Gracias, Patrick —dijo Alex, y se puso a preparar el café.

Se las arregló bien en la cocina de Patrick, y solo vaciló una vez, cuando abrió el armario que no era para sacar las cápsulas de café y, en vez de eso, encontró los frascos de las especias. Yo me giré en la silla para observarlo. No era un invitado torpe; sabía moverse con desenvoltura.

Patrick y yo podíamos mantener una conversación entera sin palabras, pero aquella mañana no me estaba dando las señales correctas. O estaba malinterpretando las mías. Antes de que pudiera preguntarle qué pasaba, Alex se dio la vuelta.

—¿Os apetecen tortitas?

—Yo estoy llena —dije.

Al mismo tiempo, Patrick respondió:

—Alex, eres un encanto.

Patrick miró a Alex. Alex me miró a mí. Yo miré a Patrick.

—Bueno –dije–, tengo que irme. He de trabajar un poco...
—¿En domingo? –preguntó Patrick con incredulidad–. ¿Qué sentido tiene trabajar por cuenta propia si no puedes tomarte el fin de semana libre?

Yo me puse en pie y me estiré.

—Trabajando por cuenta propia puedo trabajar cuando quiera.

—Sí, y trabajar donde quieras –dijo Alex, apoyándose en la encimera y cruzando sus largas piernas por los tobillos.

Yo asentí. Él me entendía. Patrick, que trabajaba ochenta horas a la semana, pero que se tomaba un mes de vacaciones, entendía la importancia del trabajo, pero seguramente nunca entendería por qué yo había dejado la seguridad de un salario estable para establecerme por mi cuenta.

Yo abracé a mi antiguo novio y lo besé en la mejilla. Por fin, él se suavizó y me abrazó sin poder evitarlo. Entonces, me miró a los ojos.

—No trabajes demasiado, Livvy. Es fiesta.

—¿Es que quieres que me lleve todos los regalos que te he traído?

Entonces se echó a reír con ganas y me abrazó de nuevo. Me susurró al oído:

—Acuérdate de lo que te he dicho.

La mayoría de las veces, cuando Patrick me abrazaba, yo me tomaba el abrazo como lo que era: una expresión física de afecto y amor entre dos amigos platónicos. Sin embargo, en algunas ocasiones percibía su olor, la colonia que yo le había regalado muchos años antes y que él nunca había dejado de usar, aunque ahora pudiera permitirse usar un perfume mucho más caro y lujoso. Ocasiones en las que sentía la presión de su cuerpo a lo largo del mío y tenía que cerrar los ojos y recordarme que debía soltarlo, y ocasiones en las que casi me resultaba imposible hacerlo.

Con esfuerzo, abrí los ojos, y me encontré con la mirada de Alex por encima del hombro de Patrick. Con aquel escrutinio como motivación, le di unas palmaditas en la espalda a Patrick y me alejé de él, con la esperanza de que no se me hubieran endurecido los pezones y se me notara a través de la camiseta, y con la esperanza de no estar tan ruborizada como creía, por el calor que notaba en la cara.

Patrick me agarró de la muñeca antes de que pudiera retirarme por completo.

—Quédate un poco más. Es domingo.

—Patrick...

Él no me soltó.

—Alex, dile a Liv que debería quedarse.

—Olivia. Deberías quedarte —dijo Alex con una sonrisa.

Yo también sonreí, pero me di la vuelta y le clavé el dedo índice a Patrick en un costado.

—Tengo una vida, Patrick.

—¿Y qué vas a hacer hoy? ¿Meterte en ese apartamento frío y encerrarte con tus fotos? Es fotógrafa —añadió para información de Alex, y me devolvió el pinchazo en las costillas.

—Qué bueno. ¿Qué sueles fotografiar?

—¡De todo! —respondí yo por encima de mi hombro, mientras intentaba esquivar las cosquillas de Patrick.

Lo miré con dureza. La noche anterior me había advertido que no me acercara a Alex, y ahora me estaba pidiendo que me quedara a pasar el día. Sin embargo, yo tenía que trabajar en mi estudio, que no iba a limpiarse ni a pintarse solo, y que había estado descuidando desde que me lo había comprado, seis meses antes.

—Patrick...

—Vamos, Liv. Alex va a hacer tortitas —dijo él.

Yo miré a Patrick. Patrick miró a Alex. Y Alex... Alex me miró a mí.

—Sí, voy a hacer tortitas. Y se me da muy bien.

Yo tuve que admitir la derrota.

—Está bien, pero antes voy a ducharme, y no me importa si os quedáis sin agua caliente —le dije a Patrick, que sonrió como siempre sonreía cuando se salía con la suya.

En el piso de arriba me encontré con Teddy, que salía de su habitación.

—¿Te quedas?

—Sí. Pero solo un rato. Tengo que estar en casa esta noche.

Él se echó a reír.

—Deberías mudarte aquí, Liv. Así no tendrías que conducir tanto.

Yo puse los ojos en blanco.

—Tú eres igual de malo que él. Annville está a solo media hora de camino, por el amor de Dios.

—Pero es Annville.

—Pfff —dije yo, y agité una mano—. Voy a ducharme. Tengo entendido que en la cocina van a hacer tortitas.

Teddy se frotó el estómago.

—Ummm. Supongo que las hará nuestro invitado, y no nuestro amado Patrick.

Patrick jamás cocinaba.

—Sí. Eh, Teddy... —dije yo, apoyándome en el marco de la puerta de mi dormitorio—, ¿cuál es el misterio con él, de todos modos?

—¿Con Alex?

—Sí.

Teddy se encogió de hombros, y su sonrisa se hizo un poco tirante.

—Es amigo de Patrick. Necesitaba un lugar para dormir. Solo va a estar aquí unos días más. Es un chico agradable.

La respuesta quedó flotando entre nosotros, como si no debiera hablarse más de aquel tema. Y aquel tema era por qué pensaba Patrick que tenía derecho a influir en mi vida amorosa, en mi falta de vida amorosa, más bien. Me enco-

gí de hombros, porque algunas preguntas no tienen respuesta.
—Voy a ducharme —dije, y Teddy me dejó para que pudiera hacerlo.

Cuarenta y cinco minutos después tenía el estómago lleno de tortitas, bacón, pavo y café del bueno, y estaba intentando patearle el trasero a Alex jugando a *Dance Dance Revolution* y fracasando estrepitosamente. Yo tenía el sentido del ritmo de Teddy, y estaba muy a la par con Patrick, pero Alex... él era una superestrella.
—Se me resbalan los pies de la plataforma de baile —me quejé entre jadeos.
—Yo voy a pasar al nivel avanzado —me dijo Alex con un brillo perverso en la mirada. Prácticamente se estaba frotando las manos y retorciéndose un mostacho imaginario—. Tú puedes quedarte en el básico.
No iba a rechazar aquella oferta.
—De acuerdo.
—Sabía que no debería haber dejado que empezarais a jugar —dijo Patrick desde el sofá, donde estaba leyendo una novela muy gruesa.
Al oír el tono afectuoso de su voz, lo miré, mientras Alex cambiaba de pantalla con el mando de la Wii. Patrick estaba tapado con una colcha, y había vuelto a concentrarse en su libro. Teddy había desaparecido; seguramente se había ido a jugar a los Sims a su dormitorio. Y Alex y yo estábamos jugando con la Wii. Era la perfecta imagen de la felicidad de un domingo ocioso; entonces, ¿por qué de repente me sentía tan... mal?
—¿Olivia?
Me giré hacia Alex y sonreí como pude.
—Sí, estoy lista.
Él ladeó la cabeza.

—¿Quieres que hagamos un descanso?

Patrick debió de percibir el tono de preocupación de Alex, porque volvió a alzar la vista.

—¿Qué pasa?

—Nada —dije yo—. Demasiadas tortitas. Venga, empecemos.

Alex se había quitado los pantalones de pijama de Hello Kitty y se había puesto unos pantalones vaqueros y una camiseta de manga larga, pero seguía descalzo. Puso un pie sobre la plataforma, pero no empezó la siguiente canción.

—Bueno. Si estás segura...

—Claro. Vamos.

Sin embargo, no hubo manera de ganarlo, ni siquiera con la ventaja de jugar en niveles diferentes. Yo me había distraído con aquella inesperada tristeza, y con algo más que no sabía identificar. Mi actuación fue lamentable.

—Creo que me estás dejando ganar —dijo Alex.

Patrick soltó una carcajada desdeñosa.

—Olivia nunca deja ganar a nadie. Saborea tu victoria.

Miré a Patrick con los ojos entrecerrados. Aquella broma tenía una parte de verdad que me sentó mal.

—Bueno, tengo que irme ya.

Aquello captó la atención de Patrick.

—¿Ya? Creía que te ibas a quedar a cenar. Alex dice que va a hacer chuletillas de cordero.

Alex se rio.

—Tío...

Yo lo miré.

—Ahora ya sabes cuál es el verdadero motivo por el que te deja quedarte en su casa.

Aquella broma también tenía una parte de verdad, pero a Patrick no le importó.

—No pasa nada. A mí me gusta cocinar.

—En fin. Estoy segura de que estarán deliciosas, Alex,

pero no puedo quedarme. Me alegro de haberte conocido –le dije, y le tendí la mano. Él me la estrechó con firmeza, y después me soltó.

Entonces, se puso en jarras.

–Puede que volvamos a vernos.

–Bueno, si vuelves a visitar a Patrick, seguro que sí –dije, y me di la vuelta para marcharme.

–En realidad, voy a quedarme en esta zona. Me han encargado otro trabajo de consultoría. Es temporal.

Yo me detuve. Patrick alzó la vista de nuevo, y en aquella ocasión dejó el libro a un lado.

–No me lo habías dicho.

–Mi contacto con Hershey Foods acaba de avisarme –dijo Alex–. Tengo que quedarme aquí unos seis meses. Tal vez ocho, depende.

Patrick se irguió en el sofá.

–¿Y dónde vas a quedarte?

–Aquí no, no te preocupes –dijo Alex, riéndose–. Tengo una habitación en el Hotel Hershey para una semana, pero voy a buscar un piso de alquiler para el resto del tiempo.

El sonido del eco de mis tacones en el suelo de parquet de mi piso reverberó en mis oídos, junto al tintineo de la caja registradora.

–Yo tengo un apartamento que podría interesarte.

Entonces, los dos me miraron. Patrick arqueó las cejas. Alex me observó con expectación.

–He comprado un edificio. Una antigua estación de bomberos –le expliqué–. Vivo en el segundo piso, pero el piso bajo está vacío y amueblado, en parte.

–Me dijiste que no querías tener ningún inquilino –dijo Patrick, y su tono, vagamente acusador, hizo que yo frunciera el labio desdeñosamente.

Alex, por otra parte, sonrió.

–¿Dónde está tu casa, Olivia?

–En Annville.

Respondí al mismo tiempo que Patrick decía:

–En mitad de ninguna parte.

–En Annville –repetí yo–. Está a veinte minutos de Hershey, a la misma distancia que desde aquí.

–Suena bien. ¿Cuándo puedo verlo?

–¿Qué te parece ahora mismo?

Alex sonrió.

–Perfecto.

Capítulo 3

Alex tenía un coche peor de lo que yo me esperaba. La noche anterior no me había fijado en un sedán de un horrendo color marrón que había delante de la casa de Patrick. Seguramente tenía mejor aspecto a oscuras.

–Es alquilado –me dijo él, cuando yo me quedé mirándolo.

–El mío está detrás de la casa –dije–. Voy a sacarlo, y te espero para que puedas seguirme. Ah, y dame tu número de móvil por si nos perdemos.

Tenía un coche muy malo, pero un iPhone último modelo, nuevo y brillante.

–Sí, y tú dame el tuyo también.

Aquel intercambio de números no tuvo nada de extraño. Muchas personas que acababan de conocerse se daban el número de teléfono sin problema. Y, sin embargo, grabar aquel número en la memoria de mi teléfono me resultó algo íntimo y también permanente. Algo raro.

–Ahora, tú –dijo Alex, y me enfocó con su teléfono–. Sonríe.

–Eh, no, no me...

Demasiado tarde. Ya había hecho la fotografía, y me la mostró en su lista de contactos. Yo estaba sonriendo, y tenía la cabeza medio girada. La luz era mejor de lo que había pensado, y la imagen era nítida. Iba a estar en su teléfono para siempre, o hasta que me borrara.

Alex abrió su coche con el mando a distancia. Se había puesto un chaquetón marinero y una bufanda larga, a rayas. Con el pelo revuelto y su flequillo largo habría podido pasar por modelo de revista. Yo le hice varias fotografías mentalmente, mirando al atardecer o paseando con un golden retriever, anunciando algo sexy como una colonia o unas gafas de diseño. Aunque nunca había conseguido trabajos de esa envergadura, claro, pero algún día iba a conseguirlos.

Él me pilló mirándolo y sonrió, como si estuviera acostumbrado a que lo admiraran.

—¿Vamos?

—Sí. Sígueme.

Él se puso una mano sobre el corazón y me hizo una reverencia.

—Hasta el fin del mundo.

Yo abrí la boca para soltar algo frívolo, pero las palabras se me quedaron en la lengua y solo conseguí sonreír. Hacía mucho tiempo que un hombre no me dejaba muda con algo tan sencillo como una sonrisa y unas cuantas palabras. No me extrañaba que Patrick me hubiera puesto sobre aviso. Alex Kennedy sí era de los que causaban problemas y, por desgracia, de los mejores problemas.

Además, no le gustaban las chicas, me recordé con firmeza.

—Yo voy en ese Impala plateado.

Alex no tuvo problemas para seguirme entre el tráfico durante el trayecto. Al llegar, aparcamos en el callejón que había junto a mi casa. Era un edificio de tres plantas que había sido una estación de bomberos, y que estaba en Main Street, la calle principal de Annville. Él salió del coche antes que yo, e inclinó la cabeza hacia arriba para mirar el edificio.

—Magnífico.

Yo me sentí orgullosa mientras los dos observábamos la fachada trasera del edificio de ladrillo. La escalera de emergencia no era bonita, pero el edificio era impresionante. Y era mío. Todo, entero, mío.

—Así que esto es Annville —comentó él.

—Sí. En toda su gloria.

Alex, con las manos en los bolsillos, giró sobre sí mismo y echó un vistazo general.

—Está muy bien.

Yo me eché a reír mientras metía la llave en la cerradura de la puerta trasera.

—Va a ser todo un cambio, después de tus recorridos internacionales.

—Me gusta. Yo me crié en una ciudad pequeña. No tan pequeña como esta, es cierto —dijo, mientras se limpiaba los pies en el felpudo—, pero de todos modos no crecí viajando por el mundo.

Entramos al pasillo largo y estrecho que desembocaba en un vestíbulo con una altura de tres pisos. A nuestra derecha quedaba la escalera de caracol, que era completamente de madera, y a la izquierda, la puerta del apartamento del piso bajo. Frente a nosotros estaba la puerta delantera, que daba salida a Main Street, y unas ventanas muy altas que inundaban el espacio de luz.

Alex alzó la vista, sonriendo, y soltó un silbidito.

Yo lo miré, volviendo la cabeza hacia atrás, mientras abría la puerta del apartamento.

—Pasa.

No era nada especial; tenía un salón, una zona de comedor y una cocina, un baño y dos habitaciones que se habían construido en la zona que antiguamente se usaba de aparcamiento de los camiones de bomberos. Era más oscuro que mi casa, porque no tenía las enormes ventanas que había en el segundo y el tercer piso, pero tenía unas vigas enormes en el techo, y una distribución muy abierta y muy bonita.

—¿Qué te parece?

Alex caminó un poco por el apartamento, observando el suelo de madera y las paredes blancas. Probó el sofá que habían dejado los inquilinos anteriores, y asomó la cabeza en la cocina. Miró una habitación, después la otra, y finalmente, el baño. El tour no duró más de siete segundos. Se giró hacia mí con una enorme sonrisa.

—Me lo quedo.

—¿De veras? ¿Tan rápido?

—Sí. Es mucho mejor que dormir en el sofá de alguien.

—Pero si ni siquiera sabes el precio.

—Dímelo.

Yo me quedé pensativa.

—¿Cuatrocientos al mes?

—Hecho.

—¿Debería haberte pedido más?

Alex miró a su alrededor.

—Probablemente. Ese sofá le añade valor al apartamento. Sobre todo por el olor.

—¡No huele mal! —exclamé yo con horror—. ¿Huele mal?

Él se echó a reír.

—Te estoy tomando el pelo, Olivia. Está bien. Bueno, ¿quieres el primer y el último mes de alquiler? ¿Una fianza? ¿Tienes algún contrato que podamos firmar?

Yo no había pensado en todas aquellas cosas.

—Ummm...

Alex se acercó a mí con la mano extendida. Pensé que quería que nos la estrecháramos, pero cuando yo le di la mía, él no la soltó. Me apretó la mano suavemente, sonriendo.

—Tal vez deberíamos escupirnos en la palma.

—Eeeeh... Mejor nos saltamos esa parte. Lo del primer y el último mes del alquiler está bien, si quieres quedarte el apartamento.

—Claro que quiero —dijo él. Entonces me soltó la mano

y miró a su alrededor una vez más–. ¿Cuándo puedo mudarme?

–Cuando quieras.

–Estupendo. ¿La semana que viene? Tardaré un poco en conseguir que traigan todas mis cosas, y tengo que comprar una cama. Ese tipo de cosas.

–Muy bien. Enseguida te doy una copia de las llaves.

Alex me observó.

–¿Estás segura de que no necesitas referencias, ni nada por el estilo?

–¿Por qué? ¿Porque eres de los que causan problemas?

Alex se rio.

–Exacto. Ese soy yo.

–Puedo controlarte –dije.

–Seguro que sí –respondió él. De repente, su estómago emitió un rugido. Después de la orgía de tortitas de aquella mañana, yo pensaba que no iba a poder comer nada más en todo el día, pero por supuesto, mi estómago tenía que contestar al suyo–. Déjame que te invite a cenar.

–Solo son las tres de la tarde.

–Entonces, a una comida tardía –dijo, sonriendo–. ¿Adónde quieres ir?

–Alex… De verdad, tengo que trabajar.

–Olivia, he oído rugir a tu estómago. No puedes negar que tienes hambre.

Lo conocía desde hacía menos de cuarenta y ocho horas, y ya había visto su cara en mitad de un orgasmo, había comido lo que cocinaba, había perdido lamentablemente contra él en *Dance Dance Revolution*, y ahora estaba casi viviendo con él.

Y también dejé que Alex me llevara a cenar.

Era difícil comer mientras me reía, y él no me estaba dejando hacer ninguna de las dos cosas tranquilamente.

Alex tenía muchas historias que contar, y aunque parecía que muchas de ellas estaban un poco exageradas para resultar más interesantes, también era fácil creérselas. Él había estado en tantas partes y había hecho tantas cosas que yo me sentí como una provinciana a su lado.

–¿Cuál es tu historia, en realidad? –le pregunté yo, mientras tomábamos un poco de tarta de queso y una taza de café–. ¿Cómo has llegado aquí desde Japón?

–En realidad, he vuelto desde Holanda. Y antes estuve en Singapur. También fui a Escocia.

–Qué listillo. ¿No viniste a Pensilvania solo a visitar a Patrick?

–Bueno... Para empezar, él me invitó, y yo iba a volver a casa de todos modos. Además, tenía una pista sobre este trabajo de consultoría. Todo ha encajado a la perfección.

–¿Y dónde está tu casa?

–Soy de Ohio. Sandusky.

–¡Cedar Point! Yo he estado ahí.

–Sí, exacto –dijo él. Tomó un poco de café y se apoyó en el respaldo. Todavía llevaba la bufanda, pero había dejado la chaqueta en el asiento, a su lado–. Pensé en ir a pasar allí las vacaciones, pero parece que al final me voy a quedar aquí.

–¿Y eso?

Él me miró fijamente.

–Hace mucho tiempo que no voy. Algunas veces, cuanto más tiempo estás alejado de algo, más te cuesta volver.

Yo ya sabía eso.

–Sí, tienes razón. Entonces, ¿no te llevas bien con tu familia?

Una pausa, una exhalación. Alex arqueó una ceja.

–¿Demasiado personal? –pregunté.

–No. Solo que no estoy muy seguro de cómo responder a eso.

–No tienes por qué hacerlo.

—No, no pasa nada. Dejémoslo en que no quiero volver a mi casa. Eso es todo.
—Vaya. Lo siento.
—Ya. No me llevaba bien con mi familia. Mi padre es... es un imbécil. Ya no bebe, pero de todos modos es un imbécil. Es su personalidad.

Yo le di un sorbito a mi café.
—¿Pero?
—Pero intenta no serlo. Supongo. Aunque no creo que mi padre y yo vayamos a ir nunca juntos a pescar, ni nada por el estilo.
—Nunca se sabe.
—Sí, eso es cierto. Por lo menos, habla conmigo por teléfono cuando llamo a casa. Y cobra los cheques que le envío. Bueno, eso lo ha hecho siempre.

Alex se rio. Yo sonreí. Pensé que debería sentirme más azorada por aquellas confidencias tan personales, pero... no era así.
—La gente cambia —dije.
—Todo cambia —dijo él, y apartó la mirada—. De todos modos, llevo mucho tiempo trabajando en el extranjero. Vendí mi empresa hace unos años, y no estaba haciendo nada. Volví a casa a pasar el verano, y... recordé todos los motivos por los que me había marchado de allí. Me ofrecieron hacer consultoría en varios sitios, y empecé una nueva empresa. Viajé durante un tiempo, y volví al extranjero. Terminé trabajando en Japón, y allí fue donde conocí a Patrick. Pero ese trabajo terminó, y tenía que irme a otro sitio. Entonces, pensé en viajar por mi país natal, en vez de ser siempre un extraño en un país extraño.
—Me encanta ese libro.

Él me miró.
—A mí también.
—Entonces, ¿qué es exactamente lo que quieres? ¿Poder ir siempre donde tú quieras, cuando quieras?

—Dormir en sofás distintos. Soy un invitado profesional.
—Eso suena... —yo me eché a reír.
Él también.
—¿Horrible?
—Un poco.
Se encogió de hombros.
—Se me da bien abusar de la hospitalidad de los demás.
—A mí no me lo parece en absoluto —dije yo. Recordé cómo se había movido por la cocina de Patrick, sintiéndose cómodo, pero sin sobrepasarse—. Además, la gente no te invitaría a que te quedaras en su casa si no les cayeras bien.
—Claro. Supongo que no. Pero ya no tengo que preocuparme por eso, ¿no?
—No, no. Tengo tu primer y último mes en el bolsillo, y ya casi todo está gastado.
—Entonces, imagino que no me vas a invitar a cenar —dijo, y alargó el tenedor para pinchar mi último pedazo de tarta de queso. Aunque yo le hubiera sacado los ojos a cualquiera que hubiera intentado hacer eso, con él solo pude reírme.
—De eso nada. Me has invitado tú.
—Es cierto. La persona que pide una cita siempre tiene que invitar.
Entonces, me miró con sus ojos oscuros y con su sonrisa irónica y, de nuevo, yo me quedé sin palabras, preguntándome cómo era posible que me dejara tan atontada con una mirada.
—Vamos —dijo él, y se levantó de la mesa—. Salgamos de aquí.
Y yo lo seguí.

La primera indicación de que Alex se había mudado de verdad a mi casa fue que vi un coche distinto en mi aparcamiento. No era un coche nuevo, pero... ¡vaya! ¿Un Camaro amarillo con las rayas en negro? No era exactamente lo que yo hubiera elegido para mi nuevo vecino del piso de abajo. Parecía de mediados de los ochenta; yo lo sabía porque mi hermano Bert era un fanático de los coches, y a menudo hablaba extasiado de ciertos modelos.

Aparqué junto al Camaro y me bajé para mirarlo. El coche estaba en buenas condiciones, aunque el interior estaba un poco desgastado. Me gustó el hecho de que no fuera un coche de exposición.

Habían pasado pocos días desde que habíamos sellado nuestro pacto sin escupirnos en la palma de la mano, y yo había usado ya el dinero que me había entregado Alex; había hecho la compra, había pagado algunas facturas y había comprado una impresora de fotos que no necesitaba en sentido estricto, pero que quería. No había vuelto a verlo desde el domingo, pero él me había dejado un mensaje en el buzón de voz, diciéndome que se mudaría al apartamento en algún momento de aquella semana. A juzgar por el coche, y por las cajas que había en la entrada principal, había comenzado ya.

Su puerta se abrió justo cuando yo ponía el pie en el primer escalón. Me giré hacia él y apoyé la caja de la impresora en la barandilla para descansar los brazos.

–Hola.

–Olivia –dijo él. Caramelo caliente y pegajoso, suave y delicioso, eso era su voz–. ¿Te echo una mano?

Le habría dicho que no, pero había sido un poco tonta y me había empeñado en acarrear no solo la impresora, sino también tres bolsas del supermercado, y me temblaban los brazos.

–Sí, sería estupendo. ¿Te importaría tomar…?

Él ya me había quitado la pesada caja de las manos.

–La tengo. Vamos, sube.

Yo repartí las bolsas de la compra entre las manos y lo precedí escaleras arriba. Abrí la puerta de mi casa y dije:

—Gracias. Deja la caja en el aparador, a los pies de la escalera.

Señalé uno de los doce o trece aparadores que había comprado en tiendas de muebles de segunda mano. Patrick lo llamaba manía. Yo lo llamaba uso práctico del espacio y tendencia a reciclar. El que le había indicado a Alex era largo y bajo, y yo lo había cubierto con un colage de artículos y fotografías de revistas a las que ya no estaba suscrita. Alex dejó la caja junto a un montón de novelas que yo había sacado de la biblioteca y que todavía no había podido abrir.

—Eres una gran admiradora de Jackie Collins, ¿eh?

Me eché a reír.

—Eh. Algunos libros son malos porque son malos. Otros libros son buenos porque son malos.

—Igual que la gente.

Antes de que yo pudiera responder, él se había acercado a la escalera de caracol y estaba mirando hacia arriba.

—¿Qué hay ahí arriba?

—El loft.

—¿Puedo verlo?

—Claro.

Subimos, y cuando estábamos en el piso superior, Alex soltó un silbido.

—¡Magnífico!

Abajo, el espacio abierto y la gran altura del techo hacían que mis muebles parecieran miniaturas. Sin embargo, allí arriba yo había creado un espacio acogedor y confortable con un sofá redondo que provenía del vestíbulo de un hotel, una mesa de café baja y muchos cojines. Las ventanas llegaban del suelo al techo, y yo había colgado telas de colores y ristras de abalorios ante ellas.

—Leo aquí arriba —dije. No había espacio para hacer mucho más.

Alex se agachó mientras caminaba hacia el centro del loft. No había peligro de que se golpeara la cabeza, pero el techo era tan bajo que parecía posible. Me miró con una sonrisa mientras se sentaba en el sofá y botó un poco, y después se puso las manos detrás de la cabeza y posó los pies en la mesa.

—Increíble —dijo. Miró los libros que había en el suelo, junto al sofá—. ¿Más Jackie?

—Seguramente —dije yo, y me fijé en los títulos de los libros. Había ciencia ficción, novelas románticas y un par de novelas de misterio—. Creo que hay un poco de todo.

Alex tomó uno de los libros.

—¿Robert R. McCammon?

—*Swan Song*. ¿Lo has leído?

—No. ¿Debería hacerlo?

—Da mucho miedo —le dijo—. Si quieres, te lo presto.

Él sonrió, agarró el libro y se levantó.

—Gracias.

Alex era alto, pero no grande. Era delgado, pero ocupaba mucho espacio. Estiró un brazo y tocó el techo, y las líneas de su cuerpo cambiaron. Se le bajó una cadera y se le dobló una rodilla. Una vez más, me lo imaginé en un catálogo. Tenía una cara con la que podría convencer a cualquiera de que comprara cosas que no podía permitirse y que no necesitaba.

—Bueno, será mejor que vuelva ya —dijo, después de unos instantes.

—¿Tienes muchas cajas que deshacer? —le pregunté, mientras me seguía por las escaleras.

—Ummm… No. No tengo muchas cosas.

—Pero tienes un coche nuevo. Lo he visto aparcado detrás.

Alex se rio.

—Sí. Es como un abejorro. ¿Qué puedo decir? Mi primer empalme fue con los *transformers*.

—Bueno, supongo que eso es mejor que con Rainbow Brite. O con los pitufos.

Nos reímos, y él volvió a echar un vistazo por mi apartamento. La distribución era distinta a la del suyo; había más espacio abierto y los techos eran más altos, además del loft. También tenía más luz.

—Es muy bonito.

—Gracias. No es mérito mío. Cuando lo compré, los apartamentos ya estaban hechos. ¿Te gustaría tomar un té? Acabo de comprar *chai*.

—Sí, me encantaría.

Dejé que se pusiera cómodo mientras yo calentaba el agua y guardaba la compra. No dudaba que iba a sentirse como en casa, y como yo era bastante reservada en cuanto a mi privacidad, me sorprendió que no me importara. Cuando salí de la cocina con un par de tazas de té humeante, él ya había hecho un tour por mi apartamento.

—¿Todas estas fotos las has hecho tú? —preguntó Alex. Tomó la taza sin apartar la mirada de las fotografías que yo tenía enmarcadas y colgadas en la pared.

—Sí.

Las observamos juntos. Él dio un sorbo al té. Después estuvo tanto rato callado que yo me puse nerviosa. Como si quisiera hablar. Tenía que hablar. Me mordí la lengua; no quería preguntarle qué le parecían.

—Esa —dijo, y señaló una foto en la que aparecíamos Patrick y yo, y que estaba colgada en la parte más alejada de la pared—. Esa no la hiciste tú.

—Ah. No, esa no.

La había colgado allí porque era una de mis favoritas, una imagen de cuando éramos felices. Parecíamos una pareja normal.

—Supongo que debería quitarla.

Entonces, él me miró.

—¿Por qué?

—Bueno, porque... es mentira. Esa foto no es real. Nunca lo fue.

Alex me dio la taza y yo la tomé automáticamente. Cuando descolgó la fotografía a mí se me escapó un inesperado sonido de protesta. Él me miró y dio un solo paso hacia la mesa del comedor. Puso allí la foto, boca abajo.

–Ya está. ¿Te sientes mejor?

–No –dije yo, aunque me reí un poco–. Pero gracias.

–Eh, ¿tienes plan para esta noche? Sé que es viernes. Seguramente tendrás algo que hacer.

Yo tenía que trabajar en el primer turno de la mañana siguiente en Foto Folks.

–No, en realidad no.

–He alquilado unas películas. Y, como soy un poco bobo, no me acordaba de que todavía no tengo televisión.

–Ah, así que quieres utilizar la mía, ¿no es eso?

–Me avergüenza decir que sí, pero es la verdad.

Yo tomé un sorbo de té mientras fingía que pensaba en ello.

–¿Qué has alquilado?

–La última película de los *transformers*. Y *Harold y Maude*.

–Vaya, es lógico. Son dos películas muy del estilo –dije yo con una carcajada–. Pero no he visto *Transformers*, y hace mucho que no veo *Harold y Maude*. Está bien. Te dejo que uses mi televisión.

–Yo invito a la pizza, ¿te parece bien?

–Es un buen plan.

Quedamos para más tarde, y Alex apareció a las seis de la tarde con una enorme pizza de la pizzería del final de mi calle en una mano, y con varios DVD en la otra. Yo me había limitado a cambiarme de ropa y me había puesto la de quedarme en casa los viernes por la noche, unos pantalones cómodos de algodón y una camiseta, pero él se había duchado y afeitado, y entró por la puerta en una maravillosa nube de ajo y colonia. Me pregunté si tal vez no debería haberme esforzado más.

–¿Cena a la luz de las velas? –me preguntó, mientras dejaba la pizza en la mesa.
–¿Eh? Ah... no. No son para crear ambiente –dije.
Encender velas era algo que yo hacía los viernes por la noche cuando estaba en casa. Era una costumbre de la niñez; mi madre encendía velas los viernes, aunque no hiciera casi nada más para prepararse para el sabbat. Muy distinto al momento presente, en el que toda su vida giraba en torno a él.
Alex me miró con desconcierto.
–¿Eres judía?
No debería haberme sorprendido por el hecho de que lo dedujera; había viajado por todo el mundo, y debía de haber conocido a bastantes judíos por el camino.
–En realidad no. Más o menos.
–Bueeeno...
Yo me eché a reír un poco azorada.
–Es complicado.
–No te preocupes. No es asunto mío –dijo él, y miró las velas–. De todos modos, son muy bonitas.
–Gracias –dije. Me las había regalado mi madre, aunque yo nunca le había dicho que las usaba–. ¿Qué te apetece beber?
–Agua, por favor.
–¿Seguro? Tengo vino tinto. Y es de botella, no de tetrabrick.
Él negó amablemente con la cabeza.
–No, muchas gracias.
–¿Y te importa si yo bebo un poco?
Mi pregunta le sorprendió.
–No, claro que no. Es tu casa.
Él había sido tan considerado como para no presionarme con el asunto de la religión, así que yo hice lo mismo con el alcohol. Repartimos la pizza en los platos y comimos frente a la televisión, mientras los *transformers* des-

trozaban muchas cosas y Harold se enamoraba de Maude. Nos reímos mucho, y hablamos durante las películas. Estábamos sentados en los extremos del sofá, pero nuestros pies estaban en el centro, y se tocaban a menudo.

Fue la noche más agradable que había pasado desde hacía mucho tiempo, y se lo dije.

–Vamos, vamos –dijo Alex, agitando la mano.

–¡Te lo digo en serio!

–Bueno, está bien. Me alegro.

Después de unas copas de vino, yo me sentía lánguida y relajada.

–Es muy agradable estar contigo, Alex. No hay presión. No hay tiranteces.

Él se quedó en silencio durante unos segundos, mientras los créditos de la película pasaban por la pantalla.

–Gracias. También es agradable estar contigo.

Yo bostecé, tapándome la boca con la mano.

–Pero es tarde, y mañana tengo que madrugar.

–¿Trabajo?

–Sí. Acuérdate de mí mientras estés acurrucado debajo de las mantas, por la mañana.

Él se rio y se levantó, y me tendió la mano para ayudarme a hacer lo mismo.

–Oh, ten por seguro que lo haré.

Habíamos entrelazado los dedos, pero él me soltó en aquel momento. Sacó el DVD del reproductor y lo guardó en su funda. Me pilló mirándolo al darse la vuelta.

–Deberíamos repetir esto –dije–. Ha sido muy divertido.

No estaba borracha, pero estaba cansada y un poco confusa. No podía entender su sonrisa, ni su mirada... En ellas había algo que parecía diversión. Y algo más allá de eso, algo que estaba demasiado profundo como para descifrarlo.

–Sí, me gustaría. Buenas noches, Olivia –dijo Alex, pero no se dirigió hacia la puerta.

Aquel era el momento de la noche en que yo habría inclinado la cara para recibir un beso. Sin embargo, los dos nos echamos a reír al mismo tiempo, y Alex se alejó. Si de verdad había habido alguna tensión, se disipó.

–Buenas noches, Olivia. Hasta otro día.

–Buenas noches –dije yo, mientras él salía–. Hasta mañana.

La puerta se cerró. Yo metí en la nevera lo que había sobrado de pizza, y después me di una ducha caliente para no tener que madrugar tanto a la mañana siguiente. Normalmente, el vapor y el agua me relajaban mucho, y cuando me acostaba, me quedaba dormida enseguida. Sin embargo, aquella noche no.

Me pasé las manos enjabonadas por la piel. Tenía los pezones endurecidos, y un dolor entre las piernas. No iba a provocarme un orgasmo pensando en Alex, en su cuerpo largo y delgado... en el sonido de sus gemidos. No me iba a pasar las manos por el pecho y los muslos pensando que eran las suyas. No iba a tenderme en la cama con las piernas separadas, acariciándome para llegar al éxtasis pensando que era él quien lo hacía.

Bueno, sí. Era imposible evitarlo. Era guapo y sexy, y lo más cercano a una cita que yo había tenido desde hacía meses. Si no había salido apenas con hombres era por decisión mía, puesto que muchos me lo pedían, pero pocos me impresionaban. Y a Alex no le gustaban las mujeres. Yo misma lo había visto, y Patrick me lo había advertido.

Sin embargo, mi cuerpo reaccionaba al pensar en él, por mucho que mi mente me dijera que me estaba equivocando, y que era algo estúpido y sin sentido. Mi cabeza intentaba imponer el sentido común, pero a mi cuerpo no le importaba. Deslicé los dedos en mi interior, en la carne resbaladiza y caliente, y sentí una contracción de los músculos internos mientras llegaba al orgasmo.

Al final, pensé una vez más en su voz, y en mis recuerdos, su gruñido de placer se fundió convenientemente con mi nombre. Y, mientras giraba en la espiral de calor y placer, deseé con todas mis fuerzas oír el sonido de su voz al oído.

Capítulo 4

–Hace muchísimo que no nos vemos –dijo Patrick, con cara de pocos amigos–. Nunca me devuelves las llamadas, y te he enviado cientos de mensajes por Connex, y también me has ignorado ahí.

Yo jugueteé con la cámara e hice algunas fotografías a nada en particular, para asegurarme de que estuviera bien ajustada.

–He estado muy ocupada trabajando. Ni siquiera he entrado en Connex últimamente. ¿Qué querías decirme?

–Te he invitado a nuestra fiesta de Año Nuevo. A Teddy le parece que estoy loco por hacer otra fiesta tan pronto después de la anterior. Pero, ¿qué puedo decir? Me gustan las fiestas. Además, no quiero salir esa noche, y nadie nos ha invitado a nada –dijo Patrick, y se encogió de hombros–. Tú vienes, claro.

–¿Y si tengo planes? Gírate un poco hacia la izquierda, y sube la taza. Vamos, Patrick, que parezca que estás disfrutando –dije, mirándolo a través de la lente, para encuadrar la imagen que se suponía que iban a usar para el anuncio de un café del pueblo–. Te he visto más entusiasmado mientras veías reposiciones de *Lawrence Welk*.

–¿Qué quieres que haga, que parezca que quiero tirarme a la taza? –preguntó Patrick y, el con ceño fruncido, esbozó una sonrisa forzada–. ¿Te parece mejor así, eh, Olivia? Ooooh, café, cómo me pones...

Yo hice un par de fotos solo para poder molestarlo más tarde, cuando viera lo ridículo que estaba.

–Deja de hacer el tonto. Necesito esto para mañana.

–No hay nada como ir con retraso en una entrega –dijo Patrick, y lamió la taza con sus bonitos labios.

Yo le hice otra foto, y pensé en que aquella iba a enmarcarla para regalársela.

–Es un trabajo que me han encargado en el último momento, y no puedo permitirme rechazarlo.

Entonces, él me miró y se decidió a colaborar.

–¿Te parece mejor así?

–Un poco menos estreñido, pero sí. Está bien –dije.

Por fin había conseguido algo que podría valer. No era arte, pero tendría que bastar. Patrick dejó la taza en la mesa mientras yo pasaba las fotos al ordenador.

–Vas a venir, ¿no? Y a la cena del viernes. No has vuelto a casa desde la fiesta –dijo, y hojeó el álbum en el que yo había reunido mis mejores fotografías para mostrárselas a posibles clientes–. Oh, me gusta mucho esta. ¿Por qué no haces más de estas, Livvy? Son buenísimas.

Yo miré la fotografía. Era un desnudo que había hecho en un taller de fotografía al que había asistido hacía un año.

–Porque no soy fotógrafa erótica, y no me sirven de mucho los desnudos.

–Es muy guapa.

–Sí, claro. Es modelo.

Él siguió mirando las páginas.

–Esta también me gusta mucho.

Era un paisaje. Nada especial. Podía añadírsele texto, y tenía las dimensiones más adecuadas para ser usada en folletos o en páginas web. Me encogí de hombros.

–No aceptas demasiado bien los cumplidos.

Yo me reí.

–Quiero ganarme la vida haciendo esto, Patrick. No tengo planes de convertirme en una artista famosa. El trabajo es bueno, sí, lo entiendo. Pero no voy a poner una tienda para vender mis fotos.

–Podrías hacer una exposición en una galería. Tu obra es muy buena, tan buena como algunas de las cosas que he visto en el centro de la ciudad. Ya sabes que conozco al amigo de un amigo que…

–No –dije con firmeza–. Patrick, te quiero, pero no voy a hacer ninguna exposición. Además, yo también conozco a gente. Si quisiera, podría conseguir algo.

–Entonces, ¿por qué no lo haces? –me preguntó, y se apoyó contra una cómoda que yo había rescatado de un callejón.

Pensé en advertirle que iba a mancharse los pantalones vaqueros de diseño si los frotaba contra la madera vieja, pero me callé. Por muy maniático que fuera Patrick, a veces le gustaba fingir que no lo era, sobre todo cuando estábamos solos y nos comportábamos como cuando éramos pareja. Cuando se comportaba del modo que a él le parecía más masculino.

–Porque no quiero –dije.

–De todos modos deberías hacerlo.

Entonces, me volví hacia él y lo miré fijamente.

–¿Sabes? Ya puedes marcharte.

Patrick, mi novio, nunca me habría mostrado el dedo corazón estirado hacia arriba.

–Eso no es propio de ti.

Él soltó un resoplido y se puso en pie.

–Vas a venir a cenar.

Los dos últimos viernes los había pasado viendo películas con Alex.

–Tal vez tenga otros planes.

–¿Qué vas a hacer el viernes por la noche, que pueda

ser mejor que comer, beber y jugar en mi casa? –preguntó él, e hizo una pausa–. ¿Tienes una cita?

–No, pero, seguramente, mi inquilino y yo vamos a ver toda la serie de *Orgullo y prejuicio* de la BBC. La versión de Colin Firth.

Patrick soltó un jadeo y dio un paso atrás.

–¿Cómo? ¿Tú... con él? Pero...

Se quedó tan horrorizado y tan dolido que yo no debí reírme, pero lo hice.

–Él no la ha visto.

–¡Liv!

–¡Patrick! –exclamé yo, burlonamente.

Él agitó la cabeza, frunció el ceño y clavó sus ojos azules en mí.

–Sabía que no iba a ser bueno que le alquilaras el apartamento.

–¿Qué tiene de malo?

Alex se había portado estupendamente. Había sacado la basura varias veces, me había hecho la cena dos noches la semana anterior, y había ido a mi apartamento a ver películas antiguas conmigo. Tenía mucho sentido del humor y no ponía la música demasiado alta. Además le gustaba hacer yoga, y sin camiseta, lo cual era un plus. Yo casi no podía dormir pensando en él, pero no quería que Patrick lo supiera. Creo que hablaba con demasiada efusividad, que estaba demasiado contenta, pero estaba concentrada en la pantalla del ordenador y no en su tono de voz. El silencio de Patrick me avisó de que me estaba delatando, y me volví a mirarlo.

–No seas así –le dije.

–Bueno, es que no me has llamado en una semana –dijo él–. Pensaba que ibas a venir a ver *Supernatural* en la superpantalla.

–Tengo que trabajar, Patrick. No puedo desatender mis obligaciones –protesté yo. Intenté ser dulce, pero mi tono fue de molestia. Seguramente, porque estaba bastante molesta.

Patrick me fulminó con la mirada. Estaba celoso. Al darme cuenta, se me escapó una carcajada de incredulidad. ¿No había tenido celos de ninguno de los tres chicos anteriores con los que yo había salido, y tenía celos de Alex?

—Vamos, Patrick.

Nos conocíamos muy bien, así que había ciertas cosas que no necesitábamos decirnos. Él frunció el ceño y arrastró un pie por el suelo.

—Entonces, ¿vas a pasar la Navidad con él?

—¿En vez de pasarla contigo?

Él se cruzó de brazos con una expresión agria.

—Tengo familia, Patrick. Mi padre me ha invitado a su casa con Marjorie y él. Y mis hermanos también me han invitado.

—¿Y vas a ir?

—Creo que sí. No los veo mucho.

Mis hermanos me habían invitado a pasar la última fiesta, pero yo no había ido a su casa, porque no quería viajar a Wyoming ni a Illinois en pleno invierno. Yo los creí cuando me dijeron que me iban a echar de menos, pero también estaba segura de que no se habían quedado destrozados. Todos habíamos crecido, y ellos tenían familia. Hijos. Nuestra familia no estaba tan unida como otras ni era tan distante como otras. Lo que teníamos funcionaba, al menos para nosotros.

—¿Y tu madre?

—Mi madre no celebra la Navidad, ¿no te acuerdas?

Él suspiró.

—No puedo creer que me vayas a dejar tirado por otro.

—Fuera —dije, y señalé hacia la puerta, pero no antes de que Patrick se acercara y me diera un beso. Yo no quería sonreír ni reírme, pero no pude evitarlo—. ¡Fuera! ¡Tengo que trabajar! ¿No te está esperando Teddy?

—Teddy siempre me está esperando.

—Y seguro que te ha preparado la cena para cuando llegues a casa. No llegues tarde. Vamos, fuera, fuera —dije, haciéndole gestos para que se marchara. Él intentó agarrarme de la mano, pero no lo consiguió.

Me gustaba así, haciendo el tonto, como cuando estábamos juntos, antes de que el sexo se interpusiera en nuestro camino y él creyera que tenía que ser algo que no era. Ahora era distinto. Los dos éramos distintos. Sin embargo, Patrick era verdaderamente distinto con sus nuevos amigos, y con su nuevo compañero. Tal vez aquel Patrick fuera el verdadero Patrick, pero su tontería también era parte de él.

Había pasado el tiempo, y las heridas se habían curado. En muchos sentidos, Patrick y yo estábamos más unidos de lo que habíamos estado cuando éramos pareja. Yo sabía perfectamente que si hubiéramos seguido adelante y nos hubiéramos casado, habríamos sido infelices y nos habríamos divorciado en menos de un año, o peor todavía, habríamos sido infelices y no nos habríamos divorciado. Yo me alegraba de que Patrick hubiera encontrado su lugar en el mundo, junto a alguien que lo quería, y yo no andaba por ahí triste y deprimida, esperando a que apareciera mi príncipe azul. O al menos, lo intentaba.

—Por lo menos, no te olvides de mí —me dijo él.

—Oh, Patrick. Como si pudiera olvidarme —dije. Me puse en pie y le di un abrazo y un beso que no se merecía, pero que no podía negarle—. Ahora, vete. Tengo que trabajar.

—Llámame.

—¡Sí, sí! ¡Vete!

—Liv...

—¿Sí, querido mío? —pregunté. Las palabras eran dulces, pero mi tono era un poco amargo.

—Nada. No importa —dijo. Salió y cerró la puerta.

Yo me giré hacia el ordenador y me concentré en el trabajo. Era mejor que pensar en ninguna otra cosa.

A mí no me habían criado como a una tonta.

Por el contrario. Tanto mi padre como mi madre eran de la generación del sexo, las drogas y el rock and roll. Seguidores de Grateful Dead. Y yo tenía dos hermanos mayores que no se habían preocupado demasiado de esconder las películas que veían ni la música que escuchaban. Yo sabía lo que era el sexo.

Después de que mis padres se divorciaran, cuando yo tenía cinco años, mi padre había vuelto a casarse enseguida. Su nueva esposa, Marjorie, era una ferviente devota de la Iglesia Católica del Sagrado Corazón, y tenía dos hijas, Cindy y Stacy, ambas un poco mayores que yo. Mi madre se había quedado soltera, y casi nunca tenía citas. Mis padres eran cordiales el uno con el otro, y nunca me habían hecho elegir entre los dos, y aunque existía cierta tensión con mi padre sobre el lugar que yo debía ocupar en su nueva casa, la completa indulgencia de mi madre conmigo lo compensaba con creces. Mi madre y yo éramos muy amigas.

Tuve mi primer novio de verdad a los catorce años, e hice mi primera masturbación a un chico un año más tarde. La mayoría de mis amigas habían perdido la virginidad a los dieciséis, pero yo esperé un año más para mantener relaciones sexuales con mi novio, en el sótano de su casa, durante la fiesta de graduación de su hermano mayor. Para mí, aquella primera vez no fue traumática. Yo sabía lo que era un preservativo, y mi novio era habilidoso en las cuestiones sexuales. Aquella primera vez estuvo bien.

Mi vida cambió durante mi último año de instituto. De repente, mi madre dejó sus costumbres hippys y se volvió muy religiosa. Empezó a leer libros sobre el judaísmo y a observar estrictamente sus mandatos. Y entonces, todo lo que ella y yo habíamos hecho siempre juntas, como una familia, desapareció. Se fue a la basura, junto a toda la ropa y la comida que ya no servía. Ella guardó la mitad de los platos, los cubiertos y los vasos durante un año, el tiempo necesario para que se volvieran *kosher*. La otra mitad los purificó sumergiéndolos en agua hirviendo, y manteniendo la casa completamente libre de productos cárnicos.

De repente, éramos judías y vegetarianas. Mi madre siempre había sido una carnívora entusiasta. Yo podía soportar las cenas de los viernes por la noche, las velas encendidas y la preparación del *challah*. Pero, ¿renunciar a las hamburguesas con queso? No, de ninguna manera.

Me fui a vivir con mi padre y su esposa, que me acogió, pero no sin que pareciera que yo era una carga. Una vez le oí contarle en voz baja a una amiga suya que era su deber. Su deber cristiano. A ella le molestaba más que no estuviera bautizada que el hecho de que fuera negra, lo cual era bueno, porque siempre existía la posibilidad de que yo me salvara aceptando a Jesús como salvador, pero no existía la posibilidad de que me cambiara el color de la piel.

Yo quería a mi padre, y no me importaba tener que compartir el baño con mis hermanastras ni tener una habitación pequeña y oscura en el sótano. No me importaba tener que rezar antes de las comidas, porque al menos, me daban mucho bacón. Oh, bacón. Todas las mañanas, huevos con bacón. Y tampoco me importaba tener que ir a misa, porque los monaguillos eran muy monos.

A mi madre no le gustaba nada de aquello, pero estaba inmersa en su propio viaje, y dejó pasar muchas cosas. Siempre y cuando yo estuviera con ella durante las fiestas que quería celebrar, no le importaba lo que hiciera el resto del tiempo. Si estaba allí para encender la *menorah*, no le importaba que fuera a casa de mi padre y colgara las medias en la chimenea. Yo no le hablaba del grupo juvenil católico en el que me había apuntado Marjorie, ni en que mi padre había estado diciéndome que sería buena idea bautizarme.

Me escapé de la salvación yéndome a la universidad. Allí, en mi primer año, conocí a Patrick. Él vivía en mi residencia, y la primera vez que me sonrió, aquella sonrisa se me quedó grabada. Era alto, rubio, rubicundo... y católico. Me enamoré.

A mí me gusta pensar que la vida es un rompecabezas infinito que tiene tantas piezas que, las encajes como las encajes, la imagen nunca se termina. El conocer a Patrick fue la culminación de cientos de elecciones. Él era el final de uno solo de aquellos caminos, pero era el camino que yo había elegido. No importaba cómo pudiera terminar; él era la opción que yo había elegido, y aunque siempre había pensado que no iba a perder el tiempo en arrepentirme por ello, estaba empezando a creer que tal vez sí lo hiciera.

Creí que sabía lo que era el amor, con un novio muy guapo que besaba muy bien. Creí que sabía lo que era durante tres años de universidad, incluso cuando todas mis amigas estaban fornicando como locas y el atractivo de la castidad estaba empezando a deteriorarse. El amor es paciente, el amor es bondadoso, ¿no? El amor lo perdona todo.

Eso era lo que yo creía entonces. Ahora ya no estaba tan segura.

En nuestro último año de universidad, Patrick se arrodilló ante mí y me pidió que me casara con él mientras me daba un anillo de diamantes con una mano y un ramo de rosas rojas con la otra. Fijamos una fecha. Planeamos la boda.

Y, dos semanas antes de que recorriéramos el camino al altar, descubrí que Patrick me había estado mintiendo todo el tiempo.

No me habían educado como a una estúpida, pero terminé sintiéndome tonta.

Transcurrió una semana. Oí el sonido de unas voces al pasar junto a la puerta del apartamento de Alex, y vi su coche ir y venir, pero no lo vi a él. Terminé viendo *Orgullo y prejuicio* a solas, y culpando a Patrick por ello.

La semana anterior a Navidad es muy ajetreada para la gran mayoría de la gente, aunque no celebren esas fiestas, y yo tenía una lista de tareas muy larga. No había puesto árbol de Navidad, pero había comprado regalos. Iba a pasar el día con mi padre y su familia, aunque mis hermanos, sus mujeres y sus niños no estarían allí. También había aceptado un encargo de última hora para la promoción de las rebajas posteriores a la Navidad, y unas cuantas sesiones de retratos para amigos.

La niña a la que estaba enfocando con la cámara no tenía alas, pero era un angelito. Tenía cuatro años, una melena rizada y negra, una boquita pequeña y roja y un par de brazos cruzados. Era una versión en miniatura y en malvado de Shirley Temple, incluyendo el vestido y el lazo de la cintura.

—¡No! ¡No, no, no! —exclamó, y dio una patada en el suelo. Hizo un mohín. Me fulminó con la mirada.

—Pippa, cariño. Sonríe para la foto, ¿quieres?

Pippa miró a su padre Steven y volvió a protestar.

—¡No me gusta este vestido! ¡No me gusta esta diadema!

Se quitó la diadema y la tiró al suelo, y para que todos supiéramos lo mucho que la odiaba, la pisoteó.

—Es culpa tuya —me dijo el otro padre de Pippa, Devon.

Yo arqueé una ceja.

—Vaya, gracias.

Devon se echó a reír mientras Steven se agachaba a recoger la diadema para ponérsela de nuevo.

—Es muy obstinada, eso es todo. Se parece mucho a ti.
—Pippa, cariño, por favor...
—Ah, ¿y lo mucho que la miman sus padres no tiene nada que ver con eso? —murmuré yo, concentrada en la escena que se estaba desarrollando delante de mí. Enfoqué y disparé. Clic, clic. Capté toda la batalla entre el padre y su hija con solo apretar un dedo.
—¡No saques fotos de esto! —me dijo Steven.
Pippa, riéndose, se escapó y echó a correr por el estudio. Corría muy rápido, como yo cuando tenía su edad.
Devon se rio y se apoyó en el respaldo de la silla, cabeceando. Yo hice foto tras foto. Pippa corriendo. Steven agarrándola, sujetándola cabeza abajo, con la falda vuelta del revés y sus rizos negros tocando el suelo. Después, dos padres con su hija, y el amor que había entre ellos como algo tangible que yo no podía editar ni controlar, sino solo capturar.
—Pippa, hazlo por papá —dijo Steven—. Quiero una foto bonita de ti para poder mandársela a los abuelos.
Pippa frunció de nuevo los labios, pero al final, suspiró.
—Está bien.
Steven la puso sobre la caja de madera del suelo y le arregló el pelo y el vestido, y después se echó hacia atrás. Yo enfoqué la cámara y tomé la foto. Perfecta. Sin embargo, mientras inclinaba la cámara para enseñarle la imagen a Devon, era consciente de que aquella no era la que yo iba a pulir para regalársela y que pudieran ponerla en su pared.
Unos brazos pequeños se abrazaron a mis rodillas, y yo miré la cara de Pippa, que estaba inclinada hacia arriba.
—¡Déjame verla, Livia! Déjame ver la foto.
Yo me arrodillé a su lado y se la mostré en la pantalla de la cámara digital. Ella frunció el ceño.
—No me gusta.
—Shh —le susurré yo—. No se lo digas a tu padre, o te obligará a posar otra vez.

Aunque solo tuviera cuatro años, Pippa ya era lo suficientemente lista como para saber cuándo la mejor arma era una sonrisa. Se echó a reír, y yo me uní a ella. Cuando me abrazó y apretó su mejilla pequeña y suave contra la mía, percibí el olor a champú de bebé y a suavizante de ropa.

—¿Por qué no vas a jugar con la casita de muñecas? —le dije—. Yo voy a enseñarles todas las fotos a tus padres.

—¡Yo también quiero verlas!

—Las verás —le prometí. Sabía que no iba a poder evitar tener que enseñárselas, pero no quería darle todos los caprichos, como hacían sus padres—. Pero primero tengo que subirlas a mi ordenador. Ve a jugar.

—A ti te hace caso —dijo Steven, con un suspiro de agotamiento. Pippa se fue a un rincón, a jugar con mi casa de muñecas—. Gracias a Dios.

Yo me encogí de hombros y saqué la tarjeta de memoria de la cámara. La llevé a la mesa del estudio y la metí en el ordenador. Abrí el programa fotográfico y les mostré la serie de fotos que había tomado. Steven y Devon se sentaron cada uno a un lado de mí.

—Mira esa —dijo Steven, refiriéndose a una en la que aparecían los tres juntos—. Es maravillosa, Liv. Increíble.

Yo me sentí orgullosa.

—Gracias.

—No, en serio. Mira eso —dijo Devon, y señaló otra foto, en la que Pippa estaba iluminada por la luz que entraba en el estudio a través de una de las ventanas. Su vestido estaba hinchado como un globo mientras ella giraba sobre sí misma—. ¿Cómo lo haces?

—Práctica. Talento —dije, mientras hacía clic sobre la fotografía para agrandarla—. Sobre todo, práctica.

—Cualquiera puede hacer una foto, pero lo que tú haces es arte. Arte de verdad —dijo Devon con admiración. Y se volvió a mirarme—. ¿Sabes que Pippa dibuja? El pediatra dice que los niños de su edad solo hacen monigotes, pero ella ya está dibujando cuerpos en tres dimensiones.

–Yo no sé dibujar –le dije suavemente, sin apartar la vista de la pantalla.

–Solo era un comentario –respondió él, en un tono igualmente amable.

Estuvimos trabajando un buen rato para elegir las fotos que más les gustaban. Las limpié, las grabé en un disco y se las di para que se las llevaran a casa. Añadí las imágenes sin alterar, también, por si acaso las querían. Me centré en la de Pippa delante de la ventana.

–¿Me permitís que ponga esta en mi porfolio?

–Por supuesto –dijo Devon, que estaba guardando el disco en su bolsa, mientras Steven iba a buscar a su hija.

–Gracias –dije.

–Sabes... Liv... –dijo Devon, y se quedó callado hasta que yo lo miré. Entonces, señaló con la cabeza hacia el otro extremo del estudio–. Sabes que siempre eres bienvenida en casa. Puedes ir a verla cuando quieras. No solo cuando venimos al estudio, o cuando te invitamos. Ese fue nuestro acuerdo, ¿no? Que tú siempre formarías parte de su vida.

Yo seguí su mirada. Pippa había recolocado todos los muebles de la casita; había puesto las camas en el salón y el horno en la buhardilla. Se echó a reír cuando Steven tomó una de las muñecas y la hizo hablar como si fuera un ventrílocuo.

–Sí, lo sé. Gracias.

Devon tenía buenas intenciones, así que yo no podía decir que no quería invitarme a mí misma a ir a su casa para ver cómo criaban a mi hija. Les agradecía mucho que me permitieran tener contacto con Pippa, pero no esperaba más de lo que tenía. Ella era hija mía, pero yo no era su madre.

–Gracias una vez más por las fotos –dijo Steven, y dejó un cheque sobre la mesa.

Yo no lo tomé. Una vez más, habría escrito una cifra demasiado alta, y yo no quería ser desagradable discutiendo sobre la cantidad. Me gustaba hacer fotos, pero también me gustaba pagar mis facturas. Además, el hecho de aceptar su dinero convertía aquello en un trabajo, y no en un favor, y creo que los tres preferíamos eso.

–Livvy, ¿vas a venir a mi fiesta de cumpleaños? Es una fiesta de princesa –dijo Pippa–. Y voy a tener una piñata.

Yo me eché a reír y le tiré suavemente de los rizos.

–Una piñata para la princesa Pippa. Perfecto.

Ella me miró con los ojos brillantes de alegría.

–¡Sí! Y mis amigos van a venir.

–Entonces, supongo que yo también tengo que ir. Porque soy tu amiga.

Pippa se abrazó a mis muslos, y después se puso a bailar de nuevo.

–¡Sí, sí, vendrás a mi fiesta! ¡Y me llevarás un regalo!

–¡Pippa! –exclamó Steven con exasperación.

Devon se echó a reír y me miró a los ojos. Creo que él me entendía mejor que su compañero. Steven me observó con atención. No dijo nada, pero no era necesario. Yo me imaginaba lo que sentía. Así pues, me aparté y miré a Pippa, que volvió a dar vueltas, y que ya le estaba diciendo a su padre adónde quería ir a cenar y lo que quería ver en la televisión cuando llegaran a casa.

–Voy a llevar a Pippa al coche, para ponerla en su silla. ¿Devon? –dijo Steven, mientras le ponía el abrigo a la niña–. ¿Vienes?

–Sí, en un minuto salgo.

Devon esperó hasta que el sonido de los pasos de Pippa y de Steven se desvaneció por los escalones de bajada a la calle. Entonces se puso el abrigo. Era una chaqueta tres cuartos de cuero marrón, que tenía cinturón. Mientras se lo ataba, hizo un movimiento con la cabeza que captó mi atención, y alcé la cámara para fotografiarlo. La foto salió borrosa, pero tomé otra cuando él me miró con una sonrisa de azoramiento. Yo había perdido lo que estaba buscando. Era algo elusivo que no podía describir con palabras.

—Mírate las manos otra vez.

Sin embargo, el momento se había perdido, y apreté el botón de la cámara para ver la foto borrosa, pensando en cómo podía arreglarla. Devon miró la imagen por encima de mi hombro. Se echó a reír.

Yo lo miré a él.

—¿Lo ves? Hace falta práctica.

—Y talento —dijo él.

Devon es un hombre alto, ancho, con la piel del color del caramelo oscuro. Lleva la cabeza afeitada y una barba de chivo, y cuando se dobla, siempre pienso que va a hacer estallar las costuras de su camisa. También es uno de los hombres más bondadosos que he conocido.

—Deberías venir y dejarme que te fotografíe. Solo tú.

Devon arqueó una ceja.

—No, no.

Le di un golpecito suave en el brazo.

—Me gusta hacer retratos cuando no estoy en Foto Folks, también. Eso me da material para mi porfolio.

—Bueno, ya veremos —dijo él, y se alisó la pechera del abrigo—. Antes hablaba en serio, Liv.

—¿Con respecto a lo de las visitas? Ya lo sé —dije.

No solté la cámara. Me servía de barrera entre los dos. Yo no quería decepcionar a Devon, y sabía que eso era lo que ocurriría. Él no entendería lo que yo sentía por su hija. No parecía que nadie lo entendiera.

—Es que... somos familia, ¿sabes? Todos nosotros. Yo perdí a mis padres hace años, y mi hermana no me habla —dijo él. Su hermana no le hablaba porque era gay, eso no tenía que explicármelo—. La familia es muy importante. No quiero que pienses que no queremos que formes parte de su vida.

Yo asentí.
—Ya lo sé, Devon.
—Feliz Navidad, Liv.
—Gracias. Igualmente.

Me acarició con ternura el hombro y se marchó. Cuando me quedé a solas, me senté en mi silla y abrí el archivo de las fotos que había sacado aquel día.

La familia de Devon lo había repudiado a los diecisiete años, al enterarse de que era gay. Él nunca había llegado a reconciliarse con sus padres antes de que murieran. Había construido su propia familia, había hecho amigos a los que poder querer y que lo quisieran también.

Pippa era mía, pero no era mi hija. Steven había pedido que no me llamaran «la madre de Pippa», y yo había renunciado a todos mis derechos sobre la niña a favor de ellos dos, después de su nacimiento. No tenía objeciones. Sin embargo, no había contado con el hecho de que Devon tuviera tanto amor por la familia, y que ese amor complicara tanto las cosas.

Miré por última vez las fotos de Pippa y de sus padres, sus verdaderos y auténticos padres. Ella se parecía a mí, incluso se comportaba un poco como yo, y yo era muy afortunada por poder conocerla. Sin embargo, no era su madre, y nunca lo sería. Miré por última vez las fotos y después cerré el archivo.

Capítulo 5

No llevé ninguna fotografía de Pippa a casa de mi padre para enseñársela en Navidad. Nunca hablábamos de ella ni mencionábamos mi embarazo, que había sido inesperado y no precisamente bien recibido por la mayoría de la gente que formaba parte de mi vida. En vez de eso, llevé bolsas llenas de regalos para los niños de Cindy y de Stacy, mis sobrinos.

Tuvimos una gran comida. Abrimos los regalos. Mis dos hermanos llamaron, y hablé con ellos. Esquivé las preguntas sobre mi vida amorosa e hice alarde de mi trabajo, no de la parte de Foto Folks, ni de las fotografías que hacía en los colegios, sino de los folletos y los anuncios que había creado para clientes particulares. Me relajé y disfruté de mi familia, y esperé que ellos también estuvieran disfrutando de mí.

Decliné la invitación de quedarme a pasar allí la noche, y conduje durante una hora y media hasta casa, con la música a todo volumen. A medianoche, aparqué mi coche junto al de Alex.

Hacía una semana que no lo veía ni hablaba con él, y lo echaba de menos. Al ver un hilo de luz por debajo de su puerta, respiré profundamente y llamé. Él no respondió, y perdí el valor. En vez de llamar de nuevo, comencé a subir las escaleras, y acababa de entrar a mi apartamento cuando oí su voz.

–¿Olivia?

La mejor parte de esquiar es ese primer momento en el que miras montaña abajo y te preparas para bajar. Para tomar velocidad y para saltar. Para volar. Así me sentí en aquel momento.

–Hola, Alex. Feliz Navidad.

Él llevaba unos vaqueros y una camisa desabotonada, y tenía el pelo revuelto y una mejilla arrugada.

–¿Te he despertado? Lo siento.

–No te preocupes. Estaba sumido en el estupor post comida de Navidad.

–¿Quieres pasar? –le pregunté, abriendo la puerta de par en par.

–No, gracias. Es tarde. Solo quería darte esto –dijo, y me mostró una cajita envuelta en papel plateado, con un lazo azul.

Yo miré el paquetito, y después lo miré a él.

–¿Me has comprado un regalo?

–Claro. Es el momento del año más adecuado.

–Pero... yo no te he comprado nada.

–No pasa nada. Ábrelo.

–Bueno, entonces pasa –dije yo. Me hice a un lado, y él entró, pero no se alejó de la puerta. La caja estaba envuelta de tal modo que se podía abrir la tapa sin quitar el papel. Dentro, sobre un forro de tela muy bonito, había una pulsera de piedras brillantes–. ¡Es preciosa!

–Me alegro de que te guste. Sé que no es mucho...

–Yo no te he comprado nada –dije–. Es preciosa. No tenías que regalarme nada, Alex. De verdad. Pero muchas gracias.

–Solo quería darte algo para demostrarte que no soy un completo idiota.

Yo me eché a reír, con sorpresa.

–Oh, Dios mío. Yo no pienso eso.
–¿No?
–Pues claro que no. ¿Es que debería pensarlo?
Él me observó con el ceño fruncido.
–Yo creía que… No importa.
–¿Qué creías?
Él agitó una mano.
–Nada, de verdad.
Yo quería insistir para que me diera una explicación, pero no lo hice. Me puse la pulsera y alcé el brazo para poder admirarla.
–Gracias.
Ninguno de los dos se movía. Yo le mostré una bolsa llena de sobras de comida que me había preparado Marjorie.
–¿Tienes hambre?
Alex se puso una mano sobre el estómago.
–Vaya. Eh… no. No creo que vuelva a tener hambre nunca más.
Me reí.
–Hasta mañana.
Él sonrió.
–Sí. Estoy seguro de que mañana querré comer otra vez.
–Bueno –dije. Sin embargo, seguimos sin movernos, y le pregunté–: ¿No puedo convencerte de que tomes una loncha de jamón asado?
–Ummm… No he tomado jamón hoy. Hemos comido un pavo relleno de pato y pollo, si es que puedes creértelo.
–¿De verdad? –pregunté, riéndome–. Vaya. Patrick siempre ha dicho que quería hacer uno de esos para Navidad.
–Sí, bueno… –dijo Alex–. Me invitó a comer a su casa.
A mí no se me ocurrió nada que decir, salvo:
–Yo nunca lo he probado.

—Deberías. Bueno, me voy a la cama. Hasta mañana, Olivia. Feliz Navidad.

—Gracias por la pulsera.

—De nada —respondió él, sonriéndome por encima del hombro mientras se alejaba.

Cerré la puerta y me apoyé en ella. No sabía por qué me importaba tanto que Patrick hubiera invitado a Alex a su casa por Navidad, pero me importaba.

La fiesta de *Chrismukkah* de Patrick había sido una orgía de comida, música y drama, pero la de Nochevieja fue mucho más tranquila. Hubo mucha comida y música, sí, pero la lista de invitados fue más reducida. Acudieron la hermana de Teddy, Susan, y su hijo adolescente, Jayden; Nadia y Carlos, los vecinos de al lado, y algunos amigos de Patrick y Teddy que yo no conocía bien. El hermano de Patrick, Sean. Yo.

Y, por supuesto, Alex Kennedy.

Entró por la puerta trasera, con los brazos llenos de paquetes envueltos en papel plateado con lazos azules. Yo, que estaba cortando queso en la encimera, me giré y, al verlo, noté que se me aceleraba el corazón.

—¡Alex! —exclamé sorprendida.

—Olivia —dijo él, y me sonrió encantadoramente, como siempre—. Feliz Año Nuevo.

Se dio cuenta de que me había quedado mirando los regalos que llevaba en los brazos.

—Patrick me dijo que os hacéis regalos en Año Nuevo.

Era cierto. Intercambiábamos pequeños detalles. Sin embargo, ninguna de las cosas de Alex parecía un pequeño detalle.

Yo tomé uno de los paquetes, que estaba a punto de caérsele al suelo.

—Deja que te ayude.

–Gracias.

Pusimos los regalos sobre la mesa, y yo miré a Alex de reojo. Llevaba unos pantalones vaqueros un poco desgastados, una camiseta negra y la chaqueta marinera, que se quitó y dejó sobre una silla. El pelo le caía por la frente, y se le metió un poco en los ojos mientras colocaba los paquetes. Yo no quería quedarme mirándolo embobada, pero no pude evitarlo.

La cena fue sencilla, pero muy rica, y la conversación fluyó relajadamente, como el vino. Yo me senté junto a Sean, enfrente de Patrick, y en el extremo de la mesa opuesto a Alex. No sentía muchas ganas de hablar, y observé a la gente, sin saber muy bien qué me ocurría. Sin embargo, al ver a Patrick acariciarle la mano a Teddy, me di cuenta de que era algo más que una simple melancolía navideña.

Aquella caricia no tuvo nada sexual. Patrick le acarició la mano a su amante con dulzura, y se la apretó durante un segundo.

A mí se me empañaron los ojos. Sean se inclinó para decirle algo a la hermana de Teddy, que estaba sentada a mi otro lado, y todo el mundo se estaba riendo de algo que yo me había perdido mientras sentía aquella punzada de celos tan inesperada. Cuando alcé la cabeza, mi mirada se cruzó con la de Alex.

En sus ojos vi una mezcla de emociones, la mayoría de las cuales parecían algún tipo de tristeza. Eso me molestó. Me dejó desnuda.

Solo duró unos segundos, no obstante. Pronto él se estaba riendo también, ignorándome, pero en vez de sentir agradecimiento por su compasión, tuve ganas de pincharle con el tenedor. Alex no tenía derecho a juzgarme.

–Bueno, Liv –dijo Sean, girándose hacia mí–. ¿Qué has estado haciendo últimamente?

–Sí, Liv. Cuéntales a todos lo que has estado haciendo.

De repente me convertí en el foco de atención de toda la mesa, y como no tenía la boca llena de comida, tuve que llenarla con palabras.

—Yo... he abierto mi propio estudio.

—¿De grabación? —preguntó Jayden, que había estado ganando a todo el mundo en el juego de guitarra de la consola.

—No, de fotografía. Hago diseño gráfico para empresas. Me encargo de los folletos, las páginas web y ese tipo de cosas. Saco fotografías concretas para el trabajo, no uso fotografías de una biblioteca.

—Pero algunas de tus fotos las han tomado para ofrecerlas en esas bibliotecas de fotos, ¿no? —dijo Patrick orgulloso. A mí no me importó que me presionara para seguir hablando.

—Cualquiera puede descargarse fotografías de una de esas bibliotecas, pero sí, algunas de las mías han tenido bastante éxito.

Había ganado más dinero vendiendo los derechos de algunas de mis fotos del que podía ganar usándolas yo en exclusiva. No era arte. Era un negocio.

—No le hagáis caso. Es una gran fotógrafa. Yo tengo algunos paisajes suyos colgados en el salón —dijo Patrick.

—¿Tú has hecho esas fotos? —me preguntó Sean impresionado, y se inclinó un poco más hacia mí—. Vaya.

Aquello me sorprendió, aunque no debería. Al fin y al cabo, yo había estado a punto de casarme con su hermano. Sean ya me conocía, pero de un tiempo en que mi cámara no era más que una afición. Ahora se había transformado en un trabajo. O, tal vez, pensé mientras percibía el olor de su colonia, él me estuviera prestando más atención ahora que entonces. Lo olisqueé disimuladamente. Su olor no era como el de Patrick, sino especiado y masculino al mismo tiempo. Por debajo de la mesa, volvió a tocar mi rodilla con la suya una vez más, y a mí me pareció que en aquella ocasión lo hacía a propósito.

Desde tan cerca veía las manchitas blancas que había en sus ojos azules, idénticos a los de Patrick. Sean tenía el mismo pelo rubio y espeso que su hermano, y los mismos labios perfectamente curvados, los hombros anchos, la cintura estrecha y un estómago plano que toda mujer con una libido sana desearía lamer.

Sin embargo, al contrario que Patrick, Sean Michael McDonald no era gay.

—Sí, son mías.

La conversación continuó, pero no estoy segura de lo que hablamos. Yo no volví a mirar a Sean. No era necesario; sabía muy bien que estaba allí.

Después de cenar abrimos los regalos y tomamos más vino. Yo mantuve la copa llena, pero fingí que bebía. El alcohol nunca es buen compañero de la tristeza, y menos en Nochevieja en casa de un examante.

La regla era que los regalos debían ser pequeños. Algo hecho a mano, o que no fuera caro, y todo el mundo debía llevar un extra para meterlo en una bolsa, al estilo amigo invisible. Yo saqué un par de guantes suaves para conducir, compensación más que justa por la tarjeta de regalo de gasolina que había metido en la bolsa. También hubo regalos personales, obviamente, y lo mejor de todo fue ver las caras de Teddy y de Patrick cuando abrieron el regalo que yo les había llevado.

—Liv, es... maravillosa —dijo Teddy, acariciando el marco de caoba—. Preciosa, de verdad.

—¿Cuándo la hiciste? —preguntó Patrick suavemente.

—En verano.

Habíamos ido al parque, a merendar y a escuchar la actuación de una banda de música que tocaba a orillas del río. Yo los había fotografiado mientras estaban sentados, con el río de fondo, mirándose, a punto de besarse.

Ellos no se habían dado cuenta en aquel momento, y yo, protegida detrás de mi cámara, me había convencido de que no me sentía como un candelabro. Sin embargo, en aquel momento recordé perfectamente que así era como me había sentido. A mi lado, Sean se movió hasta que su muslo volvió a tocar el mío. Me di cuenta de que posaba el brazo en el respaldo del sofá, detrás de mí, y al notar su calor, se me puso el vello de punta.

Alex me estaba mirando.

Yo me concentré en Patrick.

—Espero que os guste.

—Me encanta —dijo él—. Mira, Teddy, vamos a ponerla ahí.

Mientras ellos hablaban del lugar perfecto para colgar la fotografía, Sean me rozó la nuca con los dedos. Me estremecí. Entonces, él se inclinó y me preguntó al oído:

—¿Tienes frío?

Yo me giré ligeramente hacia el lado opuesto a él.

—Un poco.

—A lo mejor necesitas un jersey, o algo así.

Mientras se abrían los demás regalos, entre risas, Patrick no nos estaba mirando. En el pasado, muchas veces, todo desaparecía a mi alrededor, salvo el sonido de su voz o la imagen de su cara. Casi la misma voz que me estaba murmurando al oído en aquel momento. Casi los mismos ojos que me estaban mirando.

Hubo un instante en el que todo podría haber sido distinto. Si Sean no se hubiera movido de nuevo para rozarme el muslo con el suyo, de una forma mucho más sexual de lo que nunca había hecho Patrick, o si yo hubiera ido a la cena con un acompañante, o si no hubiera sido Nochevieja y yo todavía no estuviera enamorada de un hombre del que nunca debía haber estado enamorada.

—En realidad, creo que voy a buscar algo de beber —dije.

—¿Quieres que te acompañe? —me preguntó Sean, con una sonrisa irónica que me habría dejado embobada si no hubiera sido tan idéntica a la de su hermano.

—No, ahora mismo vuelvo –dije, y mi sonrisa forzada y tirante debió de desanimarlo, porque conseguí escapar a la cocina sin que me siguiera.

Lo cierto era que no quería tomar nada. Necesitaba respirar aire fresco para despejarme. No iba a volver a hundirme en la tristeza, ni aquella noche, ni nunca más. Estaba bien.

Estuve bien hasta que me puse el abrigo y encontré un pequeño paquetito en mi bolsillo. Quería dárselo a Patrick cuando estuviéramos solos, no delante de todo el mundo. Le había comprado un botón con un cuchillo de su serie de dibujos animados favorita, *Kawaii Not*. A mí me había contagiado el gusto por el sentido del humor retorcido de aquella serie, y era algo que nosotros compartíamos, pero que él no compartía con nadie más. Había envuelto el botón en un papel liso, y había escrito su nombre en el paquetito. Quería asegurarme de que él supiera que el regalo era algo despreocupado. Que se me había ocurrido a última hora. Que no tenía importancia.

Sin embargo, al palparlo en el bolsillo, supe que yo era la única que podía haber pensado que era importante o que tenía algún significado.

Cuando salí al porche por la puerta trasera estaba llorando. Tenía la visión borrosa. Se me helaron las lágrimas en las mejillas. Me tropecé, y tomé aire de repente; el aire helado me quemó los pulmones. Atravesé el jardín, pasé por delante del garaje de la casa y estallé en sollozos. Me detuve y apoyé una mano en la pared de madera para poder enjugarme las lágrimas de los ojos.

—¡Mierda! –exclamé al ver que no estaba sola–. ¿De dónde has salido?

Alex estaba allí, bajo el alero del garaje, arrebujado en su chaqueta marinera. También estaba apoyado en la pared, pero en aquel momento se irguió. En una mano tenía un cigarrillo sin encender.

–He salido de la casa, por la puerta principal, y la he rodeado hasta que he llegado aquí –respondió él–. Olivia, ¿estás bien?

–¿A ti te parece que estoy bien? –pregunté, sin poder controlar los sollozos–. ¡No! ¡No estoy bien!

Me tapé la cara y lloré contra los guantes. Entonces noté una mano firme en mi hombro, y un pecho más firme todavía contra mi mejilla. No me había dado cuenta de que Alex era tan alto hasta que sentí su mentón en mi coronilla. Su abrigo olía bien. Me acarició la espalda con la mano que no sujetaba el cigarrillo. Cuando, por fin, me separé de él, había dejado de sollozar, pero no me sentía mejor.

–No sé por qué dicen que esta es la mejor época del año –dijo Alex, y se puso el cigarro entre los labios–. Las fiestas de Navidad y Nochevieja son una mierda.

Yo me metí las manos en los bolsillos.

–Sí.

Él asintió. Eso era todo. Ninguna explicación. Ningún consuelo más.

Yo lo miré. A la luz de la farola de la calle, sus ojos parecían más oscuros y su piel más pálida. Vi que se quitaba el cigarro de la boca y respiraba profundamente.

–¿Vas a fumártelo, o no?

–No –dijo él–. Dejé de fumar.

–Entonces, ¿qué estás haciendo aquí fuera? –pregunté, mientras me castañeteaban los dientes–. Hace un frío espantoso.

–Ah… Son las viejas costumbres. Cuando fumas, sabes que siempre tienes una excusa para salir de un sitio si quieres hacerlo.

–Lo tendré en cuenta –dije yo, y me froté la cara, no solo para secarme las lágrimas, sino para conseguir que me circulara algo de calor por la piel–. Debería haber salido con ese chico que conocí en la cafetería. Quería llevarme a una fiesta en el Hotel Hershey. Cena y baile. Habría podido comer muchos bombones, y tendría a alguien para besarme a medianoche. ¿Sabes cuántos años hace desde que no he salido con nadie para poder besarlo cuando dan las doce campanadas en Nochevieja?

—No pueden ser tantos.

Me reí suavemente.

—Demasiados. ¡Y no porque no haya tenido ofertas!

—Eso ya lo sé.

Todo aquello era surrealista. Aquella noche y aquella conversación. Alex se puso de nuevo el cigarrillo entre los labios, y dejó que le colgara de la comisura.

—No tenía ningún vestido de fiesta, y por eso no fui.

Alex me miró con una vaga sonrisa, debido a mis balbuceos.

—Vamos, adelante. Pregúntame por qué he venido aquí, en vez de ir a la fiesta del Hotel Hershey.

—Oh, eso ya lo sé —dijo Alex.

A mí se me hundieron los hombros.

—¿Lo sabes?

—Quieres a Patrick.

Si había algo que podía haberme hecho llorar más aquella noche, eran aquellas tres palabras. Sin embargo, tal vez ya hubiera derramado todas las lágrimas. Lo único que pude hacer fue agitar la cabeza y exhalar un suspiro helado.

Se oyeron fuegos artificiales al final de la calle. La campana de la iglesia. A mí se me formó un nudo en la garganta.

—Mierda —susurré—. Es medianoche.

—Feliz Año Nuevo —dijo Alex.

Entonces, tiró el cigarro al suelo, me tomó entre sus brazos y me besó.

Capítulo 6

Su boca, suave y cálida, presionó la mía durante unos cinco segundos antes de que yo pudiera reaccionar, y para entonces él ya se había apartado lo suficiente como para murmurar contra mis labios:

–No tengo bombones. Lo siento.

Yo di un paso atrás y me tapé la boca sonriente con una mano.

–No pasa nada. No tenías por qué hacer eso.

Él me miró fijamente.

–¿Y por qué piensas que no quería hacerlo?

«A Alex no le gustan las chicas», me había dicho Patrick.

–Bueno, muchas gracias –le dije yo–. Siento haber llorado y haberte soltado todo ese rollo. Otra vez. No es el mejor modo de comenzar el año.

Él se puso una mano en el estómago e inclinó un poco la cabeza.

–Ha sido un placer, de veras. Lo de ser un caballero andante que ayuda a las damas en apuros siempre es maravilloso para empezar el año. En realidad, es mi propósito en la vida.

Me eché a reír, con ganas. La carcajada me hizo daño en la garganta, pero me sentí bien de todos modos.

—Deberías volver dentro. Aparte de estar helándote aquí fuera, te estás perdiendo la fiesta.

Él miró hacia atrás, hacia la casa.

—Claro, la fiesta. De todos modos, creo que voy a irme a casa.

Yo asentí.

—Ah. Claro.

—¿Estás bien para conducir? —me preguntó él, poniéndome la mano en el hombro.

—Sí. En realidad, apenas he bebido. Estoy perfectamente.

Él me apretó suavemente el hombro.

—¿Seguro? Puedo llevarte.

—No, de verdad. Estoy bien —dije. Me estremecí, y apreté los dientes para que no castañetearan más—. Voy a entrar. Me estoy quedando helada.

Él se rio.

—Con esta temperatura, cualquiera diría que estamos en tiempos de calentamiento global. Conduce con cuidado, Olivia.

—Sí, por supuesto. Y, Alex, muchas gracias otra vez. Y feliz Año Nuevo.

Él se levantó un poco el ala de un sombrero imaginario.

—Ya te he dicho que ha sido un placer.

Cuando yo empecé a mover los pies, él ya había desaparecido por una esquina de la casa. Yo iba a entrar, a recoger mis cosas y a marcharme también. No quería volver a sentarme junto al hermano de Patrick y seguir pensando en lo que podría haber sucedido, pero que no iba a suceder nunca.

—¿Dónde estabas? —me preguntó Patrick, en cuanto entré por la puerta trasera—. Ya ha pasado la medianoche. Te has perdido el brindis.

—Necesitaba tomar un poco el aire.

—¿Qué demonios estabas haciendo? —me preguntó Patrick. Cerró los ojos y giró la cabeza, con una mano en alto–. No importa. Te he visto.

Vi la traición reflejada en su cara.

–¿Que me has visto cómo?

–Con él –dijo amargamente.

–¿Con quién? ¿Con Alex? Por el amor de Dios, Patrick, solo ha sido…

–No importa –repitió él, interrumpiéndome con un movimiento de la mano.

En aquel mismo instante dejé de sentir pena. Patrick, que me estaba fulminando con la mirada, sentía celos. Y yo, al darme cuenta por primera vez, pensé en todas las veces que él me había alejado de posibles relaciones con otros hombres durante aquellos últimos años, sabiendo que yo lo quería y que confiaba en su opinión de amigo.

–No tienes ningún derecho –le dije, con la voz temblorosa.

–¡Tengo todo el derecho! ¡Esta es mi casa!

–Ha sido un beso de Nochevieja de un amigo. ¡Demonios, Patrick, tú te has enrollado con tíos cuando yo estaba en la misma habitación!

Él no podía negarlo, pero no aceptó el argumento. Me miró con ira; yo intenté recordar si lo había visto tan enfadado alguna vez, pero no pude. Patrick y yo casi nunca discutíamos. Siempre éramos muy amigos.

–No sé cómo has podido hacerme esto –dijo él, finalmente.

–¿A ti? Yo no te he hecho nada a ti, Patrick. Ni a nadie. Si hay alguien que tiene derecho a enfadarse… –entonces, tuve que tragarme las palabras–. Creo que debería irme.

Él me bloqueó el paso.

–No puedes marcharte así. Todo el mundo me preguntará por qué.

–¿Y te crees que me importa? –pregunté. Estaba cansada, hundida, y seguía demasiado enamorada de él como para no desearlo, pero me mantuve firme y no lo toqué–. ¿De verdad, Patrick? ¿Crees que me importa lo que piensen los demás?

–Creía que ibas a quedarte a dormir. Es Nochevieja. Mañana tomaremos tortitas y… –entonces, vaciló.

–No me voy a quedar, Patrick. De verdad, creo que debo marcharme. Es mejor.

–Me he acostado con él, Olivia –dijo Patrick con tirantez, después de unos instantes–. Solo una vez. Teddy no lo sabe.

–Dios, Patrick. Dios mío. ¿Cuándo?

Él cabeceó.

–En Navidad.

–¿En tu casa? ¿Con Teddy aquí? ¡Pero cómo…! –yo tuve que tragar saliva. Sentía unos celos horribles–. ¿Cómo has podido? ¿Y tú estás enfadado conmigo? ¡Eso sí que es una guarrada!

–Teddy sabe que a veces me acuesto con otros tíos…

–Así que ese es el trato que tenéis, ¿no? Que sepa quiénes son. Y cuándo lo haces. Mierda, Patrick, ojalá no supiera nada de esto –dije. No quería saber nada de su acuerdo con Teddy, ni de su vida sexual. Nada de nada.

–No se lo digas.

–Me da la sensación de que ni siquiera te conozco –respondí amargamente.

Patrick carraspeó.

–No se lo digas a Teddy, Liv. Por favor.

–¿Por qué iba a decírselo? Yo quiero a Teddy. ¿Por qué iba a hacerle tanto daño? ¿Y por qué se lo haces tú? –le pregunté, pasándome la mano por los ojos. Aquello era insoportable–. ¿Y por qué me has contado todo esto?

–Yo no te lo he contado. Tú me has obligado a contártelo.

Él quería decírmelo, o no lo habría hecho. Yo, que había empezado a entrar en calor, volví a quedarme helada.

Oí la risa de Teddy desde el otro lado del pasillo. Noté un sabor amargo en la boca. Me crucé de brazos; nunca me había sentido tan celosa.

—Que te den, Patrick. Por eso no querías que yo me relacionara con Alex, ¿verdad? No estás celoso de él, sino de mí.

—Yo no estoy celoso —rugió él—. Solo quiero protegerte.

—¿De qué? Explícamelo, ¿quieres? Porque no creo que quieras protegerme de nada. Solo quieres... ¡Mierda! No sé lo que quieres —exclamé, conteniendo las lágrimas de tristeza—. ¡Yo no soy una cafetera!

—¿Y qué significa eso? —me preguntó él, e intentó abrazarme.

Yo me aparté.

—¡Significa que... que...! ¿Qué quieres que haga? ¿Que lo eche del apartamento? ¿Que no sea su amiga solo porque tú no eres capaz de mantener cerrada la cremallera del pantalón? ¿Qué demonios crees que va a pasar, Patrick?

—Nada —respondió él malhumoradamente.

Yo agité la cabeza. Patrick dio un paso atrás. Esperé a que me dijera que lo sentía, o que hiciera ademán de volver a tocarme, pero no lo hizo, y me alegré. No había nada que pudiera decir, o hacer, para arreglar aquello.

—Será mejor que me vaya.

En aquella ocasión no intentó detenerme. Tomé mi abrigo y salí a la calle.

Cuando llegué a casa, el apartamento de Alex estaba a oscuras, silencioso. No salía luz por debajo de la puerta. En aquella ocasión no llamé a la puerta.

—¡Aaay!

La pequeña figura que había detrás de un montón de cajas y bolsas que desbordaba sus brazos gritó, pero era demasiado tarde.

Yo conseguí agarrar un par de paquetes, pero el resto cayó al suelo, a nuestros pies. Sarah suspiró y me miró. Yo me eché a reír, pero ella me dijo que no con el dedo índice.

—Deberías pedir que no haya nada rompible en esas cajas.

—¿Y por qué ibas a traerme algo rompible? —le pregunté, mientras me agachaba a recoger las cosas que me había traído—. ¿Dónde quieres que ponga todo esto?

—Sobre la mesa.

Sarah era la que había encontrado la enorme mesa de comedor que había en el centro de mi estudio. Yo decía que era de segunda mano, y ella decía que era antigua, pero me había costado ciento sesenta dólares en un mercadillo de la parroquia, y venía con diez sillas. Por el momento solo había podido retapizar dos, y el resto estaban junto a la pared, esperando su turno. Cuando terminara, el conjunto sería estupendo e impresionante; justo lo que siempre había soñado tener en un despacho propio.

Dejamos los paquetes en la mesa, y Sarah los miró fijamente.

—Me da la sensación de que había más cosas.

—¿Más todavía?

Ella se tocó un diente con una de sus uñas pintadas de azul mientras pensaba.

—Bueno, lo sabremos cuando los hayamos abierto todos.

Me froté las manos.

—Entonces, ¡vamos a abrirlos!

Sarah se echó a reír, se quitó una goma que llevaba en la muñeca y se recogió el pelo, que llevaba teñido de color azul y morado, en una coleta, encima de la cabeza.

Se recogió las mangas de la camiseta plateada, se puso las manos en las caderas de los pantalones ajustados y negros, justo por encima del cinturón ancho de cuero negro. Estaba observando atentamente el montón de cosas que había traído mientras yo la observaba a ella, y cuando me sorprendió mirándola, se rio de nuevo.

—Te gusta mi pelo, ¿eh?

—¿Por qué te has decidido por el azul?

—No lo sé. El naranja y el rojo me parecían un poco exagerados, y el verde no se me fijaba. Me gustan el azul y el morado.

A mí también. Había intentado teñirme el pelo unas cuantas veces, pero como era negro, si no me lo decoloraba primero no conseguía que ningún otro color resaltara. Así que, después de muchos intentos, lo había dejado.

—A mí también me gusta. Ya te lo había dicho.

—Sí, ya lo sé —dijo ella, agitando la mano—. Solo quería probar algo distinto.

Yo me reí.

—Claro, porque todo el mundo tiene el pelo azul y morado.

Sarah me hizo un gesto de burla y me mostró el dedo corazón.

—Que te den.

Yo le envié un beso de un soplido.

—Hoy no. Me duele la cabeza.

Ella soltó una carcajada y se dio una palmada en el muslo.

—¿Quieres ver lo que te he traído, o no?

Claro que quería. Mi estudio estaba desnudo y en bruto cuando yo había comprado la vieja estación de bomberos. Sarah era diseñadora de interiores, y yo hubiera admirado mucho su trabajo aunque no hubiera sido amiga mía. Ella había accedido a ayudarme a convertirlo en el espacio profesional que yo deseaba, y a cambio, yo le había prometido que le haría sus folletos y la página web de su empresa, y otro tipo de elementos de diseño gráfico. Ah, y que le sacaría fotos siempre que quisiera, que era cada vez que se cambiaba el pelo de color.

No me importaba. Ella siempre me permitía poner las mejores fotos en mi página de Connex, la que tenía para el resto del mundo y no solo para los amigos. Ella siempre estaba dispuesta a posar para mí, si yo tenía alguna idea especial. A Sarah le encantaba arreglarse y maquillarse, pero no tenía ningún complejo sobre su apariencia, o por lo menos, no tantos como otras modelos con las que yo trabajaba. Además, no le importaba hacer el tonto mientras posaba, cosa que al resto de las modelos con las que yo trabajaba sí les importaba, y mucho.

Sacó una tela de la primera bolsa.

–La compré en un mercadillo menonita el verano pasado. ¿A que es preciosa?

Me la mostró. Era un terciopelo suave de color rojizo, con un delicado bordado de tréboles.

–Es para la pared –dijo ella, señalando una expansión de muro sin ventana, largo y vacío–. Voy a clavar unos listones de madera, y sujetaré los extremos de la tela en ellos. Podrás colgar los retratos y las fotos encima de las telas.

Empezó a abrir otras bolsas, y extendió rollos de tela y retales por toda la mesa.

–Sarah, esto es demasiado. No puedo quedarme con todas tus telas. Yo iba a pintar las paredes.

Ella suspiró y se giró hacia mí. Sarah medía diez centímetros menos que yo, pero eso no le impedía acallarme con una mirada.

–Liv.

–Sarah.

–Si yo me muriera por comer chocolate, ¿tú no me lo comprarías?

–Ummm. ¿Sí?

–Si rompiera con mi novio, me sacarías a bailar, ¿no?

–Por supuesto.

–A mí me encantan las telas. Tengo adicción a las telas, y anhelo comprar metros y metros, rollos y rollos –dijo, y señaló lo que había en la mesa–. ¿Ves todo esto? Solo son dos cajas de mi almacén. ¿Quieres saber cuántas cajas tengo?

–Está bien. ¡Lo entiendo! –dije, riéndome. Pero ella no me dejó en paz.

–¡Adivínalo, Liv!

–Diez.

–Treinta –me confesó en un susurro, como si estuviera avergonzada, aunque con una sonrisa que dejaba bien claro que no lo estaba–. Treinta cajas de telas, Olivia. Quítamelas de las manos. Por favor. Ayuda a esta hermana.

–Está bien, está bien. Pero te debo una.

–Claro que sí. Pero no te preocupes, haré que me la pagues.

Entre las dos, fuimos formando grupos de telas. Ella había elegido colores complementarios, colores que yo nunca hubiera pensado que podían encajar, pero que encajaban a la perfección. Morados con rojos, marrones y negros. Alineó las telas y sacó una caja de clavos.

–Eh –dijo, mirándola–. Estos no van a servirnos de nada sin un martillo.

–Y sin los listones de madera.

Miró a su alrededor por la habitación.

–Y sin una escalera. ¿Y no tienes cerca hombres fuertes y grandes que nos ayuden con esto? Sobre todo, si son de los que trabajan sin camisa.

Suspiré.

–Sí, claro. Si tuviera a un hombre fuerte, grande y sin camisa en mi vida, esos de los que se lo pasan bien con el bricolaje, creo que no te lo presentaría. Me lo quedaría para mí.

–Bruja egoísta –dijo ella, riéndose. Se sentó en la mesa y balanceó las piernas.

—Voy a ver si hay herramientas en el almacén. Ahí tengo una escalera, también.

—Asegúrate de que no tienes a un manitas estupendo ahí guardado —me dijo, mientras yo me acercaba a una pequeña habitación del estudio que usaba como almacén, vestuario y cocina.

Encendí la luz y miré las cajas. Algunas de ellas no había vuelto a abrirlas desde que me había mudado allí. Sabía lo que había en la mayoría de ellas, pero algunas contenían misterios. Estaba segura de que también había una caja de herramientas en alguna parte.

Después de rebuscar un momento, encontré una caja de herramientas, sí, pero no de martillos y destornilladores. Abrí la tapa de plástico de la caja. Desde fuera oí el sonido del teléfono de Sarah y su risa suave.

Dentro de la caja había un enorme pene de plástico de color natural, con sus correspondientes testículos y una ventosa en la parte de abajo, para mantenerlo fijo en una mesa o una pared. Debajo, los compartimentos estaban llenos de todo tipo de juguetes sexuales, con sus envoltorios originales, y cajas de preservativos de diferentes colores y formas, y botes de lubricante.

Aquella caja me la había regalado un grupo de amigos de la universidad. Había ido conmigo desde casa de mi padre a mi primer apartamento, en el que iba a vivir con Patrick, y que finalmente había ocupado yo sola. Y, por algún motivo, había terminado almacenada en mi estudio, junto a otras cosas.

Lo miré durante unos instantes. Cuando me la regalaron había sido una broma, y después se había convertido en una broma aún mayor, aunque tengo que admitir que tardé mucho en encontrarle la gracia. La había escondido cuando no soportaba verla, no por el contenido, sino por lo que se suponía que significaba aquel regalo.

Pasé un dedo por aquel monstruoso consolador y agité

la cabeza, riéndome. Aquello era demasiado divertido como para tenerlo guardado. Si después de todo aquel tiempo todavía no podía reírme al ver el enorme pene de plástico que me habían regalado mis amigos por mi boda con un novio gay, que finalmente se había cancelado, entonces no tenía sentido del humor.

—¡Sarah! —grité, agarrando el consolador y sujetándolo en mi entrepierna. Entonces, comencé a girarlo como si fuera el lazo de un vaquero—. ¡Mira lo que tengo para ti! ¡Ven a buscarlo!

Por supuesto, yo no había mirado fuera antes de salir del almacén. Pensaba que Sarah seguía sola en el estudio. Y por supuesto, estaba equivocada.

Y, por supuesto, era Alex el que estaba junto a Sarah. Los dos se habían quedado mudos, y me miraban con los ojos muy abiertos.

Sarah fue la primera que se recuperó.

—Gracias, Liv, pero ya tengo uno como ese.

—Yo también —dijo Alex, un instante después—. Aunque el mío no es tan grande.

Sarah se echó a reír y lo señaló con el dedo pulgar.

—Me cae bien este chico.

Yo me puse frente a él con el enorme pene de goma en la mano, sin dar con nada ingenioso que decir.

—Hola, Alex.

Sarah lo miró de pies a cabeza.

—Hola, Alex, dueño de un enorme pene.

Él le dio la mano.

—Alex Kennedy.

—Sarah Roth —dijo ella, abanicándolo con las pestañas.

Él se rio.

—Encantado de conocerte, Sarah —respondió, y me miró—. Te he traído el cheque del alquiler.

Sarah arqueó las cejas.

–¿Alquiler?

–¿No te acuerdas de que te dije que tenía un inquilino?

–Ah, sí. Aunque se te olvidó mencionar unos cuantos detalles sobre él.

Yo me di cuenta de que tenía el consolador en la mano, apretado como si estuviera estrangulando a una anaconda. No tenía dónde dejarlo, así que lo puse sobre la mesa, entre las telas. Los tres nos quedamos mirándolo.

–Es una pena –dijo Sarah. Lo recogió, apartó la tela y pegó la ventosa a la mesa–. Así. Mucho mejor.

Todos volvimos a mirarlo.

Alex carraspeó.

–Es... eh... impresionante, ¿verdad?

Sarah le dio un golpe con la mano y lo hizo oscilar como si fuera un metrónomo.

–Bueno, chicos, me marcho. Que os divirtáis. Liv, yo iré a la ferretería a buscar lo que necesitamos.

–No tienes por qué marcharte –le dijo Alex–. Por mí no.

Ella chasqueó los dedos.

–Claro que no, pero tengo que ir a la ferretería. Además, tengo otros planes.

–¿Qué planes? –pregunté yo desconfiadamente–. Antes no me habías dicho nada de otros planes.

Sarah me mostró el teléfono.

–Antes no los tenía, pero ahora sí. Además, tú tienes compañía. Alex –dijo y, sonriendo, lo miró sin disimulo de arriba abajo–. Tal vez él pueda ayudarte a clavar alguna cosa. Bueno, niños. Liv, te llamaré luego. Alex, encantada de conocerte. Espero que nos veamos más veces.

–Yo también –dijo él y, con cara de incredulidad, la vio marcharse–. Me siento como si me hubiera pasado una locomotora por encima.

Yo me reí.

–Esa es Sarah.

—Ten —me dijo él, y me entregó un sobre. Yo me lo metí al bolsillo. Él miró por la habitación—. Un espacio magnífico.

A mí se me había olvidado que él nunca había estado en el estudio.

—Gracias. Es el primer motivo por el que compré este edificio.

—No te culpo —dijo él, y me miró—. Tienes la capacidad de ver el potencial de las cosas, Olivia.

Aquel cumplido me conmovió un poco.

—Gracias.

Alex sonrió.

—¿Sabes? Patrick me ha llamado.

—¿De veras?

Alex frunció un poco los labios.

—Sí. Parece que tengo que evitarte.

—¿De veras? —repetí yo—. ¿Qué te ha dicho?

—Ummm... Un montón de tonterías.

—Y... ¿qué le has dicho tú?

—Que es un idiota, y que se vaya a la mierda.

—Vaya.

Alex frunció el ceño.

—Mira, Patrick no es mi amo. Ni tampoco el tuyo, ¿no?

—No.

Se encogió de hombros.

—A mí no me gusta que me digan lo que tengo que hacer. Sea mejor para mí, o no.

—¿Te dijo que era mejor para ti que me evitaras? —pregunté, cruzándome de brazos—. Vaya, vaya.

—No te preocupes por eso. Creo que entendió lo que le dije.

—Estaba un poco enfadado porque últimamente no nos hemos visto mucho. Cree que nosotros nos estamos haciendo muy amigos.

No me parecía bien estar hablando de Patrick con un

pene gigante de color rosa entre nosotros, así que lo despegué de la mesa y lo metí en el cajón de un aparador. Alex no me dijo nada mientras lo hacía, y yo fingí que estaba buscando algo en otro de los cajones, de espaldas a él.

–¿Cuál es vuestra historia, de todos modos? –me preguntó él.

–No creo que tengamos ninguna historia.

–Olivia –dijo Alex seriamente–. Todo el mundo tiene una historia.

–Patrick y yo salíamos juntos –dije.

–Eso ya lo sé.

–Fue hace años. Obviamente. Antes de que él fuera gay.

Alex ladeó la cabeza y me miró con curiosidad.

–¿No crees que siempre fue gay?

–Eh... Bueno, sí. Claro. Quería decir que fuimos pareja antes de que él saliera del armario. Antes de que lo admitiera. Éramos una pareja cuando él estaba intentando ser heterosexual. ¿Así es mejor?

No pareció que le importara mi aspereza.

–¿Y ahora? ¿Qué sois ahora?

Yo suspiré.

–Ahora... no sé lo que somos. Amigos, supongo.

Alex hizo un ruidito escéptico y miró de nuevo a su alrededor.

–Bueno, cambiando de tema... Tu estudio es precioso.

–Eso ya lo has dicho.

–Ya lo sé.

Me eché a reír. Reírse con Alex era muy fácil. Y fue fácil dejar la conversación sobre Patrick. De todos modos, yo no quería hablar de él.

–Es un desastre. Sarah había venido a ayudarme a arreglarlo.

–Y yo la he espantado. Lo siento –dijo él. Se puso una mano sobre el corazón y adoptó una expresión contrita.

–Oh, no te sientas mal. Ahora que estás aquí, puedo utilizarte. Tengo muchísimas cosas que hay que arrastrar de un lado a otro –respondí con una sonrisa–. Yo no soy capaz de hacer nada especial con la decoración sin Sarah, pero puedo pintar las paredes con la imprimación, y limpiar el almacén.

–¿Trabajo manual? –preguntó Alex con escepticismo. Entonces, hizo crujir sus nudillos, estiró el cuello de un lado a otro y saltó de un pie a otro–. Cosa de hombres, ¿no?

Yo solté un resoplido.

–Oh, sí. Cosa de hombres. Porque yo tengo completamente interiorizados los estereotipos de género.

Él sonrió. Mi frase le había divertido, pero no supe exactamente por qué. Yo lo miré fijamente.

–No serás demasiado guapo como para trabajar, ¿no? ¿Te da miedo ensuciarte las manos?

–No, señora. Incluso puedo utilizar herramientas eléctricas de vez en cuando.

Yo solté un ligero resoplido.

–Estoy segura de que sí.

Alex miró significativamente hacia el cajón donde yo había guardado el consolador.

–Y yo estoy seguro de que tú también.

Los dos nos echamos a reír. Sin complicaciones. Finalmente, mi risa se convirtió en un suspiro. Él me observó con los ojos brillantes.

–¿Qué? –pregunté yo.

–Patrick es un idiota.

Fruncí el ceño. No quería ponerme triste otra vez.

–Puede serlo, sí. Como todo el mundo.

Alex gruñó.

–Bueno, sí. Eso es cierto.

Yo suspiré de nuevo.

–Vamos. Quiero tener pintado esto antes de que vuelva

Sarah para ayudarme a colgar las telas. Porque, créeme, si no está terminado, me va a patear el trasero.

—Es una pequeña tirana, ¿no? —preguntó Alex. Me siguió hasta el fondo de la habitación, y silbó en voz baja—. Impresionante.

Yo miré las estanterías de madera que se había construido con gruesas vigas y tablones de madera. Tenían unos tres metros, y llegaban solo hasta la mitad de la altura que había hasta el techo. Antiguamente se habían utilizado para acoger el equipo de la estación de bomberos, pero ahora estaban vacías, u ocupadas por cosas que yo necesitaba para el estudio, o cosas que no quería tener en mi apartamento.

—Esta habitación fue lo que me convenció. Aunque cuando el agente de la inmobiliaria me mostró el edificio, no quería enseñármela. Parece que el anterior propietario no tenía dinero para reformar esto. Había humedades y un cristal roto. La primera vez que subí me encontré un pájaro muerto.

—No me extraña que no quisiera enseñártelo.

Me reí de nuevo.

—Exacto. Bueno, yo le dije que me lo mostrara, porque gastarme esa cantidad de dinero en dos apartamentos, aunque pudiera alquilar uno de ellos, me parecía una mala decisión.

—Y a ti no te gusta tomar malas decisiones.

Lo miré.

—Creo que los dos sabemos que he tomado unas cuantas.

—Pero no al comprar este edificio —dijo él, y miró hacia las vigas de madera del techo. Después, se frotó las manos—. Bueno, ¿qué hacemos primero?

—Primero quiero sellar los ladrillos y pintar las paredes del estudio.

—Muy bien.

—Pero tú no tienes por qué ayudarme, ¿sabes? —le dije,

mientras pasaba junto a él para tomar los cubos de sellador y de pintura, las brochas y los trapos–. Tendrás mejores cosas que hacer.

–No.

Le di una brocha.

–¿Por qué me resultará tan difícil de creer?

–Porque soy guapísimo –dijo él, con una cara muy seria–. Y absolutamente encantador.

Yo le di un golpecito en el pecho con mi brocha.

–Eso es.

–Lo creas o no, Olivia –dijo él, mientras me seguía a la zona principal con un cubo en la mano–, eso puede ser toda una desventaja.

–¿De verdad? ¿Por qué?

Me detuve y miré a mi alrededor, en busca del mejor sitio por donde empezar. Tenía varios botes de sellador para ladrillos y otros de pintura dorada que había elegido para las otras paredes de la habitación. El suelo de madera estaba muy rayado, y no le iban a hacer mucho daño unos cuantos goterones de pintura, pero como no iba a tener dinero para arreglarlo hasta dentro de una buena temporada, extendí un trapo en una esquina.

–Para empezar, todo el mundo cree que ya tienes planes, cuando en realidad no los tienes, así que casi nadie te invita a ningún sitio –dijo Alex, mientras dejaba su bote de sellador en el suelo, junto a la pared principal, entre dos ventanas–. Es muy molesto.

Yo abrí mi bote de pintura.

–¿Ah, sí? ¿Quieres que te abrace mientras lloras?

Alex soltó una carcajada.

–¿Soy tan patético como para eso?

–Más o menos, sí –dije yo, aunque mi tono de voz indicaba exactamente lo contrario. Él se inclinó para abrir su bote, y yo aproveché para mirarle el estupendo trasero. Después vertí pintura en mi bandeja y mojé el rodillo.

—¿Por qué será que no te creo?

—Es por mi reputación de playboy internacional —dijo Alex, lanzándome una sonrisa por encima del hombro—. Pensé que sería mejor intentarlo siendo un playboy nacional.

—¿Y qué tal te va?

—No tan bien como pensaba —dijo él, y empezó a aplicar el sellador en los ladrillos—. No es tan exótico, eso seguro.

De nuevo tuve que reírme. Estaba disfrutando mucho.

—Todo el mundo tiene su talento.

Pintamos durante un rato en silencio. En la habitación empezó a hacer calor. Me giré a preguntarle si quería algo fresco de beber, pero que quedé inmóvil, enmudecida por lo que vi.

Alex se había levantado el bajo de la camiseta para limpiarse el sudor de la cara. Tenía un estómago plano, tenso, con una línea de vello que le llegaba desde el ombligo hasta la cintura baja del pantalón vaquero. Su ombligo era perfecto. Me acuerdo de que me pregunté cómo podía ser tan perfecto un hueco en la carne.

—No te muevas —le dije.

La fotografía ya se había formado en mi cabeza. Lo único que necesitaba era hacerla. Me sequé las manos en la parte trasera del pantalón, sin preocuparme de si dejaba manchas, y tomé la cámara del aparador que había junto a la puerta. Alex, sorprendentemente dócil, se había quedado quieto, con la camiseta levantada y la cara girada hacia mí.

Yo lo miré desde la seguridad del otro lado de la lente. La luz lo rodeaba en forma de rayos a ambos lados de su figura.

—Gira la cara.

Él lo hizo, y yo capté el movimiento con una serie de disparos rápidos. Las fotografías iban a ser borrosas, pero no me importó.

—Qué belleza –murmuré, y me pareció oír un ruido que provenía de su garganta. Sin embargo, estaba tan absorta en lo que quería capturar con mi cámara que no le presté atención.

Me acerqué, sabiendo, como siempre, de qué manera podía cambiar mi posición una fotografía. Clic. Movimiento. Clic, movimiento. No me detuve a mirar las fotografías en la pantalla digital; no quería que lo que estaba consiguiendo interfiriera con lo que veía en mi mente. Todavía no.

—Levántate otra vez la camiseta. Límpiate la cara.

Aquello no fue tan bueno como había sido la primera vez. No era un gesto inconsciente por su parte. Yo me acerqué a él, observándolo.

—No. Quítatela.

En aquella ocasión no pude fingir que no había emitido ningún sonido. Alex se sobresaltó ligeramente. Pensé que iba a decir que no, pero después se pasó la mano por encima del hombro para agarrarse la camiseta por la espalda y sacársela por la cabeza. La tiró al suelo.

—Guapísimo –dije. Tomé una de las sillas de la mesa de comedor y la acerqué a la ventana, a su izquierda–. Siéntate.

Él se rio, pero obedeció sin protestar.

—Tengo una idea… es solo que… –no sabía expresarla con palabras. Casi nunca era capaz de hacerlo–. Inclina la barbilla solo un poco. Sí. Perfecto. Quédate así.

Enfoqué, y Alex permaneció inmóvil. Tomé otra foto y me acerqué aún más.

—Hueles bien. ¿Qué es?

—Se llama Whip. Lo compro en Black Phoenix Alchemy Lab –dijo él lentamente.

—Es muy bueno.

Me incliné aún más hacia él, y lo miré a los ojos.

—¿Querrías hacer una cosa por mí? –le pregunté.

Él tragó saliva y exhaló un suspiro sin decir nada. Entonces, asintió. Yo quería acariciarle la cara, pero seguí agarrando la cámara, que hacía que todo aquello fuera seguro.

–¿Puedes quitarte los zapatos y los calcetines?

Él se echó a reír, no de nervios, sino de la sorpresa, y se inclinó a hacer lo que yo le había pedido. Después se irguió, con una mirada atrevida, interrogativa, de impaciencia.

–Perfecto –dije–. Mira por la ventana. Piensa en algo... sexy.

–¿Qu-qué? –tartamudeó él, riéndose.

Yo lo miré por encima de la cámara.

–No me digas que no puedes hacer eso.

–Sí puedo hacerlo.

Claro que podía. Miró por la ventana, y su lenguaje corporal varió ligeramente. Se encorvó un poco, con un pie descalzo delante del otro. Era un hombre que estaba relajado con su propio cuerpo, y eso le convertía en un modelo natural. Hice una foto de su perfil mientras él miraba a lo lejos.

Cuando se puso la mano en el pecho, justo por encima del pezón, estuvo a punto de caérseme la cámara al suelo. Tuve que morderme la lengua para no soltar un gritito. «Concéntrate. Concéntrate y haz las fotografías».

«No es real».

«Si lo miras a través de una lente, no es real».

Alex me miró perezosamente.

¿Sí?

–Más...

El sonido de su risa cambió. Se hizo más lento, más grave. Aquel hombre había tenido público más veces. Tal vez no con una cámara, pero no sentía timidez al ser observado.

–¿Cuánto más quieres, Olivia?

–¿Cuánto más puedes darme, Alex?

Él deslizó la mano por su pecho, por su estómago, hasta que llegó al botón del pantalón. Ninguno de los dos dijo nada. Yo contuve la respiración.

Normalmente, yo no hacía aquel tipo de fotografía. Y, sin embargo, allí estábamos, él delante de mí, dispuesto a desabrocharse el pantalón, y mi cámara preparada. Me humedecí los labios. Miré de nuevo a través de la cámara, para hacerlo irreal.

—Sí —le dije con la voz ronca—. Hazlo.

Él se desabrochó el botón y se bajó la cremallera. Metió la mano dentro. Arqueó la espalda, solo un poco, y su mano desapareció dentro del pantalón.

Emitió otro sonido y cerró los ojos. Se mordió el labio. Yo capté sus dientes blancos. El pelo le cayó hacia delante y lo ocultó.

Clic, clic.

Nada que se vea a través del visor es real. Salvo cuando lo es, claro.

Él movió la mano. Yo sabía lo que estaba haciendo, pero el ángulo de la cámara desde el que estaba disparando mostraba solo a un hombre con la cabeza inclinada hacia delante, absorto. El pecho desnudo. Los pies descalzos. Me moví en círculo a su alrededor. Se le habían bajado un poco los pantalones vaqueros, y se le veían los hoyuelos del comienzo de la espalda, y un poco del trasero.

Yo puse un taburete delante de él y me subí para fotografiar desde arriba sus hombros anchos y musculosos y su cabeza. No le dije cómo debía moverse, ni lo que tenía que hacer.

Nuestra respiración era muy fuerte.

Bajé del taburete para tomar unas cuantas fotografías más. Lo miré a la cara. No lo toqué, pero me imaginé que lo sentía contra mi cuerpo. Percibía su olor. Creo que emití algún sonido. Alex abrió los ojos. También su mirada estaba desnuda.

Sabía por qué me había advertido Patrick.

Aquello no podía ir a ningún sitio. Yo terminaría avergonzada, rechazada. Ya no tenía nada que ver con las fotos. Volví a poner mi ojo tras la lente.

Él exhaló una bocanada de aire.

—¿Quieres…?

—Lo quiero todo, Sí.

Él suspiró y se estremeció. Movió la mano, acariciándose. Yo seguí observándolo a través del pequeño cuadrado de cristal e hice realidad las imágenes que tenía en la mente.

Me acerqué para tomar más fotos, pero él me agarró por la muñeca. Yo no me alejé. Lo miré a los ojos y vi una invitación, que se convirtió en una petición cuando me tomó la mano y la colocó bajo la suya.

La movió a lo largo de su miembro, lentamente. Hacia arriba y hacia abajo. Yo sentí su dureza y su calor en la palma.

No era la primera vez que acariciaba a un hombre, pero nunca lo había hecho mientras tenía la cámara en la otra mano. Nunca me había sentido incapaz de alejarme, nunca me había quedado paralizada por mi propia excitación. Me perdí en sus ojos grises.

Me quitó la cámara y la puso sobre el alféizar de la ventana. Después me atrajo hacia sí. Movió mi mano con la suya, más rápidamente, y gruñó en voz baja.

Tomó mi otra mano y se la colocó en la nuca, y yo noté la suavidad de su pelo. Mis dedos se entrelazaron con su cabello instintivamente, y él gimió cuando tiré. Echó la cabeza hacia atrás. Movió mi mano con más rapidez.

Yo ya no podía seguir fingiendo que aquello no era real. Era demasiado real, demasiado en todos los sentidos. ¿Quién hacía una cosa como aquella?

Parecía que yo.

Él me soltó la mano cuando empecé a moverla yo misma, y cuando le tiré del pelo una vez más, apretó los dientes y jadeó. Yo nunca había sentido un poder así. Estaba de pie sobre un hombre que, según lo que sabía de él, no debería sentirse excitado por mis caricias. Sentir su pene endurecerse más en mi mano, y oír que se le aceleraba la respiración, más y más... Verlo cerrar los ojos...

—Mírame —le dije.

Él lo hizo.

Estuve a punto de llegar al orgasmo con aquella mirada.

Lo solté y retrocedí dos pasos. Cuatro. Él se estremeció e hizo un sonido de protesta, pero no se movió.

—¿Qué demonios —murmuré yo, con la voz temblorosa— está ocurriendo?

—Olivia...

Negué con la cabeza y seguí caminando hacia atrás.

—¿Por qué me estás tomando el pelo?

—Yo no te estoy... Lo siento —dijo él rápidamente—. Es que... De veras, no pensaba que fuera a suceder esto.

Yo exhalé todo el aire de los pulmones, y noté que se me hundían un poco los hombros.

—Creo que será mejor que te vayas.

—Me gustas, Olivia.

—Ni siquiera me conoces.

Con un suspiro, él dio un paso hacia atrás. A mí no me gustaba la distancia que se estaba creando entre nosotros, pero me quedé inmóvil. Alex se puso en jarras.

—Podría llegar a conocerte.

—No creo que eso sea buena idea.

—¿Por qué no?

—No creo que hayamos empezado del mejor modo —dije, señalando a la silla, y noté que me ruborizaba.

Él también miró hacia la silla, y después me miró a mí.

—Lo siento. Eso ha sido... De veras, no lo había planeado.

Sabía que él no lo había planeado, y que yo tampoco,

pero había sucedido. Había sido algo inesperado y completamente excitante, pero inaceptable. Además, había otra cosa...

Debería haberle dicho que lo había visto con Evan, y que sabía que se había acostado con Patrick. Sin embargo, para eso tendría que reconocer que estaba en la habitación, ¿y cómo podía explicárselo sin que pareciera que era una mirona pervertida? ¿O que era una exnovia celosa?

–Patrick me dijo que no te gustan las chicas –murmuré finalmente.

–Patrick –respondió Alex– no tiene ni la más mínima idea.

Capítulo 7

Yo no le detuve, y él salió del estudio. Tardé unos minutos en decidirme a seguirlo. Lo encontré en la escalera de incendios, con otro cigarro sin encender entre los labios. Se había puesto la chaqueta y no se había hecho el nudo de las botas.

–Muy James Dean –dije.

Él no respondió.

Yo tampoco dije nada más. Nuestro segundo beso fue más fuerte, más áspero, más torpe. Alex me estrechó contra sí, y sus manos encontraron mi trasero cubierto por la lana gruesa de mi abrigo. Yo sentí su calor de todos modos. Todo en él era calor y dureza. El aire estaba tan frío que me quemó la garganta cuando inhalé, pero su aliento me dio calor.

Él me dio calor.

Abrió la pesada puerta trasera de metal y los dos entramos; después, cerró de una patada. Sin dejar de besarnos recorrimos todo el pasillo, y él abrió su puerta también de una patada, pero la agarró fácilmente con una mano antes de que golpeara la pared.

Entonces dejamos de besarnos un momento. Yo necesitaba respirar. Tomé aire.

Alex se abrió el primer botón del chaquetón y yo vi un

poco de su carne desnuda debajo. Él se abrió otro botón, y vi más piel desnuda.

Bajo el abrigo, yo llevaba la ropa salpicada de pintura, pero estaba desnuda bajo su mirada. Me sentía desnuda. Quería estar desnuda.

Alex se desabrochó otro botón, y yo vi que todo su pecho estaba desnudo. Se quitó el chaquetón y lo arrojó a un lado, y dio un paso para acercarse a mí. Me miró fijamente, escrutándome. Ninguno de los dos hablamos; en aquella ocasión, me besó con lentitud, deliberadamente, y yo no tuve modo de confundirme en cuanto a sus intenciones... ni sus preferencias.

Él llevó sus manos a mis caderas y agarró el bajo de mi camiseta. Comenzó a subirlo lentamente, y la tela me hizo cosquillas en el vientre. Noté el aire frío en la piel, y me estremecí.

—Acaríciame —me dijo.

Noté su calor cuando extendí los dedos sobre su pecho. Posé las palmas sobre sus pezones. Noté los latidos de su corazón, y la elevación de su pecho cada vez que respiraba. Crispé los dedos y le clavé ligeramente las uñas.

Su gruñido se clavó directamente entre mis piernas. Alex puso una de sus manos sobre la mía, y las colocó sobre su corazón. Yo pensé que quería apartarla porque le había hecho daño, pero se limitó a apretar un poco más fuerte mis dedos contra su piel. Yo le marqué la carne con las uñas, y lo miré a los ojos.

—Alex...

Él volvió a besarme. Alex había amueblado el apartamento con una pantalla plana de televisión colgada de una pared, y con un futón cubierto de cojines gigantes de distintos colores. Estaba a pocos pasos de nosotros, pero yo no sabía si íbamos a conseguir llegar a él. Pensé que iba a dejarme caer allí mismo, sobre el suelo, y arrastrarlo a él conmigo.

Nos acercamos un par de pasos al futón. Él mantenía mi mano prisionera contra su pecho, pero en aquel momento hizo una pausa. Se apartó de mí y me soltó, y agarró la tela que estaba arrugada en mis caderas. Dio un paso atrás y me miró de arriba abajo. Sonrió con picardía, seductoramente. Con una mirada sabia.

No me conocía. No podía conocerme. Pero yo deseaba que me conociera.

–He querido hacer esto desde la primera vez que te vi –dijo.

Entonces, deslizó las manos por dentro de mi pantalón y me acarició el vientre.

Después me sacó la camiseta por la cabeza. Yo llevaba un sujetador de encaje naranja y unas braguitas a juego. El color brillaba contra mi piel.

–Bájate la cremallera –me dijo.

Yo lo hice, y él me bajó los pantalones mientras me apoyaba en su hombro para mantener el equilibrio.

Alex me agarró el trasero con ambas manos y me mantuvo inmóvil mientras me hacía cosquillas con los labios en la piel del vientre. Yo pasé las manos de sus hombros a su pelo.

Cubrió con su boca la tela de mis braguitas, y yo noté el calor de su respiración a través del satén. Miré hacia atrás, hacia el futón que nos estaba esperando.

Lo llevé de la mano hasta allí, aparté los cojines y lo empujé para que se tumbara. Después trepé por su cuerpo y me senté a horcajadas sobre él. Su miembro empujaba las costuras de su pantalón vaquero.

Lo acaricié, y Alex se arqueó mientras tomaba aire profundamente. Cerró los ojos un instante, asimilando el placer.

Yo lo sentía caliente y grueso, pero la tela que había entre nosotros tenía que desaparecer. Le bajé la cremallera y le desabotoné el pantalón, y se lo bajé. Cuando liberé su pene, se lo acaricié de nuevo, piel con piel. Él se estremeció y emitió un ruido tan delicioso que quise comérmelo. Iba a hacer aquello, sin vacilación, sin preocupaciones. Sabía cuál era el peligro al que me exponía, al fin y al cabo, y eso era más de lo que podía decir sobre muchas otras cosas de la vida.

Alcé mi cuerpo para deslizarle los vaqueros por las piernas, y después volví a sentarme sobre él. Alex se puso las manos detrás de la cabeza y me observó mientras yo lo acariciaba durante un momento más. Pero, al final, me agarró la muñeca con una mano.

–Espera –me dijo, y tiró de mí hacia sí para besarme en la boca.

Rodamos, y yo quedé bajo él. Colocó la rodilla entre mis piernas y apretó el muslo contra mi sexo. Noté que las braguitas se me resbalaban contra la carne caliente y húmeda.

–No quiero terminar antes de que empecemos –me dijo, mientras me besaba–. Eso no sería tan bueno.

Pasó la mano entre nosotros, y encontró mi clítoris con un dedo a través de la tela suave que lo cubría, y dibujó círculos sobre él. Sentí un placer intenso e inesperado, y me arqueé hacia arriba.

Él me clavó sus ojos grises mientras seguía dibujando círculos.

–Quiero estar seguro de que recuerdo lo que estoy haciendo.

–A mí me parece que lo haces perfectamente –murmuré yo.

Posó la palma de la mano en mi vientre, y yo permanecí inmóvil, con los nervios de punta. Alex deslizó los dedos por la cintura de las braguitas y después por debajo.

–¿Así?

–Sí...

–Bien –prosiguió él, y metió la mano más hacia abajo.

Me tocó suavemente con el dedo, y se deslizó en mi cuerpo–. ¿Así?

–Sí.

Se detuvo lo justo para quitarme las braguitas, unos segundos, pero lo suficiente para que mi cuerpo sintiera una descarga eléctrica cuando volvió a tocarme. Él estaba tendido de costado, apoyado en un codo, mirándome la cara mientras hacía magia con los dedos.

–Para –le pedí después de unos instantes, con la voz temblorosa–. No quiero terminar demasiado rápido.

Él se echó a reír y me besó. Aunque yo le había pedido que parara, se limitó a ir más lento. Me acarició la oreja con la nariz.

–Me acabo de dar cuenta... de que no tengo preservativos.

Yo había cerrado los ojos y me había abandonado al placer, pero los abrí de golpe. Me senté, con el corazón acelerado, y creí que iba a tener un orgasmo solo por haber apretado el cuerpo contra su mano, pero me contuve respirando profundamente unas cuantas veces.

–Vaya mierda –dije.

–Pues sí, soy un desastre –dijo él, y me besó hasta que abrí la boca y lo saboreé. Comenzó a mover la mano de nuevo–. Quiero verte llegar al orgasmo.

Aunque Alex hubiera estado recitando el alfabeto, en aquel momento me habría resultado excitante, así que aquellas palabras fueron para mí lo más sexy que nunca me hubiera dicho un hombre. Metí la mano entre nosotros para acariciarlo, y Alex se mordió el interior de la mejilla.

–Yo también quiero verte a ti.

Entonces, nos movimos hasta que estuvimos cara a cara, moviendo las manos al mismo tiempo, en sincronía. Mis risas suaves se convirtieron en gemidos. Las suyas se hicieron tensas, y después inclinó la cara hacia mí, con los ojos cerrados, para besarme el cuello, la garganta, el pecho.

Movió la mano más rápidamente. Yo estaba muy cerca del límite, y mi cuerpo se tensaba. Mi mano también se movía más rápidamente, en sincronía con la suya. Él gruñó, y yo reconocí aquel sonido, y la expresión de su rostro. Lo había visto ya, después de todo.

Aquel recuerdo, aún tan fresco, me paralizó durante un instante, pero solo durante un instante. Nos besamos. Su gemido llenó mi boca. Él se estremeció un poco.

–Estoy muy cerca... –susurró. Sus dedos se movieron más lentamente, dejándome al borde del éxtasis, pero sin obligarme a saltar, para que yo encontrara mi propio momento.

El orgasmo me anegó de calor, y dejé que me arrastrara. Alex escondió la cara en la curva de mi hombro y me siguió un momento más tarde. Noté sus dientes en mi piel, pero no me mordió. Mi cuerpo vibró de placer. Su orgasmo se derramó entre nosotros, contra mi vientre, y tuve una sensación sorprendente e íntima.

También me ensucié un poco, pero mientras caía hacia atrás con un suspiro de satisfacción, no me importó.

–Vaya.

Él se desplomó un poco más despacio, boca arriba; su hombro tocaba el mío.

–Umm, umm.

Tardé unos segundos en recuperar el aliento, y después me giré para mirarlo.

–No había vuelto a hacer algo así desde el instituto.

Él se rio sin mirarme. Tenía los ojos puestos en el techo. Se pasó una mano por la frente para apartarse el pelo de los ojos.

–Yo siempre tengo preservativos.

Yo me acomodé contra uno de los cojines; en aquel momento empecé a notar sensaciones de las que no me había percatado unos segundos antes. De cómo me apretaban los tirantes del sujetador; de lo cansada que me encontraba de repente. Bostecé.

Él me miró.

—¿Tienes sueño?

Yo suspiré, bostecé otra vez y me incorporé. Analicé mis emociones. Nada de aquello me parecía superficial. Más bien, todo lo contrario. Me sentía como si aquel hombre y aquella noche significaran demasiado.

En aquella ocasión fingí el bostezo.

—Será mejor que me marche.

Me levanté del futón y comencé a buscar mis braguitas antes de que Alex dijera nada.

—Espera, ¿cómo? Espera un minuto, Olivia.

Se sentó al borde del futón y me tendió una mano.

La luz que provenía de la lámpara de un rincón le iluminaba tenuemente un lado de la cara, y la luz que se reflejaba en la pantalla de la televisión, el otro. De nuevo, lo vi entre las sombras.

—Quédate.

Supongo que alguna gente creativa oye música, o poemas, o partes de un diálogo, mentalmente. Yo hago fotos. Y, en un segundo, hice aquella fotografía.

Yo había salido con chicos negros, blancos y asiáticos, y sabía que el color de su piel era lo que menos les diferenciaba a todos ellos. Sin embargo, una cosa que había averiguado sobre los blancos era que a todos, sin excepción, les encantaba mi pelo.

Alex no era distinto. Me acarició los rizos largos y enredados. Después me apartó el pelo de la cara y me acarició la frente.

—Eres maravillosa, ¿lo sabías?

Yo me apoyé en ambos codos.

–Ummm.

Alex se rio y me besó en los labios.

–No hagas ese ruidito como si no creyeras lo que te he dicho. Detesto que la gente no sea capaz de aceptar un cumplido.

–Muy bien. Soy maravillosa –dije. Entonces, le pasé la lengua por la mandíbula y apoyé la cara en el hueco de su cuello.

Él se enroscó un mechón de mi pelo en un dedo, y después lo soltó. Lo enroscó de nuevo. Yo lo miré con una ceja arqueada. Él se rio y me soltó.

–Lo siento.

–No pasa nada. A mí también me gusta tu pelo –comenté, y le pasé los dedos entre los mechones suaves, dejando que le cayera por la frente cuando terminé de acariciarlo.

–¿Lo has llevado siempre así?

Yo me senté.

–Eso nunca me lo había preguntado nadie.

Él se sentó también. Estábamos desnudos, con las piernas cruzadas, uno frente al otro, y nuestras rodillas se tocaban. Alex tomó un cojín y se lo puso en el regazo, y yo hice lo mismo.

–No tienes por qué contármelo.

–No me importa, de verdad. Cuando era pequeña, mi madre no sabía qué hacer con mi pelo. El pelo natural no estaba de moda, aunque mi madre era una mujer muy natural, en realidad. Llevaba faldas de gitana y pañuelos en la cabeza. Sandalias de cuero.

–¿Pachulí?

–Exacto –dije yo, riéndome. Me sentía muy cómoda con él–. Bueno, al final empezó a llevarme a un peluquero especializado en pelo de gente negra, y así nos fue bien. Nos relajamos durante una temporada, mientras yo estaba en el instituto. Después, cuando entré en el colegio, tuve una especie de... No fue una epifanía, exactamente. Más bien fue una crisis de identidad. Pensé que iba a intentar ser negra para variar...

Él se quedó tan asombrado que me eché a reír.

—Soy adoptada.

—Ah. Oh. ¿Ah? —preguntó él, todavía confuso.

—Mis padres son blancos.

—Ah, bien. Ahora lo entiendo.

—Sí —dije yo, asintiendo—. Bueno, cuando fui a la universidad, pensé que ya era hora de explorar esta otra identidad. No la identidad con la que me habían criado. Me apunté a la hermandad negra y al Club Cultural Negro.

—¿Y qué tal?

—Bueno, hice algunos amigos muy buenos, pero fue difícil. Para la mayoría de sus miembros no era lo suficientemente negra, ni mi piel, ni mi forma de actuar. Fue duro, pero aprendí mucho sobre mí misma. Y, ¿no es eso lo que se supone que hay que hacer en la universidad?

—No lo sé. Yo no fui.

—¿No? —pregunté yo—. ¿Ni siquiera a la universidad de tu zona?

—No.

—Vaya —dije. Aquello hacía que su éxito profesional me pareciera más impresionante todavía, pero no se lo dije. Me sentía azorada.

Él se encogió de hombros.

—Debería haber ido. Tal vez hubiera aprendido algo sobre mí mismo.

Me estiré sobre un costado, apoyé la cabeza en una mano y pasé los dedos por su muslo.

—Yo tampoco lo aprendí todo —dije—. Bueno, de cualquier forma, fue entonces cuando decidí dejarme el pelo al natural. Era más fácil que estar luchando con él a todas horas. Además... fue una conexión conmigo misma, aunque pueda parecer una tontería.

—No, para mí tiene sentido. De hecho es envidiable.
Me reí suavemente.
—Claro.
—Pues sí, lo es —dijo él, y volvió a acariciarme el pelo de nuevo. Me colocó algunos mechones sobre el hombro y añadió—: Te sienta muy bien.

Entonces, me pareció lo más natural del mundo besarlo. Él abrió la boca bajo la mía, y me acarició con la lengua. Dejé que mi pelo le acariciara el cuerpo según me agachaba, y tomé su miembro en la boca.

Lo succioné lentamente. Él se arqueó. Yo percibí el olor y el sonido de su deseo. Me perdí en ellos. Encontré mi clítoris con los dedos y me masturbé mientras lo acariciaba. Cuando Alex llegó al clímax, metió los dedos entre mi pelo, y yo sonreí.

Unos minutos más tarde, los latidos de su corazón fueron calmándose bajo mi mejilla. Su respiración también. Roncó un poco desde la garganta. Era muy dulce. Se quedó relajado debajo de mí, y antes de que pudiera darme cuenta, yo también me había quedado dormida.

Me desperté y percibí el olor del bacón friéndose y del café haciéndose en la cafetera. Me estiré bajo las mantas y mis manos se toparon con un montón de cojines. Me incorporé, frotándome los ojos sobre el futón que había en mitad del salón de Alex Kennedy. Y estaba desnuda.

Lo veía más allá del arco de entrada a la cocina. Bueno, veía parte de él. Los armarios que había sobre la encimera-isla que dividía el salón y la cocina dejaban unos sesenta centímetros de espacio abierto, a través del que veía desde sus hombros hasta sus muslos. Tenía una bonita vista de su trasero, cubierto por un calzoncillo, y de los extremos de las cintas del delantal, que se balanceaban contra él.

Yo miré a mi alrededor, en busca de la ropa. Vi un cal-

cetín, una bota, mi camisa. Un trocito de color naranja me dijo que mis braguitas estaban debajo del futón. Las tomé justo cuando Alex aparecía por el arco.
—Buenos días.
—Hola.
Llevaba una cuchara de madera en la mano, y el delantal que yo había visto por detrás resultó tener el dibujo de un torso de mujer en bikini, con unos pechos enormes.
—¿Tienes hambre?
Un hombre que llevaba pantalones de pijama de Hello Kitty no iba a amedrentarse a la hora de usar un delantal del otro sexo para freír bacón, pero a mí se me escapó una carcajada de todos modos.
—Umm...
Él sonrió, y se pasó una mano por delante del delantal, para acariciar los enormes pechos del dibujo...
—Bonito, ¿eh?
—¿Sabes? Mi actual círculo de amigos me ha dado tantas sorpresas que ese delantal debería haberme pasado inadvertido.

Comencé a vestirme, y noté que tenía su olor por todo el cuerpo. No encontré el sujetador, pero de todos modos me puse el jersey sobre la piel desnuda, y se me endurecieron los pezones en cuanto la tela suave los rozó.

Me di cuenta de que Alex me estaba mirando cuando tomé dos mechones de mi pelo para sujetarme el resto de la melena con un nudo. Se le había quedado la sonrisa congelada en los labios durante un segundo. Si yo no lo hubiera mirado en aquel preciso instante, me habría perdido la expresión de su cara.
—¿Alex?
Él agitó la cuchara de madera.
—El desayuno está listo, señora.
Nos miramos el uno al otro. La mañana siguiente. Ahí estaba. Yo intenté encontrar una razón por la que no debie-

ra besarlo, pero no di con ella, así que me acerqué y le besé como si lleváramos años siendo amantes.

—Buenos días —dijo él contra mis labios, y la mano con la que no sujetaba la cuchara se posó cómodamente sobre mi trasero, que estrujó para atraerme hacia sí.

—Voy a entrar en tu baño un momento, ¿te importa?

Él me apretó un poco más. La mujer del dibujo estaba teniendo una erección.

—Por supuesto que no.

Aproveché para usar el inodoro y para meterme un poco de pasta de dientes de Alex en la boca, ya que no podía cepillármelos de verdad. Me vi en el espejo, y sonreí sin poder evitarlo. Tenía la máscara de pestañas un poco corrida, y el pelo revuelto, pero, demonios, ¡qué cara de satisfacción!

Alex había puesto un par de platos sobre la encimera y los había llenado de huevos revueltos, bacón y tostadas. Junto a ellos había una barra de mantequilla y un frasco de mermelada.

La tetera silbó, y él me echó agua hirviendo en la taza. Después me dio una bolsita de té.

—Vaya, esto sí que es un buen servicio —dije, y inhalé los estupendos olores del desayuno. Suspiré de felicidad.

—Yo vuelvo ahora mismo. No me esperes.

Alex entró en uno de los dormitorios, y un minuto después salió con unos pantalones cómodos. En aquella ocasión de Batman. El delantal lo dejó sobre la encimera, hecho una bola, mientras se sentaba en un taburete, a mi lado.

—¿Está bueno? —me preguntó, mientras me miraba comer.

Yo asentí con la boca llena. Nuestros pies se rozaron, y después, nuestras rodillas. Él me estaba tocando a propósito, y no me importaba, porque la noche anterior habíamos estado desnudos, y aunque no habíamos mantenido relaciones sexuales propiamente dichas, habíamos hecho casi todo lo demás.

–¿Olivia? –dijo él, con el ceño fruncido–. ¿Estás bien?
–Claro. ¿Y tú?
Alex asintió.
–Sí.
Yo pinché con el tenedor lo que quedaba de huevo en mi plato, y lo terminé. Después respiré profundamente y me giré hacia él.

–Mira, con respecto a lo de anoche...

Alex me observó con solemnidad, sin decir nada, con una mirada impenetrable. Masticó lentamente y tragó. Yo vi moverse su garganta y recordé el sabor de su piel. Pensé en una habitación a oscuras, en su silueta y en la de un hombre que estaba de rodillas ante él. Recordé el sonido de su gruñido.

–Nunca tuve relaciones sexuales con Patrick. Estuvimos cuatro años juntos e íbamos a casarnos, pero nunca nos acostamos –dije. Tomé con ambas manos la taza de té y carraspeé. Tenía que contarle aquello. Necesitaba contárselo todo antes de seguir adelante.

Alex asintió, pero esperó en silencio a que yo continuara.

–Me dijo que era porque quería esperar. Porque era católico. Y yo me lo creí, porque lo quería. A él sí le gustaba practicar el sexo oral conmigo, de todos modos. Eso estaba bien –dije yo. Me reí, y me tapé la cara con las manos–. Dios. Ahora es todo tan evidente, que... Sin embargo, creo que entonces solo veía lo que quería ver.

–O tal vez es que él no quería admitir nada.

–Eso también –dije con un suspiro–. Unas dos semanas antes de la boda, yo estaba guardando ropa limpia en un cajón de su cómoda, y me encontré una caja de preservativos.

–Ay.

Incluso en aquel momento, el recuerdo me revolvió el estómago. Sentí la traición. Al instante, supe que no eran para mí.

−Sí. Así que le pregunté qué significaba aquello. Pensé que tal vez lo negara, pero no lo hizo. También pensé que tal vez me hablara de alguna chica con la que trabajaba, o algo así. No esperaba que me dijera que estaba tirándose a toda la población gay de la ciudad.

−¿Te lo dijo así, sin más?

−Sin más. Me dijo: «Soy homosexual, Olivia. Me gusta acostarme con otros hombres». Parecía asustado cuando me lo contó, pero me lo contó de todos modos.

Alex pestañeó, y apartó la vista durante un instante.

−¿Y qué hiciste tú?

−No lo creí durante los dos primeros segundos, pero entonces, todo encajó. Y yo... perdí los nervios. Me eché a llorar y le tiré la caja de preservativos. Se cayeron todos por el suelo, y él se arrodilló para recogerlos. Lo recuerdo perfectamente... Se tiró al suelo para recogerlos todos como si fueran lo más valioso del mundo. Entonces, le dije que la boda estaba cancelada y que quería romper con él.

Alex se quedó sorprendido en un principio. Después, no.

−Yo creía que él había roto contigo después de contarte la verdad.

Tal vez Patrick hubiera hablado con él sobre aquello. Yo negué con la cabeza.

−No. Eso es lo que cree todo el mundo. Pero lo que ocurrió de verdad es que Patrick me rogó que me casara con él de todos modos. Me dijo que su familia iba a rechazarlo. Que teníamos que casarnos. Y yo estaba enamorada de él, así que... al principio le dije que sí. Dije que mentiría por él. Que viviría una mentira por él.

−Pero no os casasteis.

−No. Recogimos las cosas y guardamos la ropa... −yo

tragué saliva al recordarlo todo. El olor de la colonia de Patrick. El sabor de sus lágrimas–. Entonces, él me besó y empezó a acariciarme. Intentó hacer el amor conmigo. Me dijo que quería demostrarme que podía ser un buen marido. Pero yo ya no podía mirarlo así, Alex. No podía soportar que me tocara. Lo que me había hecho… Solo podía pensar en que me había dicho que me quería más que a nada en el mundo, pero había estado mintiéndome durante todo el tiempo. Y tal vez a sí mismo también. Pero sobre todo, a mí.

Alex me acarició el hombro.

–Lo siento, Olivia. Eso fue horrible por su parte.

Yo puse la mano sobre la suya, y se la apreté suavemente.

–Sí. Y fue todavía peor que le dijera a todo el mundo que yo lo había engañado.

–¿Y tú no dijiste la verdad?

–Le prometí que no lo haría. Pensaba que eso era justo, que era él quien debía contar su verdad. Y yo habría estado a su lado para apoyarlo, seguramente, si no hubiera estado tan enfadada…

–No era trabajo tuyo sujetarle la mano –dijo Alex, que también se había enfadado.

–Ahora lo sé, pero entonces lo habría hecho. Sin embargo, él le dijo a todo el mundo que era culpa mía que se hubiera cancelado la boda, y no contó nada sobre su homosexualidad hasta un año después. Para entonces, yo ya había asumido la situación. O eso creía. Para entonces…

Para entonces, yo estaba embarazada de Pippa, de una niña que no podía criar, e iba a tenerla para una pareja que sí podía educarla y que quería hacerlo. Mi madre me había retirado la palabra, no por quedarme embarazada, sino porque iba a dar en adopción al bebé. Ella pensaba que yo debía quedármela.

–Bueno, entonces ya habían sucedido muchas cosas.

Me enteré por unos amigos de que Patrick había salido del armario, y un día lo llamé y le pedí que quedáramos para cenar. Nos vimos. Lloramos uno en el hombro del otro. Él siempre había sido mi mejor amigo, ¿sabes? Es difícil estar enamorada de tu mejor amigo cuando sabes que nunca va a ser nada más que eso.

–Sí, claro. Lo entiendo –dijo Alex.

Aquel era el momento en el que debía decirle lo que había visto en el porche y lo que me había contado Patrick. Tomé aire, pero no conseguí reunir el valor necesario para hacerlo. Alex se inclinó hacia delante y me besó. Cuando lo hizo, sentí su contacto en todas las fibras de mi cuerpo. Sí, es una frase muy manida, pero así fue.

–Alex... tengo que decirte una cosa.

Él se apartó un poco y me soltó.

–Está bien.

Y, de nuevo, no fui capaz de decirle la verdad. Tal vez fuera culpa de mi cuerpo, que él había acariciado tan bien. Tal vez fuera culpa de mi corazón, que creía que podía dominar aquella situación.

–Creo que es necesario que compremos condones.

Alex pestañeó. Entonces se echó a reír.

–Creía que ibas a decirme... No importa.

Yo le acaricié la rodilla.

–¿Qué?

Se encogió de hombros y tomó un sorbo de su café.

–Creía que ibas a decirme que esto es un error, o algo así.

Tal vez lo fuera, pero hacía demasiado tiempo que no me acostaba con nadie y no iba a estropearlo lamentándome. Si lo que habíamos hecho había sido estupendo, cuando tuviéramos relaciones sexuales completas sería mucho más fabuloso.

Le acaricié el muslo, y le pregunté:

–¿Tú crees que ha sido un error?

–No.

–Bien –dije, y me sentí mejor–. Alex, mira, no sé qué es esto, ni lo que va a pasar, pero no me gusta arrepentirme de lo que he hecho cuando ya lo he hecho. Eso no tiene sentido.

Él asintió.

–Estoy de acuerdo.

–Muy bien –me incliné hacia él, sin besarlo, ofreciéndole mis labios por si quería tomarlos–. Entonces, ¿qué te parece si vamos a comprar preservativos?

Capítulo 8

Es una ley de la naturaleza: cuando vas a comprar algo que te avergüenza, te encuentras con alguien conocido. Tampones, crema para la candidiasis... preservativos. Si le añadía la cara de felicidad post-orgasmo, ropa que claramente había llevado durante dos días seguidos, y que seguramente olía a sexo ilícito, no había forma de salir del supermercado sin ser detectada.

Aquel día fue el padre Matthew, de St. Paul. Llevaba una cesta llena de productos para el catarro, y tenía la nariz muy roja. Pasó a mi lado por el pasillo de la farmacia. Hacía meses que yo no iba a misa, y nunca había acudido a la iglesia regularmente, pero, por supuesto, como llevaba una caja de preservativos en la mano, él tenía que reconocerme al instante.

–¡Olivia! ¿Cómo estás? –me preguntó el padre Matthew, pestañeando detrás de sus gruesas gafas. Tenía el pelo muy revuelto, y aspecto de que necesitaba guardar cama.

–Muy bien, padre, ¿y usted? ¿Tiene catarro? –pregunté. Tenía la sensación de que me ardía la caja que llevaba en la mano, y me arrepentí profundamente de pensar que no necesitaba ducharme para salir diez minutos de casa al supermercado.

Alex se rio detrás de mí. Hacía solo un momento había

estado haciendo el tonto, comparando las marcas y calculando el precio por orgasmo. Yo no me atrevía a mirarlo.

El padre Matthew pestañeó de nuevo.

—Ah, sí, tengo un catarro muy malo. No voy a darte la mano.

Miró por encima de mi hombro a Alex, y después me miró a mí, esperando a que se lo presentara.

—Eh... Padre Matthew, este es mi... amigo, Alex Kennedy.

—Encantado de conocerlo, padre. Yo tampoco le daré la mano.

El cura se rio. Después estornudó y metió la mano en el bolsillo de su abrigo en busca de un pañuelo. Se sonó ruidosamente y suspiró.

—Me alegro de conocerte, Alex. Tengo que irme. Quiero llegar a casa y meterme en la cama.

—Eso parece muy buena idea —dijo Alex, y yo tuve ganas de pisarle para que se callara.

No podía hacerlo, así que sonreí de oreja a oreja y mantuve los preservativos bien cerca de mi muslo.

—Siento que no se encuentre bien, padre. Que se mejore pronto.

—Gracias, hija. Ah, y Olivia, ya sabes que siempre eres bienvenida en misa —dijo el padre y sonrió. Su mirada cayó momentáneamente en mi mano, y después en Alex—. Los dos podéis venir. ¿Eres católico, Alex?

—Sí, padre. En realidad sí.

Yo me sorprendí y me giré para mirar a Alex, que tenía una sonrisa de monaguillo.

—Llamándote así, pensé que lo eras. Ven a misa —le dijo el padre Matthew—. Nos encantará veros por allí. ¡Feliz Año Nuevo!

No insistió más, ni esperó una respuesta por nuestra parte. Me caía muy bien aquel sacerdote. Y me habían gustado sus misas, también. Era el resto lo que no me gustaba.

Mientras el padre Matthew seguía su camino, Alex me atrajo hacia sí para acariciarme la oreja con la nariz.

—Vaya, no había estado tan a punto de que me pillaran desde el instituto.

Yo me eché a reír y le clavé el índice en el pecho.

—¿Qué pasó en el instituto?

—Estaba en la farmacia, comprando condones, cuando mi madre apareció en el pasillo de al lado. Ella no estaba comprando gomas, gracias a Dios. Sales de heno —dijo. Se estremeció, y después imitó la voz de una mujer—: Alex Junior, ¿qué estás haciendo aquí?

—¿Y qué le dijiste?

—Que había ido a comprar chicles de menta.

—¿Y se lo creyó?

Él se encogió de hombros.

—No me hizo más preguntas.

Observé la caja que tenía en la mano, y después la tiré a la cesta que llevaba Alex.

—Vamos a salir de aquí antes de que aparezca el rabino. ¿Necesitas alguna cosa más?

Alex sonrió. Tomó otra caja de preservativos de la balda y la echó en la cesta. Después tomó un bote de lubricante. El tamaño grande. Yo arqueé una ceja.

—Vamos al pasillo cuatro —dijo él.

—¿Qué hay en el pasillo cuatro?

—Cosas de picoteo.

—¿Crees que vamos a necesitar... picotear? —pregunté, intentando mantenerme seria.

—Creo que vas a necesitar picar algo entre horas para conservar las fuerzas —me dijo, con otra sonrisa que me provocó una descarga de excitación líquida entre los muslos—. Por supuesto que sí.

Esperó a que hubiéramos vuelto al coche para preguntarme por el cura.

—¿Vas mucho a misa?

–No, en realidad no.
–Ah.
Yo lo miré.
–¿Ah, qué? ¿Tú vas a misa? ¿O es que le has dicho una mentira al padre Matthew y no eres católico?
Él se echó a reír.
–No, no le he mentido. Si es que le llamas «ser católico» a nacer en una familia católica, educarte en el catolicismo y confirmarte como católico.
–¿Pero ya no lo eres?
Alex se encogió de hombros.
–Ya no soy nada.
–Ah –dije yo.
Alex me miró con una sonrisa.
–¿Qué me dijiste tú antes? Es complicado. Pero de verdad, Olivia, a mí no me importa lo que tú seas.
Vi pasar las casas y los campos. Después de un minuto, él estaba entrando en el aparcamiento de mi casa. Cuando paró el motor, yo me quité una mota de polvo imaginaria de uno de los guantes.
–No sé lo que soy.
Alex se giró en el asiento para mirarme.
–Bueno, también me parece bien.
Me besó cuando entramos por la puerta trasera. Era el mismo sitio en el que me había besado la noche anterior, y seguía haciendo frío, aunque en aquella ocasión contáramos con la luz del día. Sin embargo, Alex estaba caliente. Su boca y sus manos. Las bolsas crujieron entre nosotros.
–Tengo que ir a mi apartamento antes. Quiero darme una ducha.
–Bien, dejaré la puerta abierta.
Yo asentí, y dejé las bolsas en sus manos. Cuando entré en mi apartamento cerré los ojos, pero solo podía ver su cara, su expresión durante el orgasmo. Sus ojos profundos, grises, indescifrables. Su sonrisa.

Levanté el brazo y me pasé la nariz desde el codo a la muñeca. Tenía su olor en mí. Su sabor en los labios. Se me aceleró el corazón, y se me escapó un sonido de deseo.

Deseaba a Alex, y nada de lo demás me importaba, ni sus razones, ni las mías. Era cierto que no quería lamentar nada, pero sabía que en algún momento, iba a lamentarme.

Simplemente, no me importaba.

Tal y como había prometido, Alex había dejado la puerta abierta. De todos modos, llamé antes de abrir. Asomé la cabeza sin saber qué me iba a encontrar. ¿A Alex desnudo, esperándome? Ojalá.

No estaba desnudo, pero tenía el pelo mojado, así que él también se había duchado. Yo me había puesto unos pantalones vaqueros y una camisa, y él también llevaba vaqueros y una camisa que tenía el bajo deshilachado. Estaba junto a la encimera de la cocina, donde había puesto un cuenco lleno de galletitas saladas.

—¿Vas a darme de comer otra vez?

—Fuerza, Olivia. Te lo dije.

A mí se me secó la garganta. Una cosa era saber cómo era una mujer moderna, segura de sí misma y de su sexualidad, y no darle demasiada importancia a una relación sexual pasajera. Otra cosa era ser esa mujer.

—Pero antes deberíamos hablar de una cosa —dijo él con seriedad, antes de que yo pudiera responder.

—Oh, oh —dije, y di un paso hacia atrás—. Eso no suena bien.

Él no me dejó escapar. Me tomó de la mano y me llevó hacia el futón, donde las sábanas y los cojines estaban muy bien ordenados. Nos sentamos. Él no me soltó la mano. La giró hacia arriba, y se puso a trazar las líneas de la palma hasta que me estremecí. Entonces me miró.

—No tenemos que hacer esto obligatoriamente.

Era lo último que esperaba oír. Casi tiré de la mano para que me soltara.

—Si no quieres...

—Claro que quiero. Por supuesto que quiero —me aseguró él, y me abrazó—. De verdad, Olivia, quiero hacerlo.

Yo lo miré atentamente a la cara, pero no encontré ninguna señal que me ayudara a comprenderlo.

—Entonces, ¿por qué has dicho eso?

—Porque...

Se interrumpió y carraspeó. Se movió un poco, y yo vi su pecho desnudo por la abertura del cuello de su camisa. Percibí su olor.

Olía muy bien. Me incliné ligeramente hacia él.

—¿Qué?

—Porque no he estado con una mujer desde hace... Bueno, desde hace tiempo —respondió apresuradamente, como si le resultara un alivio confesarlo.

Había dicho «con una mujer». Podía haber dicho una mentira, pero había hecho la distinción. Si hubiera dicho con «nadie», yo me habría marchado. Por lo menos, eso quería pensar: que si me hubiera mentido, yo me habría marchado.

—Yo tampoco —dije con ligereza.

Él me miró a los ojos, y sonrió.

—Eres graciosa.

—Algunas veces.

Siguió acariciándome la palma de la mano.

—Solo quería que lo supieras.

—Gracias.

Nuestras rodillas chocaron. Yo jugueteé con uno de los botones de su camisa. Lo desabroché, y después desabroché el siguiente, y todos, hasta que pude abrirle la camisa y mirarlo.

Su risa se convirtió en un silbido cuando dibujé un círculo alrededor de uno de sus pezones. Él metió las manos entre mi pelo cuando lo besé en la boca. Me puse a horcajadas sobre su regazo, y seguimos besándonos hasta que yo tuve que parar para poder respirar.

Notaba su erección debajo de mí, y me balanceé sobre él. Mi clítoris se frotó contra la costura de mi pantalón vaquero, contra el estómago de Alex. Yo no llevaba sujetador bajo la camisa, y la tela me rozaba los pezones. Yo quería que se rozaran contra su piel desnuda.

Él me soltó el pelo, me agarró de las nalgas y me estrechó contra su cuerpo. Entonces posó los labios en mi cuello, en mis clavículas. Su lengua me dejó un rastro húmedo en la piel mientras bajaba hacia mi pecho.

Me miró.

–¿Podemos deshacernos de esto?

Se refería a mi camisa.

–Solo si tú también te quitas la tuya.

–Quítamela tú.

Tenía una voz muy sexy, ronca, rasgada en aquel momento, pero también suave. Yo le deslicé la camisa por los hombros y por los brazos. Por un momento, sus manos quedaron atadas por la tela detrás de él, y yo no seguí quitándosela.

–No puedo usar las manos así –murmuró en mi boca.

Yo estaba deseando tirar de la tela, pero me detuve.

–Tal vez me guste así.

No era cierto. Yo nunca había atado a un hombre, ni me había dejado atar. Alex alzó la cabeza para mirarme a los ojos.

–¿De verdad?

–¿A ti te gusta así...?

–A mí me gusta de cualquier forma que pueda hacerlo.

No le quité la camisa todavía. Lo besé un poco más fuerte, pensando en aquello. Mis senos rozaron su pecho desnudo a través de mi camisa, y cuando dejé de besarlo, él tenía la respiración acelerada. Por lo que yo sentía a través de los pantalones vaqueros, los suyos y los míos, Alex estaba muy excitado. Tiré de la camisa, pero no del todo.

—¿Qué te gusta de esto?

Él pestañeó, y después entrecerró los ojos pensativamente.

—Algunas veces quieres dejarlo todo, ¿sabes?

A mí se me quebró un poco la voz al contestar.

—¿El qué?

—El control —susurró Alex, y cerró los ojos.

Exhaló un suspiro. Yo respiré profundamente. Él abrió los ojos.

—Claro que, algunas veces no quieres en absoluto.

Se quitó él mismo la camisa y me agarró de las caderas. Rodó conmigo, hasta que estuvo situado sobre mí, entre mis piernas, y su pene me presionaba deliciosamente, y yo notaba su estómago suave, duro y caliente allí donde la camisa se me había subido. Él me sujetó las muñecas y me colocó los brazos por encima de la cabeza, lentamente, y me mantuvo así mientras, con la mano libre, me desabrochaba el pantalón.

—Podría soltarme —dije yo.

—Podrías —respondió él—, pero no quieres.

No quería, así que no me moví mientras él deslizaba la mano por dentro de mis pantalones. La pasó sobre mis braguitas y me acarició el clítoris. A mí se me movieron las caderas involuntariamente.

Con una sola mano, Alex consiguió bajarme el pantalón por los muslos. Yo no podía ayudarlo, porque mis brazos estaban por encima de mi cabeza, así que no sé cómo se las arregló para bajarlos del todo. Con un pie, finalmente, empujó por la costura del vaquero hasta que llegó a mis tobillos.

—Demonios —dijo en voz baja.

Yo me reí, y arqueé la espalda cuando su boca se posó en mi vientre.

Él me quitó el pantalón, me acarició la piel con la nariz y subió por mi cuerpo, hasta que se apoyó en mí y me miró a los ojos. Aflojó la mano con la que me estaba sujetando las muñecas.

—Pon las palmas de las manos juntas y entrelaza los dedos.

Él tenía el pelo por la frente, y estaba increíblemente sexy. No se había afeitado, y la sombra de su barba de dos días hizo que me estremeciera al pensar lo que iba a sentir cuando él me besara de nuevo. Obedecí.

A él se le cortó el aliento al ver mis manos unidas.

—Eso es... Es... Joder, Olivia.

Me arqueé de nuevo, ofreciéndole mi cuerpo sin palabras, preguntándome qué iba a hacer. Y qué iba a hacer yo, también.

—No te sueltes —me ordenó—. Quiero ver cuánto aguantas.

Yo me sentí un poco alarmada, y dejé de moverme.

—¿Cuánto aguanto qué?

Su sonrisa me tranquilizó.

—Cuanto aguantas antes de tener que tocarme.

Entonces, sin decir una palabra más, Alex comenzó a bajar por mi cuerpo, hasta que puso los labios sobre mi clítoris cubierto por el encaje de las braguitas. Me besó ahí. Yo di un tirón sin poder evitarlo, pero no me solté las manos. Su suave carcajada exhaló un calor húmedo sobre mí, y separé un poco las piernas para él.

Él enganchó un dedo en la cintura de las braguitas y las deslizó hacia abajo, siguiendo el camino con la boca, beso tras beso. Primero en mi vientre, después en el muslo, después la rodilla. Los dos tobillos. Y después, hacia arriba por la otra pierna, hasta que se colocó de nuevo en el centro.

Yo me quedé inmóvil. Él tardó una eternidad en volver a poner la boca sobre mí, y cuando lo hizo, se me separaron los dedos. Solo un segundo. Volví a agarrarme las manos con fuerza.

–Sé que te gusta ganar –dijo él, hablando contra mi piel. Su lengua encontró mi clítoris e hizo un círculo, y yo noté que me acariciaba con un dedo–. ¿No?

–Esto no es *Dance Dance*... –mis palabras se convirtieron en un gruñido de placer.

Él se rio contra mí, y me provocó una sensación tan deliciosa que me apreté contra su lengua. Él deslizó un dedo en mi interior, y eso también fue delicioso. Alex me saboreó.

Me lamió y me acarició hasta que yo me puse a temblar, al borde del éxtasis, pero entonces, se apartó de mí. El futón se hundió cuando él se puso de rodillas. Yo no me había dado cuenta de que tenía los ojos cerrados, pero cuando él se detuvo, los abrí de golpe.

No estaba sonriendo. Se desabrochó el pantalón y se lo bajó para liberar su miembro. Se los quitó y volvió a arrodillarse entre mis piernas; entonces comenzó a acariciarse lentamente, con los ojos cerrados.

Mis músculos internos se contrajeron, y mi clítoris latió. Todos los músculos de mi cuerpo estaban tensos, listos para deshacerse en el orgasmo; estaba al borde del clímax. Solo me hubiera hecho falta un beso, una caricia.

Él no me tocó. Siguió acariciándose a sí mismo, con un semblante serio. Se mordió el labio inferior y dejó caer la cabeza hacia atrás. Empujó las caderas hacia delante y se sujetó el miembro con el puño.

Era una visión bella. Incluso atenazada por aquella sensación de placer que me tensaba el cuerpo, pude enmarcar la fotografía en mi mente. Clic, clic.

Él abrió los ojos y me miró. Yo había hecho algún ruido, un gruñido, o algo así. Cuando sonrió, tuve ganas de maldecirlo, pero como era tan magnífico no pude.

–Estoy tan excitado... –dijo, acariciándose deliberadamente, y volvió a cerrar los ojos–. Quiero estar dentro de ti, Olivia.

Yo separé un poco los dedos. Moví las manos y las posé sobre la frente, justo delante de mis ojos, aunque todavía podía verlo. Quería verlo.

–Eres muy injusto.

Él se rio, y después gruñó.

–Dios, esto es tan gozoso... Pero tú te sentirías aún mejor.

Mi clítoris volvió a latir, y sentí un vacío doloroso en el sexo.

–Estás tan húmeda –prosiguió él–. Yo podría deslizarme dentro, muy dentro, y después hacia fuera...

Entreabrió un ojo para juzgar mi respuesta. Yo me habría echado a reír si hubiera podido, pero no tenía aliento suficiente.

–Al cuerno –dije, después de un segundo, y me senté para agarrarlo–. Tú ganas.

Tiré de él y lo tendí sobre mí, y nos besamos ferozmente. Me quitó toda la ropa, y nuestros cuerpos desnudos se tocaron. Yo respiré profundamente. Todo mi cuerpo me pedía a gritos el clímax.

Él se incorporó lo suficiente como para poder sacar un preservativo. Como hombre listo que era, había puesto la caja debajo de los cojines. Rasgó el paquetito y se lo puso, y después volvió a tenderse sobre mí. Me besó y se apoyó con una mano en el futón, y con la otra se guio a sí mismo hacia mi interior...

Entró en mi cuerpo lentamente, y se detuvo cuando yo emití un pequeño gruñido de protesta. Entonces me puso la mano bajo la nuca y metió los dedos entre mi pelo, y unió su boca a la mía. Me besó profundamente, hasta que se detuvo, con la respiración entrecortada.

Yo miré su rostro. Estaba tan cerca que podía contarle las pestañas. Dentro de mí, su miembro latía, y yo me moví un poco. Mi clítoris también latía, pero él no se movió. Yo me agité; no lo hice a propósito, pero no podía impedir que mi cuerpo quisiera encontrar su placer.

Él se hundió más en mí, y después, igual de lentamente, se retiró un centímetro. No era suficiente. Yo alcé las caderas y lo agarré por las caderas para moverlo.

Él se hundió en mí, y después salió. Empezó unas acometidas más fuertes, y nuestros dientes chocaron en un beso duro, pero a mí no me importó. Me sentía tan bien que no me importaba ninguna otra cosa. Hicimos el amor fuerte, rápido, y cuando llegué al orgasmo, cerré los ojos y vi estallidos de color, como fuegos artificiales.

Alex llegó al clímax medio minuto después que yo. Gruñó mi nombre, y eso me sorprendió. Me encantó.

Pasó un minuto antes de que metiera la mano entre nosotros para sujetar el preservativo y salir de mi cuerpo. Se tumbó boca arriba con un suspiro. Yo miré al techo. Estaba tan saciada y tan relajada que no podía hablar.

–Lo siento –dijo él, después de otro minuto.

Yo había estado disfrutando, a punto de dormirme, en un lugar feliz.

En aquel momento me apoyé sobre un codo y lo miré.

–¿El qué?

Él se incorporó y se sentó al borde del futón para quitarse el preservativo. Después me miró por encima de su hombro.

–Bueno, yo… ya te he dicho que hacía mucho tiempo que no…

Pensé que estaba bromeando. Estaba segura, de hecho, hasta que él se levantó para ir al baño y le vi la cara. Entonces me levanté y lo seguí.

–¿A qué te refieres?

Él se estaba lavando las manos.

–Me refiero a que… ha sido muy… rápido. Eso es todo.

—Ah —dije yo. Aquel era un terreno delicado—. Eh, mírame.

Él se giró hacia mí con una expresión neutral. Yo estaba acostumbrada a eso. Le puse una mano en la cadera, lo atraje hacia mí y lo abracé. Carne contra carne.

—Han sido las mejores relaciones sexuales que he tenido en mucho tiempo.

Él intentó contener la sonrisa.

—¿Cuánto tiempo hace que no has tenido relaciones sexuales?

—Hace mucho, mucho tiempo —reconocí yo, y me puse de puntillas para besarlo—. Pero eso no significa que estas no hayan sido fantásticas.

Entonces, él me rodeó con los brazos. Me devolvió el beso. Se rio un poco.

—La próxima vez...

Yo le agarré el trasero y se lo apreté.

—La próxima vez. Sí.

Pasamos todo el día desnudos, o casi desnudos, viendo película tras película de su colección gigante de DVD. Él no había llevado muchos muebles al apartamento, pero tenía suficientes películas como para abastecer un videoclub. Comimos pizza de su congelador, y me hizo margaritas con un tequila Gran Patrón Platinum, con una etiqueta en la que figuraba un precio que me hizo toser, aunque la bebida en sí me bajó dulcemente por la garganta. Él no bebió nada, sin embargo.

—¿Estás segura de que no quieres salir? —me preguntó Alex.

Él se había puesto unos calzoncillos sueltos, rojos, y me había prestado una de sus camisas. Habíamos improvisado una mesa sobre una maleta dura, y habíamos tomado como asientos los cojines del futón.

–Podríamos ir al Corvette. Allí tienen alitas de pollo y hora feliz de bebidas, además. Creo.

Yo ya estaba suficientemente animada con las margaritas, y negué con la cabeza.

–Dios, no. Estoy llena.

Él se inclinó para robarme un trozo de *pepperoni* que yo había apartado de mi pizza, y se lo metió en la boca.

–Tenías que habérmelo dicho, Olivia. Habría hecho otra cosa.

Tardé un segundo en entender lo que quería decir.

–Ah, no. La pizza está muy bien. Yo no como *pepperoni*, pero no porque no... Bueno, creo que es porque no lo he comido desde pequeña. No es que me ofenda por motivos religiosos.

En realidad, yo no había pensado nunca en eso, en el motivo por el que había dejado de comer *pepperoni* y gambas, dos alimentos que mi madre rechazaba de plano. Por qué comía bacón de pavo y no del normal, o por qué comía el jamón que me daba mi padre, ya guisado, pero nunca lo cocinaba yo misma.

Él no me había preguntado nada, pero yo se lo conté de todos modos.

–Mis padres se divorciaron cuando yo tenía cinco años. Mi padre es católico, mi madre es judía. Los dos volvieron a casarse. Mi padre ha sido muy activo en su iglesia durante mucho tiempo, pero mi madre decidió volver a la religión hace pocos años. Eso significa que sigue las normas de alimentación y respeta el *sabbat*.

–Entiendo lo que significa eso.

–La mayoría de la gente de por aquí no lo entiende.

Él se inclinó hacia mí y me besó.

–Se te olvida que soy un viajero internacional.

Yo le agarré por la nuca para que él no pudiera apartarse. Convertí su beso ligero en algo profundo. Excitante. Cuando lo solté, estaba sonriendo. Se estiró a mi lado.

–¿Tienes que trabajar mañana? –me preguntó.
Yo puse cara de horror.
–No me lo recuerdes. Sí. Tengo unos cuantos clientes a los que atender por la mañana, y después, a las cuatro, tengo una sesión con Foto Folks. ¿Por qué?
–Me preguntaba si tenías que acostarte temprano.
–Debería. Debería irme a casa pronto.
–No –dijo él, seriamente–. No te vayas.
Yo gruñí, y me tendí boca arriba, mirando al techo.
–Alex...
–Olivia.
Me senté, flexioné las rodillas y me las rodeé con los brazos.
–No quiero que esto se vuelva raro.
Él me tiró de un rizo.
–No tiene por qué.
–Esto ha sido fantástico, Alex. Realmente fantástico. E inesperado.
–Estoy lleno de sorpresas.
De eso yo no tenía ninguna duda.
–Pero creo que debería irme ya.
Él entrecerró los ojos y apartó la mirada durante un segundo. Después volvió a mirarme.
–Ojalá no lo hicieras.
–Alex... –suspiré. No quería marcharme. Quería hacer el amor con él otra vez, pero eso solo iba a causarme problemas. Y, además, me lo habían advertido.
–Olivia –dijo él de nuevo, pacientemente–, ¿tienes novio?
–¡Tú sabes que no!
–¿Te gustaría tenerlo?
Yo apoyé la barbilla sobre las rodillas, y lo observé durante unos segundos, en silencio. Él no apartó la vista. No se movió con incomodidad, ni vaciló. Se limitó a esperar mi respuesta.

–¿No crees que la mayoría de la gente quiere tener a alguien a su lado? –pregunté.

–Sí, creo que sí –dijo él–. ¿Así pues?

–¿Que si quiero un novio? ¿Es que te estás ofreciendo?

–Me gustas. Eres guapa...

Se me saltó una carcajada.

–Lo eres. Y tienes talento. Y eres divertida. Nunca había conocido a una mujer a la que le gustara *Harold y Maude*.

–Ni siquiera hemos salido juntos –le dije.

–Pero podemos hacerlo, si quieres. Podemos tener citas.

–Ummm... Quizá podamos empezar con eso.

Él se rio.

–De acuerdo.

–Vaya, ahora sí que es raro –comenté yo.

–Ya te he dicho que no tiene por qué serlo.

–Es que hace mucho tiempo que no tengo novio, eso es todo.

–También hace mucho tiempo que yo no tengo novia. Seguramente, más que tú –dijo Alex. Después se puso en pie de un salto y me ordenó–: No te muevas de ahí.

Desapareció por la puerta del dormitorio que no utilizaba y salió un momento después, con una flor de tela deshilachada que tenía el tallo de plástico. Se puso de rodillas ante mí, con la mano en el corazón, y me la ofreció.

–Olivia, ¿quieres hacerme el honor de ser mi novia? ¿O de no ser mi novia, o de como quieras llamarlo?

Yo me reí con ganas y tomé la flor.

–¿De dónde has sacado esto?

–Estaba sobre la encimera del baño cuando me mudé aquí. ¿Lo ves? Es el destino.

–Es asquerosa –dije.

–Eh, las flores de verdad tienen bichos. Alégrate de que no te haya regalado una rosa infestada de pulgón, o algo así. Eso sí habría sido asqueroso.

Yo no podía mantenerme seria con él. Tiré la flor a un lado y extendí los brazos para que él se me acercara.

—Esto es una locura.

—Es culpa tuya —me susurró al oído, antes de besarme el cuello en mi punto débil, que él había descubierto enseguida.

Sé que él tuvo que notar cómo se me aceleró el pulso cuando me pasó los labios por la garganta. Sé que oyó mi jadeo cuando me mordisqueó ahí, y estoy segura de que notó el tirón de mis dedos en su pelo cuando me clavó los dientes.

Me desabotonó la camisa y la abrió, y me descubrió el pecho. Entonces bajó los labios por mi piel, hasta que se detuvo a succionarme uno de los pezones, y después el otro. Yo me hundí en los cojines, con los brazos por encima de la cabeza, y me abandoné a él.

—Es demasiado difícil resistirse a ti —murmuré.

Sentí su risa en la piel.

—Ya lo sé.

Noté que su miembro se hinchaba dentro de la seda. Él se movió, y el resto de su calor me presionó la piel. Yo soy una persona alta, curvilínea y rotunda, y, sin embargo, allí, en brazos de Alex, me sentía pequeña y menuda.

—No me había dado cuenta de lo grande que eres —dije, contra sus labios.

—No me sorprende, teniendo en cuenta el tamaño de tu consolador.

Yo le di unas palmaditas en el pecho.

—¡Nunca he usado eso!

Él se rio y me tendió en el futón.

—Ya...

Entonces, yo bajé la mano y agarré su miembro cubierto de seda. Lo acaricié, y oí que Alex siseaba.

—Además, no me refería a eso —añadí.

Él empujó hacia mi mano, y escondió la cara en mi cuello, para morderme y succionarme suavemente.

—Mejor, porque mi ego no puede aguantarlo todo.

Yo solté un resoplido, y cerré los dedos a su alrededor con un poco más de fuerza.

—Algo me dice que tu ego puede soportar mucho.

Entonces, él me miró. No estaba sonriendo; sus ojos tenían un brillo intenso.

—¿Lo ves? —me dijo—. Ya me conoces.

Yo puse la mano en su hombro para empujarlo cuando él intentó besarme de nuevo. Alex se detuvo.

—Lo dices como si fuera muy difícil conocerte.

Su mirada se suavizó.

—No quiero serlo.

Entonces, yo posé ambas manos en sus mejillas y estudié todas las líneas de su rostro.

—¿No quieres ser un hombre internacionalmente misterioso?

—No, en realidad no. Contigo no.

El calor se apoderó de mí, de pies a cabeza. Lo atraje hacia mí con delicadeza y lo besé. Fue un beso ligero, pequeño, pero que se hizo enorme por lo que él había dicho.

No quería estropear aquel momento hablando. Sé cuándo es mejor callar. Respondí con mis ojos y con mis caricias. Con otro beso. Nuestros cuerpos se movieron con un ritmo perfecto.

Alex se tumbó boca arriba, y yo me senté a horcajadas sobre él. Lo desnudé por completo, y él alcanzó un preservativo con su largo brazo, y me lo tendió para que yo se lo pusiera.

No me quité su camisa, ni siquiera cuando él entró en mi cuerpo. Me aferré con los muslos a sus caderas, y la camisa se abrió y dejó ante su vista mis senos y mi vientre; las curvas que nunca conseguiría quitarme, por muchas dietas que hiciera.

Él deslizó la mano entre nosotros y presionó mi clítoris con el dedo pulgar.

–¿Así?

A mí me encantó que me lo preguntara, y más que eso, que lo recordara. Había tenido amantes que no sabían lo que me gustaba ni siquiera después de que nos hubiéramos acostado una docena de veces.

–Sí.

Con la otra mano me agarró el trasero y me lo estrujó.

–Muévete un poco hacia delante.

Yo obedecí, y sentí tanto placer que se me escapó un jadeo. Lo único que tenía que hacer era moverme un poco, ligeramente, y su miembro se deslizaba con facilidad dentro y fuera de mí, mientras mi clítoris se frotaba contra su nudillo, y algunas veces contra su vientre. Perfecto. Mágico. Cerré los ojos e incliné la cabeza. El placer me anegó de nuevo, cuando hacía una hora había dicho que estaba saciada.

Aquella vez tardamos más que las anteriores. Nos movimos más despacio. El tiempo se hizo líquido a nuestro alrededor, y yo me derretí con él

–Sí –murmuró él, cuando yo comencé a tener los primeros temblores–. Demonios, sí...

Abrí los ojos y lo miré a la cara, que estaba tensa de deseo. Entonces, sus párpados temblaron, y comenzó a acometerme con más fuerza. Mi orgasmo comenzó con unas ondas largas, y aunque no emití ningún sonido, él se dio cuenta. Gruñó. Aminoró su ritmo. El futón se movió debajo de nosotros.

Me tomó la mano y entrelazó sus dedos con los míos. Llegamos juntos al orgasmo, con un jadeo y un suspiro. No supe quién hacía qué ruido, pero los dos lo hicimos al mismo tiempo.

Después, ambos nos quedamos abrazados en el colchón, en un lío de brazos y piernas, estremecidos, sin aliento.

–Oh, Dios mío.

–Vamos, no digas nada de eso solo para que me sienta mejor.

—Yo no digo las cosas solo para que la gente se sienta mejor –respondí.
—Yo tampoco.

Su tono de voz tenía algo que hizo que yo me girara a mirarlo. Alex estaba observando el techo. Se humedeció los labios una vez, y después otra. Pestañeó rápidamente, como si se le hubiera metido algo en los ojos.

—Decirle a la gente lo que quiere oír solo para que se sientan mejor no es mejor que mentir –dijo, como si fuera un comentario intrascendente.

Me miró. No dijimos nada durante unos segundos, y entonces yo rodé hacia él y lo besé. Él me devolvió el beso.

—Así que, si te pregunto si unos vaqueros me hacen el trasero gordo, y es verdad, ¿no me dirás que no? –le pregunté, mientras escribía mi nombre en su pecho con el dedo índice.

Alex se rio y me apretó la mano contra sí.

—No diré nada.

—Entonces, yo sabré que los vaqueros me hacen el trasero gordo –le dije.

—Sí –dijo Alex, y me besó de nuevo–. Pero también sabrás que no te he mentido.

Capítulo 9

–Tienes una idea muy morbosa de lo que es romántico –dijo Sarah, con la boca llena de *sushi*.

–Y tú estás muy mona con el arroz cayéndote de la boca.

Ella se rio, y me señaló con los palillos.

–¿Ese tío te dice que tienes el trasero gordo, y a ti se te cae la baba? Morboso.

–No me dijo que tuviera el trasero gordo –repliqué yo.

De hecho, Alex se había pasado los quince minutos siguientes diciéndome lo mucho que le gustaba mi trasero. Y mi delantera. Y el resto de las partes de mi cuerpo.

Sarah se encogió de hombros y mojó un pedacito de atún en el *wasabi*.

–Bah, no me hagas caso. Es que me da envidia que tú te des esos revolcones tan buenos y yo esté sola en casa, con mi mano.

–Pobrecita. ¿No tienes consolador?

–Se me han acabado las pilas –respondió mi amiga con una sonrisa. Después se encogió de hombros otra vez–. Los novios que funcionan con pilas no te llevan a comer *sushi*.

–Yo soy la que te saca a comer *sushi* –observé.

Sarah lamió sus palillos de forma seductora.

—¿Hay alguna posibilidad de que tenga suerte?

A mí se me escapó una carcajada tan fuerte que los demás comensales se volvieron a mirarnos.

—Ummm... No.

—¿Por qué? ¿Porque te has vuelto loca por el señor Alex Pene Gigante y Mágico? ¿Qué te ha hecho? ¿Te ha dado su anillo de graduación?

—No seas envidiosa.

Ella se rio y me robó un pedazo de rollito de salmón y aguacate del plato.

—No puedo evitarlo. Tengo envidia. Ojalá yo tuviera lo mismo que tú.

—¿Qué pasó con ese tipo de la tienda de motos con el que tuviste un rollo?

Ella me clavó una de sus típicas miradas, con la ceja arqueada, el labio fruncido, a punto de gruñir.

—No le gustaban los conejitos.

Yo me detuve con un poco de *sushi* a medio camino de mi boca.

—¿Y qué? ¿Desde cuándo tienes tú un conejo de mascota?

—Yo no tengo ningún conejo, pero no puedo enamorarme completamente de un tío que odia los conejitos. Es que es algo tan... malo. ¿Quién odia a los conejitos? Además, el sexo era aburrido, en realidad. ¿Sabes —añadió, señalándome de nuevo con los palillos— que la última vez que tuve un buen revolcón fue con un tío con el que no voy a acostarme nunca más?

—¿Quién era?

—Ah —dijo ella, encogiéndose de hombros—. Un tío que tú no conoces.

—Vaya, eso no es justo. ¿Por qué lo sacas a relucir si nunca me has hablado de él? ¿Y cómo sabes que no te vas a acostar más con él si las relaciones sexuales fueron tan buenas?

Sarah se echó a reír y cabeceó.

–Oh, Dios Santo, ¿Joe? No. De ninguna manera. Sería el peor novio que puedo imaginarme.

–Aaah... Así que estás buscando novio, ¿eh?

Ella arqueó una ceja de nuevo.

–Tía, ¿dónde has estado últimamente? Por supuesto que estoy buscando novio. Lo quiero todo. Quiero una alianza. Quiero niños. Todo eso.

–¿De verdad? ¿Y por qué ahora, de repente?

–No, de repente no. Lo único que ocurre es que ahora soy más libre para admitirlo. No quiero estar en una residencia geriátrica cuando mis hijos lleguen a la universidad, ¿sabes?

–Sí, te entiendo. Y soy mayor que tú, así que cállate.

–Sí –dijo Sarah–, pero tienes novio.

Al oír sus palabras, sonreí sin poder evitarlo. Intenté contener la sonrisa, pero ella la vio. Empujó mi plato con los palillos, pero sonrió también.

–Te gusta –me dijo socarronamente.

–¿Cómo no me va a gustar? Es muy guapo y tiene trabajo, pero aunque no lo tuviera, tiene dinero. Viste bien. Besa bien. De todos modos, solo llevamos un par de días. Es demasiado pronto para pensar nada.

–No olvides que además es bueno en la cama –añadió ella, y sirvió té en nuestras tazas–. ¿Vas a pedir comida para llevar?

–Sí –dije, y saqué la carta de su soporte para elegir–. Es muy bueno en la cama.

–Bueno, pues ahí lo tienes. Todos los requisitos para una buena relación.

Yo suspiré y seleccioné lo que iba a pedir: tres rollitos de *sushi* y un par de *sashimis*.

–Sí... bueno, ya sabes. Eso de tener novio no me ha salido tan bien en el pasado.

–Pfff. Eso no fue culpa tuya. Ahora, lo de no haber vuelto a tener novio desde entonces sí, es culpa tuya.

—Yo sí he tenido...

—Ya. Un par de tíos con los que te has acostado, y alguna cita. Pero novio, no.

—Sí, bueno... No sé si quiero que él sea mi novio. Estoy escarmentada.

Sarah no bromeó en aquella ocasión.

—No puedes dejar que lo que te sucedió con Patrick te asuste para siempre, Olivia.

—Alex se acuesta con tíos —dije en voz baja, para que nadie más pudiera oírlo—. Vi a un tío hacerle una felación en la fiesta de *Chrismukkah* de Patrick.

—¿Qué? —chilló Sarah, sin darse cuenta—. ¿Qué dices? ¡Eso no me lo habías contado!

Yo me encogí de hombros con incomodidad.

—A él no le he dicho que lo vi. Estaba oscuro, y ellos no sabían que yo estaba allí.

Sarah se quedó callada un segundo.

—¿Y fue excitante? Seguro que lo fue.

—Sarah —dije—, concéntrate.

—Lo siento. Cariño, eso solo significa que tu novio tiene una pequeña parte gay. Eso no tiene nada de malo. Tú misma me has dicho que en la cama es maravilloso, y que tú le gustas mucho.

—¿Y si no es solo un poco gay? —pregunté con ansiedad.

—Cariño, ha conseguido que tuvieras unos orgasmos de campeonato. Un gay no consigue eso. Quiero decir que un hombre completamente gay no puede conseguirlo.

—Patrick...

Ella me cortó.

—Con Patrick las cosas nunca fueron así. A menos que me mintieras, y no creo que lo hicieras. No olvides que he compartido contigo muchas noches de margaritas.

Aquello era cierto.

—No. Con Patrick, las cosas nunca fueron así.

—El sexo era inexistente, y él te mintió. Me parece que esas dos cosas no suceden con Alex.

Yo repasé mentalmente todo lo que él me había dicho, sus matices...

—No, bueno, no me ha mentido exactamente, pero...
—¿Le has preguntado si le gustan los tíos?
—No.
—¿Y vas a preguntárselo?
—No lo sé. ¿Qué hago si me dice que sí?
—Olivia, nenita, cariño. Cielito...

Yo me eché a reír.

—Para.
—Muñequita... —dijo Sarah, y también empezó a reírse.
—En serio. ¿Qué hago si me dice que sí?
—Pues supongo que lo mismo que has estado haciendo hasta ahora. Ya sabes que a él no le importa que otro tipo le haga una felación. Lo cual, a propósito, seguro que fue muy excitante.

Yo terminé mi té y esperé a que el camarero me entregara la caja del pedido que había hecho y me diera la cuenta. Después, respondí.

—Sí, lo fue. Pero eso ocurrió antes de que yo supiera que me iba a acostar con él. Ahora es distinto. Supongo que me gusta demasiado. Además, Patrick dice que se acostó con él. Ha estado intentando alejarme de Alex...

—Espera —dijo ella, alzando una mano—. ¿Se lo has contado a Patrick antes que a mí?

—Él se puso furioso porque Alex y yo habíamos quedado unas cuantas veces, y porque nos vio besarnos en Nochevieja...

—¿Cómo? ¡Espera! —repitió Sarah, y frunció el ceño—. ¡Eso tampoco me lo habías contado! ¡Me has estado ocultando cosas!

—¡Y tú no me contaste que te habías acostado con un tipo estupendo en la cama!

Ella soltó un resoplido.

–Está bien. Es cierto. No importa. Entonces, ¿no le has dicho a Alex que le has visto pasarlo muy bien, y que Patrick te contó que se habían acostado juntos?

–No.

–Pues será mejor que lo hagas. Si él lo admite, entonces todo estará más claro entre vosotros. Si no lo admite, sabrás que es un mentiroso, y tendrás que alejarte de él.

–No quiero que sea un mentiroso –dije.

–Cielito, es normal que no quieras. Pero pregúntaselo. Te sentirás mejor. Hazlo como cuando te quitas un esparadrapo: un tirón, sin pensarlo, y después se terminó.

–Bueno, debería irme –dije entonces, mirando el reloj–. Tengo que adelantar un poco de mi propio trabajo, porque el resto de la semana tengo que estar en el otro.

–Foto Folks, fotos de vuestras madres. Fotos de vuestros padres –canturreó Sarah. Aquel era el tema musical de los anuncios de la empresa–. Fotos de señoras gordas con tiara, ¡fotos que harán que te desmayes!

–Muy bien cantado, gracias –dije yo–. Te estás burlando de mi medio de vida.

–No lo será para siempre. Dentro de pocos meses no necesitarás trabajar en ese sitio. Lo presiento. Tendrás tantos negocios que no podrás hacerte cargo de todos ellos.

–Que Dios te oiga –dije yo, mientras me levantaba y contaba el dinero para pagar la cuenta.

Sarah me miró con extrañeza.

–¿Has estado hablando con tu madre?

No había hablado con mi madre desde hacía mucho tiempo. Sin embargo, últimamente había pensado mucho en ella, en pequeños detalles. En cosas extrañas, como el *pepperoni* de la pizza.

–No. Debería llamarla. Patrick intentó que me sintiera culpable por no hacerlo, y que la llamara, pero...

–Oh, que le den a Patrick –dijo Sarah malhumoradamente–. Olivia, sé que lo quieres, pero ese chico tiene que dejarte en paz.

Yo pestañeé de la sorpresa que me causó su vehemencia.

–¿Qué te pasa con él?

Ella se puso en pie y tomó el abrigo y el bolso del respaldo de su silla.

–Creía que estabas enfadada con él. Yo estoy de tu lado.

–Sí, estoy enfadada con él –respondí mientras salíamos del restaurante–. Pero me pregunto por qué lo estás tú.

Fuera, en la acera, Sarah se giró de repente y me dio un abrazo.

–Yo siempre he estado enfadada con él. Solo fingía lo contrario por ti.

Yo sabía que Patrick no le caía bien, pero aquello era nuevo. La abracé también, y la miré a la cara.

–¿Por qué?

–Pues porque... –Sarah suspiró–. Oh, Olivia, ¿por qué crees tú? Porque te quiero. Eres mi amiga. ¿Por qué otro motivo iba a soportarlo? Yo esperaba...

–¿Qué?

Sarah se encogió de hombros, pero me miró a los ojos.

–Esperaba que rompieras definitivamente con él después de esto último. Que tal vez... Y, cuando me contaste lo de Alex, me hice ilusiones de que...

No era típico de Sarah quedarse sin palabras, pero incluso con todas aquellas vacilaciones, yo entendí lo que quería decir. Se me formó un nudo en el estómago, y apreté los labios.

–Vaya. No sabía que lo odiabas tanto.

–Lo siento –dijo ella, y se apresuró a añadir–: No lo defiendas. Patrick ha sido muy malo contigo, y si estás pensando en perdonarlo y hacer como si no hubiera ocurrido nada, tal vez tenga que abofetearte.

–No. Todavía estoy enfadada con él, así que no te preocupes.

–Y ahora también estás enfadada conmigo. Lo siento.

–No, no estoy enfadada. Tú tienes razón –dije–. Es que... lo nuestro es complicado.

–Ya lo sé, ya lo sé –dijo ella, y me abrazó de nuevo.

–Él ha formado parte de mi vida durante mucho tiempo. Estuvimos a punto de casarnos.

–Pero no os casasteis. Y, Olivia –dijo ella, suspirando mientras se apartaba de mí–, lo entiendo, de verdad. Pero detesto que haga que te sientas... mal.

–Él no hace...

Me quedé callada. Yo nunca había pensado, nunca había admitido, que Patrick me hiciera sentir mal por nada.

–A partir de ahora no diré nada más. He terminado. Tú tienes que volver a casa con ese chico tan macizo, para poder acostarte con él una vez más antes de ponerte a trabajar, y yo... yo tengo que hacer mis rondas limpiando la pornografía llena de virus de los ordenadores de los abogados. Dios, veo unas cosas que me dan ganas de limpiarme los ojos con lejía.

–Puaj.

–Sí, exacto –Sarah me abrazó de nuevo y me dio un beso en la mejilla, poniéndose de puntillas–. Llámame cuando quieras hacer más avances en el estudio. O si me necesitas para posar en las fotos, o lo que sea.

–Tengo un encargo para la semana que viene. Creo que voy a necesitar a alguien con las manos bonitas.

Ella agitó los dedos ante mí.

–Yo tengo las manos bonitas.

Me eché a reír.

–Anda, márchate. Te llamo luego.

–Hasta luego, preciosa –respondió ella.

Se despidió con la mano y se marchó hacia su coche como si fuera la dueña del aparcamiento, atrayendo las miradas de la gente. Yo envidiaba aquella seguridad en sí misma.

Envidiaba su capacidad para decir lo que pensaba, y para pensar lo que decía.

Sonó mi teléfono mientras la veía alejarse, y lo saqué de mi bolso. Reconocí el número y reconocí la fotografía, pero en vez de responder a la llamada de Patrick, apagué el teléfono y lo metí al bolso de nuevo.

Aquella tarde no había demasiada gente en el servicio religioso de la Congregación Ahavat Shalom, pero no importaba: menos gente con la que debía charlar amablemente. Llevaba meses sin acudir al servicio allí también, pero ocupé mi sitio de costumbre en un banco delantero, a la derecha, desde donde veía al rabino. La mayoría de la congregación se sentaba detrás de mí, y eso estaba bien. No quería cantar con los demás, al menos en voz alta. Todavía estaba aprendiendo hebreo, y me contentaba con canturrear las melodías.

–Shalom, Olivia –me dijo el rabino Levin, mientras me estrechaba la mano–. Hacía tiempo que no te veíamos.

–Shalom, rabino. Me ha gustado su sermón de hoy –dije–. Me gustó lo que ha dicho sobre que debemos celebrar las fiestas de la comunidad, aunque no sean técnicamente las nuestras.

–Hemos de vivir en el mundo. Es importante que los judíos conserven su herencia tradicional y su identidad, pero no vivimos en comunidades donde todo el mundo adore a Dios de la misma forma que nosotros. Es importante saber que podemos combinar los aspectos seculares y religiosos de nuestra vida –dijo el rabino, con una amplia sonrisa–. Me alegro de que te gustara mi sermón.

Me tocó el hombro, y después siguió hablando con el resto de sus fieles.

Teníamos que vivir en el mundo real. Eso podía cumplirlo. También podía conservar mi identidad, siempre y cuando pudiese saber cuál era esa identidad.

Las primeras veces que había ido al servicio en aquella sinagoga, nadie había sabido qué decirme. Yo oía susurros; la gente sugería que yo era una de aquellas «judías de Etiopía», pero nadie tenía el valor de preguntármelo directamente. Yo sabía qué aspecto tenía con mi piel café con leche y mi pelo de rizos nubios. No encajaba con aquellas mujeres que vestían trajes de chaqueta y pantalón muy caros, ni con los hombres que lucían *tallits* hechos a mano. Ellos no podían saber que a mí me habían educado como judía, al menos en parte, y que mis recuerdos de haber encendido una *menorah* y de haber hecho girar el *dreidel* eran tan importantes como los de sentarme en el regazo de Santa Claus. Yo les daba miedo.

Por el contrario, cuando había ido a misa, el hombre que estaba sentado a mi lado en el banco se había girado hacia mí y me había dado la paz con tanto entusiasmo que había estado a punto de aplastarme los dedos. Después de la misa se me había acercado un montón de gente para darme la bienvenida a la iglesia y preguntarme si era un nuevo miembro, o si estaba pensando en unirme a ellos. Sus sonrisas eran resplandecientes y sinceras, y un poco desesperadas. Ellos me daban miedo a mí.

No encajaba en ninguno de los dos sitios. Los ritos me resultaban familiares, como las oraciones. Me reconfortaba la iglesia tanto como la sinagoga, aunque sus mensajes fueran tan diferentes.

Y, sin embargo, algo me atraía hacia Ahavat Shalom; creo que era la falta de una bienvenida abrumadora. Allí no tenía que demostrarle nada a nadie, no tenía que fingir que sabía lo que pasaba, porque nadie me preguntaba qué sentía con respecto a Dios, como hacían en la iglesia. No tenía que dar un paso adelante y proclamar nada.

Tal vez aquel fuera el año en el que debía averiguar lo que quería proclamar.

Tal vez fuera el año de hacer muchas cosas, pensé mientras aparcaba detrás de casa. El coche de Alex no estaba. Me quedé desilusionada, y al salir del coche me estremecí, y no solo por el aire helado que soplaba, ni por el cielo gris que prometía nieve. En el calor de mi apartamento me quité el abrigo y preparé una tetera de Earl Grey.

Después descolgué el teléfono.

–Feliz Año Nuevo –dije, cuando mi madre respondió a la llamada.

–¡Olivia! ¡Feliz Año Nuevo! Me alegro mucho de que hayas llamado.

Yo la creí, por supuesto. Era mi madre; me había cambiado los pañales, me había curado las rodillas, me había agarrado de la mano para cruzar la calle. Me había sacado fotografías antes de todas las funciones de la escuela. Mi madre me quería, pese a todo lo que había ocurrido y pese a lo mucho que la había decepcionado. Yo también la quería, pero me resultaba difícil perdonarle las cosas que había hecho, y las cosas que me había dicho. Tal vez a ella también le resultara difícil perdonarme.

Hubo un silencio mientras yo pensaba en algo que decir. Mi madre carraspeó. Mi mirada recayó sobre el libro que estaba leyendo.

–La semana pasada saqué de la biblioteca lo último de Clive Barker. Ya casi voy por la mitad.

Ella hizo una pausa.

–No lo he leído.

–Es muy bueno.

Otra pausa, y otro carraspeo.

–Hace unos cuantos años que no lo leo.

Ah. Se me había olvidado el campo minado de cosas que mi madre no podía hacer y que se interponían entre nosotras, pero en aquel momento recordé con claridad lo traicionero que podía ser cada paso que daba.

–No lo sabía.

Debería saberlo. Y podría saberlo, si nosotras siguiéramos tan unidas como antes. ¿Quién tenía la culpa de que no lo estuviéramos? ¿Ella o yo?

–Bueno, cuéntame cosas de ti –dijo mi madre–. ¿Cómo va tu nuevo negocio?

Ella se habría enterado por alguno de mis hermanos, o de sus esposas, pero no me importó. Dejé que fingiera que sabía más de mi vida de lo que sabía en realidad, para poder comportarme como si habláramos todos los días. Le hablé de mi negocio, de mi trabajo en Foto Folks y de mi trabajo como fotógrafa de la escuela.

A su vez, mi madre me habló del trabajo de Chaim, de su nueva casa, de la sinagoga, del viaje a Israel que estaban preparando. Me habló sobre amigos que yo no conocía, y sobre las clases que daba en su sinagoga.

–Enseño en las clases de *aleph* –me dijo con orgullo–. Religión para niños de la guardería y de primaria. Me encanta.

–Me alegro mucho por ti.

–Podrías venir de visita, Olivia –me dijo finalmente. Era algo que yo había estado esperando oír desde que había empezado la conversación–. Nos encantaría verte. A Chaim también.

Tal vez eso fuera cierto. Yo no conocía lo suficiente al marido de mi madre como para saberlo.

–Tú también podrías venir a visitarme a mí. Si quisieras.

–Sabes que eso no es posible.

A mí se me formó un nudo en el estómago.

–Será mejor que cuelgue. Feliz Año Nuevo, mamá.

–Olivia…

–Adiós –dije, y colgué.

Por lo menos no habíamos discutido, no nos habíamos gritado ni nos habíamos acusado de ser horribles la una a la otra. Habíamos sido amables. Lo habíamos conseguido.

Alguien llamó a la puerta. Me levanté del sofá para abrir, y me encontré a Alex.

–Hola –dijo él.

–Hola –respondí yo, y me aparté para dejarle pasar.

Capítulo 10

Era una buena época para trabajar en un estudio de fotografía cuya principal clientela eran familias con niños. La mayoría de la gente había llevado a sus hijos para que los retrataran en octubre y noviembre. Aquellos meses también eran los más ajetreados con respecto a las sesiones de fotografía del colegio. En octubre y noviembre yo había trabajado mucho, había conducido muchos kilómetros al día y había llegado a casa muy tarde después del trabajo. Ahora, sin embargo, podía sentarme un poco y relajarme.

O eso creía yo. El centro comercial no estaba tan abarrotado como durante las fiestas, pero parecía que mucha gente había decidido usar sus tarjetas-regalo. Y, debido a una campaña publicitaria que había hecho Foto Folks en otoño, había muchas mujeres que iban al estudio con vales para hacerse gratis una sesión fotográfica glamourosa.

Cuando llegué para cubrir mi turno, todas las sillas de la sala de espera y de la sala de maquillaje estaban ocupadas. Habían empezado a apuntar a la gente en una lista y a repartir buscas, como hacían en los restaurantes muy populares. Tres de los cuatro compartimentos que había al fondo del estudio para tomar fotos estaban ocupados, y el cuarto acababa de dejarlo libre una mujer que llevaba una boa de plumas y una tiara.

—Vaya, vaya —murmuré.

Mindy, la peluquera y maquilladora, acababa de terminar con una clienta y estaba junto a la máquina de café con una taza.

—Y me lo dices a mí. No he parado desde que abrimos.

Una mujer pasó junto a nosotras. Llevaba una fea chaqueta roja de cuero sintético, con cremalleras. De cintura para arriba era todo glamour. Iba peinada, llevaba pestañas postizas y los labios pintados de rojo. De cintura abajo era menonita. Llevaba el consabido vestido de flores, calcetines blancos y zapatillas deportivas.

—¿Qué...?

—Va a hacerse unas fotos para su marido.

—Pero eso... ¿no va contra...? Ellos no...

Mindy llenó su taza y le puso azúcar y leche.

—No lo sé. Ella llegó, eligió esa chaqueta del perchero y me dijo cómo quería que la peinara y la maquillara. Yo no voy a discutir.

Yo tampoco. No podía decirle a la gente que iba al estudio cómo debía vestirse, ni cuánta sombra de ojos debía ponerse.

—Hola. Me llamo Olivia —dije cuando entré al cubículo.

—Gretchen.

—Bien, Gretchen, ¿tienes alguna idea en concreto?

Yo ajusté la cámara mientras hablábamos. Gretchen sí tenía una idea bastante bien definida de lo que quería, y me la describió, incluyendo el uso del ventilador eléctrico para que pareciera que el viento le estaba agitando el pelo.

—Mi cuñada Helen vino antes de Navidad e hizo lo mismo —explicó Gretchen—. Yo quiero lo que le hicieron a ella.

Que yo no pensara hacer nada semejante no significaba que no entendiera el atractivo de aquello. Por su apariencia, Gretchen no debía de llevar una vida muy glamourosa, y si yo podía conseguir que se sintiera guapa durante media hora, y darle unas fotografías que pudiera mirar durante el resto de su vida, lo haría.

—Bueno, deja que te vea aquí, en este taburete —le dije, y la situé delante de la mesa, con los codos apoyados en ella, y la barbilla en una mano. La clásica pose de glamour—. Voy a encender el ventilador.

Gretchen y yo trabajamos mucho. Ella se inclinó, se estiró y mantuvo la pose cuando fue necesario. Su expresión no cambió mucho; en algunas de las fotos parecía que estaba medio aterrorizada, y en otras somnolienta, pero en los momentos de descanso se reía, así que yo sabía que se lo estaba pasando bien. Sin embargo, ya se nos estaba acabando el tiempo de la sesión cuando tomé la foto que iba a ser la mejor de todo el lote.

—Mira esta —le dije—. Es estupenda. Esta es la mejor.

—¿De verdad? —preguntó Gretchen esperanzadamente—. ¿Son bonitas?

—Preciosas —le aseguré—. Ve a cambiarte y reúnete conmigo en esa sala de ahí, la que tiene la puerta a la izquierda. Allí podrás ver todas las fotos y elegir las que quieras.

En Foto Folks utilizábamos cámaras digitales; la fotografía tradicional con película había quedado obsoleta salvo para los aficionados. En la sala que yo le había indicado a Gretchen, los clientes veían las fotos en una pantalla grande y elegían un paquete. Podían marcharse con ellas bajo el brazo en menos de una hora, si querían esperar. La mayoría esperaban. Era muy distinto a lo que hacíamos cuando yo estaba en el instituto y trabajaba para un fotógrafo local. Entonces, los clientes de una sesión fotográfica tenían que esperar más de dos semanas antes de tener las copias en la mano.

Yo puse la tarjeta de memoria en el reproductor. Ya había abierto el programa de pedidos en el ordenador para introducir en él la información de Gretchen. Ella entró en la sala sin la chaqueta roja y con la cara lavada. Yo abrí los archivos y le mostré todas las fotos una a una.

Gretchen no dijo casi nada hasta que llegamos a la última. En aquella se estaba riendo; tenía la cara un poco girara y los párpados entrecerrados.

No era como las demás, que tenían algo forzado y artificial que me avergonzaba, aunque supiera que era lo que ella me había pedido.

–Creo que esta es la mejor –dije.

Gretchen la observó durante un largo momento, en silencio.

–No me gusta.

Yo me esperaba unos elogios efusivos, y ya tenía el cursor sobre el botón de «Añadir al pedido». De hecho, lo apreté impulsivamente.

–Ohh.

Ella negó con la cabeza.

–Esa no parezco yo.

En aquella fotografía se parecía más a ella misma que en cualquiera de las demás, pero no iba a discutírselo.

–De acuerdo. Podemos elegir otros retratos.

–Espera, por favor.

Gretchen me tocó la mano sobre el ratón para evitar que yo cerrara la imagen que había elegido.

La observó durante mucho tiempo, más del que yo debería haberle permitido. Sabía que había otros clientes esperando, y Foto Folks basaba los pluses no solo en el número de retratos que se vendían, sino también en el número de clientes atendidos. Sin embargo, no estaba haciendo aquello solo por mí, sino por mis compañeros, que dependían de mí para que su trabajo resultara lo suficientemente bueno en las fotos como para que el cliente las comprara.

–No. No parezco yo. Me gusta la foto en la que estoy con la mano en la barbilla –dijo, y no hubo forma de convencerla de otra cosa.

Gretchen dejó la salita después de hacer un pedido de unos cien dólares en fotos y fundas. Yo me hice la idea de que iba a intercambiárselas con sus amigas, como hacían en el colegio los niños a quienes también fotografiaba.

–Me alegro mucho de que Helen me recomendara que te eligiera a ti –dijo Gretchen mientras yo la acompañaba a la salida de la tienda–. ¡Yo se lo voy a decir a todas mis amigas!

–Muchas gracias.

Se marchó muy contenta, y yo consideré que había hecho bien mi trabajo. Era mi turno de tomar un café, pero cuando estaba junto a la máquina, Mindy me tocó el hombro.

–Tienes un cliente especial.

Me giré.

–Teddy.

–Eh, hola.

A mí se me hizo un nudo en la garganta. Al contrario que todas las otras veces que lo había visto, Teddy no intentó darme un abrazo. Nos quedamos en silencio delante de Mindy, que nos observaba boquiabierta. La sonrisa de Teddy debería haberme reconfortado, pero no lo consiguió.

–Esperaba encontrarte trabajando hoy.

–La mayoría de los días estoy trabajando.

–Sí –dijo él, y suspiró–. Mira, Olivia, Patrick me ha contado... lo que ocurrió.

Aquel no era un lugar privado, y yo no podía mantener aquella conversación con Teddy allí. Fruncí el ceño.

–¿De veras?

–Por supuesto que sí –dijo él, con tristeza–. ¿En qué estabas pensando?

Teddy siempre había sido muy amable conmigo, incluso cuando no tenía por qué serlo, pero esa amabilidad pasada no le daba derecho a reprocharme nada.

–No estaba pensando en nada. Ya le dije a Patrick que

lo sentía. No sé qué más quieres que diga, Teddy. ¿Te ha enviado Patrick de mensajero, o qué?

Teddy se quedó asombrado por el tono de mi contestación.

—Está muy enfadado.

Los maquilladores y los clientes se movían a nuestro alrededor. Algunos nos miraban con curiosidad. Yo miré hacia mi cubículo; Mindy había llevado allí a mi próximo cliente.

—Tengo que volver a trabajar.

—Creo que si le pidieras disculpas...

—¿Sabes una cosa? —le pregunté con tirantez—. Esto no es asunto tuyo, Teddy.

Él abrió la boca para responder, pero no le di la oportunidad de hacerlo. Seguí hablando en voz baja para mantener nuestra conversación en privado.

—Si quiere que me arrastre por el suelo, no va a tener esa suerte. No voy a rogarle que me perdone, Teddy. Ya lo he hecho por muchas cosas que no eran culpa mía, y no voy a hacerlo una vez más.

Teddy se irguió.

—Bueno. No sé qué decir.

—No puedes decir nada, porque no sabes nada. En realidad, no sabes la verdad. Tú crees que sabes lo que ocurrió entre Patrick y yo, pero solo sabes lo que él te ha contado, y estoy segura de que se describió a sí mismo con mucha indulgencia, ¿no? Se puso a sí mismo por las nubes, porque eso es lo que le gusta pensar de las cosas. No se le da bien asumir culpas.

Era obvio que Teddy lo sabía, porque vivía con Patrick y lo quería.

—Creo que lo conozco lo suficientemente bien como para...

—No sabes nada de nosotros —repetí yo—. Solo sabes lo que él te ha contado, y yo ya he oído su versión de la historia.

–¿Estás diciendo que Patrick es un mentiroso?

–Estoy diciendo que su versión de la historia es muy diferente a la mía.

–Olivia, yo nunca he intentado apartarte de la vida de Patrick...

–Y te quiero por eso, Teddy, de verdad. Pero esto es algo entre Patrick y yo. Sé lo que quiere. Quiere algo más que una disculpa. Quiere una declaración de lealtad, quiere que me humille ante él solo para poder conservar el privilegio de su amistad. ¿Tengo razón?

Teddy bajó la mirada. Estaba muy incómodo.

–No lo sé.

–Ahora tengo que volver al trabajo –dije, y negué con la cabeza cuando Teddy intentó hablar una vez más–. Te agradezco que hayas venido a intentar arreglar la situación, de veras, pero esto no es asunto tuyo. Es algo entre Patrick y yo, Teddy. Y no estoy segura de querer resolverlo todavía.

–Pero, Olivia...

–Esto no es asunto tuyo.

Teddy nunca me había visto así, y me di cuenta de que lo había dejado asombrado, y tal vez un poco enfadado, también, como cuando alguien veía que sus nobles intenciones habían sido pisoteadas. Se irguió y soltó un pequeño resoplido.

–Siento que pienses así –dijo–. Creía que éramos amigos. Después de todo lo que...

Él mismo se interrumpió en aquella ocasión, tal vez porque la punzada de ira que sentí se me reflejó en la cara. Se quedó callado, y eso fue lo mejor que pudo ocurrir, porque a mí me caía muy bien Teddy, pero si hubiera intentado hacerme entrar en razón diciéndome lo bueno que había sido conmigo, yo le habría respondido algo de lo que después me hubiera arrepentido.

–No le he dicho a Patrick que iba a venir a verte –dijo él–. Y creo que no se lo voy a decir.

—Seguramente, es lo mejor.

No le di las gracias, y nos separamos con toda la dignidad posible, teniendo en cuenta las circunstancias. Sin embargo, aquel encontronazo me había causado dolor de estómago. Tenía las palmas de las manos sudorosas.

—¿Estás bien? —me preguntó Mindy.

—Claro —dije. La mentira me dejó un sabor amargo en la boca.

Ya debería estar acostumbrada.

Puede que haya algo que yo deteste más que levantarme temprano un día en que, técnicamente, no tendría por qué hacerlo. Los criaderos de perros. Una herida en la lengua. El olor a alcantarilla. Sin embargo, realmente odio madrugar cuando podría estar acurrucada bajo las mantas, soñando.

Pero no me quedaba más remedio que hacerlo. Había aceptado el encargo de diseñar una carta para una cafetería que había en mi calle. El dueño quería algo sencillo, pero más bonito que un texto fotocopiado en papel de colores. Yo tenía que hacer las ilustraciones y el diseño, y encargarme de la impresión del trabajo y de los envoltorios, paquetes y bolsas del establecimiento, lo cual requería visitar algunas imprentas locales e investigar por Internet. Nada del otro mundo. Salvo que, por supuesto, seguía trabajando para Foto Folks y recibiendo llamadas de LaserTouch Studios, la empresa que me contrataba para hacer fotografías escolares y deportivas.

Moví el ratón, cambiando una vez más las especificaciones del documento para que se adaptara a los requisitos de la página web de impresión que había seleccionado el cliente, no por su calidad superior, por supuesto, sino por el precio. Dicha página web no entendía la superioridad de los ordenadores Apple, y aunque en el servicio de atención al cliente me habían asegurado varias veces que mis archivos debían cargarse sin problemas... sí había problemas.

–Ah, mierda –murmuré, cuando la subida del archivo se interrumpió de nuevo, a media carga, por séptima vez.

–¿Olivia?

Yo me sobresalté y me di la vuelta.

–Hola, Alex. ¿Qué tal?

Él entró por la puerta del estudio; yo no me acordaba de que la había dejado abierta.

–He llamado a tu apartamento, pero al ver que no respondías, pensé que estarías aquí arriba.

–Pues sí –dije yo, sonriendo, e hice girar mi silla de oficina.

–¿Estás trabajando, o jugando?

–Trabajando –dije yo–. ¿Y tú, qué estás tramando?

Alex se dirigió hacia mí con una deliberada lentitud, y cuando me alcanzó, yo ya había separado los muslos para que él pudiera colocarse entre ellos. Incliné la cabeza hacia atrás para mirarlo. Él me apartó el pelo de los hombros y me besó con dulzura.

–He venido a ver si quieres acompañarme al Festival del Chocolate.

Yo arqueé una ceja y enganché los dedos en su cinturón para mantenerlo cerca.

–¿Es hoy?

–Sí. Tengo entradas para la jornada VIP. Todo el chocolate que puedas comer, más aperitivos, más champán y música en vivo.

–Hordas de gente. Hay que pegarse para conseguir un simple bocado de *brownie* de Sam's Club. Es bastante absurdo.

–Nada de aglomeraciones –me prometió él–. Sé de buena tinta que en la jornada de puertas cerradas no hay demasiada gente. Y hay champán, Olivia.

Miré la pantalla del ordenador y suspiré.

—Si pudiera subir este endemoniado archivo, iría sin pensarlo.

—Entonces, tendremos que conseguir subir ese archivo —dijo él. Se le dibujó una sonrisa en los labios, y la sonrisa le alcanzó los ojos y lo convirtió en un pirata. Astuto, sexy, con el pelo revuelto de un modo que me hizo pensar en él rodando por una cama.

—Concédeme unos minutos. Necesito intentarlo otra vez, ¿de acuerdo?

—Claro.

Él no me preguntó si podía curiosear, sino que se puso a pasear sin más por el estudio, mirándolo todo. Yo lo observaba por el rabillo del ojo mientras variaba de nuevo las especificaciones del documento y comenzaba a subirlo a la página web una vez más. Yo no tenía allí ningún secreto que él no pudiera ver, pero, de todos modos, me sentí un poco rara al verlo tomar uno de los gruesos álbumes en los que conservaba copias de mis fotografías favoritas.

Sacó uno del montón y se lo llevó a la butaca que había delante de los ventanales delanteros del edificio. Se sentó allí y comenzó a pasar las páginas con los dedos, y seguramente, yo fui la única que sintió un cosquilleo.

—¡Sí! ¡Gracias a Dios! —exclamé un minuto después, cuando por fin apareció en la pantalla una ventana que me avisaba de que la carga del documento se había completado con éxito.

Tecleé rápidamente la información del pedido del cliente, e hice una comprobación final del proceso. Cuando, por fin, apreté la tecla «Enter», giré en la silla y solté un grito de alegría.

Alex alzó la vista desde el álbum, pero yo ya me había levantado y estaba haciendo una danza de la victoria. Él marcó la página con un dedo y cerró el álbum, y yo no me sentí tonta, aunque se estuviera riendo con ganas.

—¡Bum, bum, bum!

Meneé el trasero, me giré y me agité un poco más. Di unos saltitos.

—¿Vamos a mi habitación?

Yo me detuve en seco, con las manos plantadas en las caderas.

—¿No se suponía que ibas a llevarme a comer todo el chocolate que pudiera?

Alex se levantó, dejó el álbum en la butaca, me tomó la muñeca y me atrajo hacia sí. Entonces me agarró por las caderas y bailamos un poco, lentamente, no moviendo el trasero, como había hecho yo, sino más bien frotándonos el uno contra el otro.

—Bailas muy bien —le dije.

—Ya lo sé.

Le di una palmadita en el hombro, pero cuando intenté separarme de él, se rio y me estrechó con fuerza.

—Se supone que tú tienes que decirme que yo también bailo muy bien —le reproché.

—De verdad, yo estaba admirando tus preciosos movimientos.

—Podríamos ir a bailar alguna vez —dije, mientras seguíamos girando suavemente.

—¿Hay buenos sitios de baile por aquí?

Yo bajé las manos hasta su estupendo y duro trasero, y se lo estrujé.

—Claro. En Harrisburg.

—Pero no en Annville —dijo Alex, y presionó suavemente su entrepierna contra la mía—. Qué sorpresa.

Yo le apreté el trasero con más fuerza.

—Eh. Creía que habías dicho que iba a gustarte vivir en un pueblo pequeño.

Una de sus manos se deslizó hacia arriba y se posó entre mis hombros, y, antes de que me diera cuenta, Alex me había inclinado tanto hacia abajo que mis rizos tocaron el suelo. Sin embargo, aunque aquello me tomó por sorpresa, no pensé ni por un momento que fuera a dejarme caer. Alex me mantuvo allí un segundo, hasta que volvió a enderezarme entre sus brazos.

–¿Lo decía en serio?

–No lo sé, Alex. ¿Lo decías en serio?

Él frunció los labios y agitó la cabeza pensativamente.

–Me suena más a lo típico que diría un tío que quiere impresionar a una guapísima casera para que le alquile un apartamento.

–Y yo que creía que no decías mentiras.

Dejamos de bailar y nos quedamos inmóviles. Sin embargo, a mí me daba vueltas la cabeza.

–Entonces, seré un chico de pueblo.

Yo me humedecí los labios. Se los ofrecí. Su mirada se clavó en ellos; después, me dio un beso que no parecía de un chico de pueblo.

Mi teléfono, que estaba sobre la mesa, sonó. Era el tono de Sarah, así que de mala gana, fui a responder la llamada. Alex me persiguió durante todo el camino, así que me estaba riendo cuando contesté.

–¿Qué demonios te pasa? –preguntó Sarah.

–Eh... nada. ¿Qué tal?

–Pues parece que alguien tiene la mano metida en tus bragas.

–Ummm... no –dije, pero tuve que retorcerme para que Alex dejara de besarme la clavícula. Sin embargo, no lo remedié, porque cuando me di la vuelta comenzó a besarme la nuca.

Sarah soltó un resoplido.

–Ya. Saluda a tu novio de mi parte.

–Como si lo fuera –dije yo. Se lo habría hecho pasar mal, pero estaba distraída en aquel momento.

–¿Te hace cunnilingus?

–¿Cómo?

–Verás, siempre he pensado que los gais podían hacer

el amor con una mujer, pero un cunnilingus es algo distinto. No creo que les cueste meterla en un sitio caliente y húmedo, pero ir a buscar perlas...

–¿Esta conversación tiene algún propósito? –le pregunté y, finalmente, conseguí zafarme de Alex, de sus manos y de su lengua, e incluso alejarme unos cuantos pasos.

Él sonrió desvergonzadamente.

–¿Aparte de mi repentina y desesperada necesidad de analizar si un tío puede hacer un buen cunnilingus si la tía en cuestión no le gusta de verdad, o si puede fingir que le excita? ¿Aparte de todo eso?

–Sí, aparte de tu repentina y desesperada necesidad de hablar del sexo oral. ¿Tiene algún otro propósito esta conversación?

Alex había vuelto a sentarse junto a la ventana y estaba mirando el álbum, pero me miró a mí cuando me oyó mencionar el sexo oral. Me giré hacia la pantalla del ordenador para no tener que ver su cara.

Revisé el estado de mi pedido y comprobé que no había recibido ningún correo electrónico que necesitara mi atención en aquel momento. Después empecé a cerrar el ordenador. Alex no me había dicho a qué hora debíamos marcharnos, pero yo necesitaba darme una ducha y cambiarme de ropa, y por cómo habíamos estado jugueteando un poco antes, pensé que tal vez todo aquello me tomara más tiempo de lo normal.

–En realidad, no.

–¿No? ¿Lo dices en serio? ¿Me has llamado solo para hacerme preguntas sobre tíos que hacen cunnilingus?

Aquello llamó la atención de Alex. Por gestos, le pregunté a qué hora teníamos que irnos. A las once. Me quedaban un par de horas hasta entonces, lo cual era tiempo de sobra para arreglarme... siempre y cuando no acabáramos en la cama.

–Sí –dijo Sarah.

Yo cerré la tapa de mi portátil y seguí hablando con ella.
—¿Y qué opinas?
—¿Qué opinas tú de ese tema?
—Soy una aficionada, obviamente.
Sarah se echó a reír.
—Lógicamente. ¿Quién no lo sería?
—¿Qué es lo que estás tramando?
—Nada. Digamos que estoy haciendo una encuesta.
Yo no me creí ni una palabra.
—Ummm...
—Bueno, entonces, ¿qué opinas? ¿Puede hacerle un tío un cunnilingus adecuado y ejemplar a una mujer por la que no se siente atraído?
—¿Qué demonios...? —me eché a reír sin poder evitarlo—. ¿Un cunnilingus adecuado y ejemplar? ¿Me estás tomando el pelo?
—Lo pregunto muy en serio, Olivia.
Yo me arrellané en la silla y puse los pies encima de la mesa.
—Los tíos pueden tirarse a cualquier cosa. Estoy convencida.
—No he hablado de tirarse a alguien. Eso ya lo sé. Me refiero a un cunnilingus. ¿Pueden hacerlo, sí o no?
Yo miré con cautela a Alex; ya no parecía que estuviera escuchando la conversación. Había tomado otro de mis álbumes de fotos y estaba pasando las páginas pensativamente.
—¿Te refieres solo a los tíos gais? —le pregunté a Sarah en voz baja, de espaldas a él.
—No. Los heterosexuales también.
—Ummm... Supongo que sí. ¿Por qué no? ¿Por qué no iban a poder?
—Eso es lo que yo pensaba. ¿Y crees que les excita? —preguntó. De repente, su voz sonaba desanimada.

–Sarah, cariño, ¿es que quieres hablar de algo conmigo?

Ella suspiró.

–He conocido a un tío, eso es todo.

–¿Y qué ocurrió?

–Nada –dijo, en un tono más normal, y se rio–. Nada. El tipo es un inútil.

–Ah.

–Bueno, tengo que dejarte. Solo quería saber qué pensabas sobre todo esto. Ahora tengo que llamar a otra gente y preguntarle.

–¿Lo dices en serio?

–Chica, sabes que es cierto.

Yo gruñí.

–No empieces a cantarme a Milli Vanilly, por favor…

Demasiado tarde. Sarah ya estaba cantando. Me eché a reír; oír a Sarah cantar canciones pop de los noventa siempre era muy divertido.

–Pasaré esta semana por allí para ayudarte con el estudio, si quieres –dijo–. Que te diviertas con Ahhhlex.

–Vamos a ir al Festival del Chocolate.

–Te odio.

–No me odias. Me quieres.

–Y, sin embargo, no creo que pudiera hacerte un cunnilingus, ni aunque me pagaras.

–Dios santo, ¿por qué te iba a pagar yo para que me hicieras un cunnilingus? –le pregunté, secándome las lágrimas de risa.

–¡Ding, ding! ¡Nuestra encuesta dice que…! Porque… Demonios, yo tampoco sé por qué. Adiós, tonta.

–Para ser una blanca judía de las afueras de Filadelfia, imitas muy bien al sargento M.A.

–Liv, yo soy más negra que tú –respondió Sarah–. Paz y amor, nena.

–Adiós.

Colgué el teléfono y me giré. Alex, cuya silueta se recortaba contra la luz de la ventana, no se movió de la butaca. Yo tomé la cámara y le hice una foto.

—Deja que lo adivine. Sarah.

—Sí. Sonríe —dije. Alcé la cámara y vi que se acercaba—. ¡Demasiado cerca!

Hice una foto borrosa de su ojo, y se acabó. Le mostré la imagen en la pantalla.

—Ah, esa irá a la nevera.

—Es mejor que una en la que salgo con un corte de pelo a tazón y un jersey de cuello vuelto de rayas.

—¿Cuándo te la hicieron? —pregunté, en broma—. ¿El año pasado?

Alex frunció el labio.

—Ja, ja. En segundo curso. Le dije a mi madre que no pegaba con los pantalones de campana de pana marrón, pero no me hizo caso.

—Oh, qué trauma.

Su sonrisa se endureció.

—Sí. Supongo que sería un tipo con suerte si eso fuera lo peor.

Pronunció aquellas palabras con ligereza, pero sonaron pesadas. Yo dejé la cámara en la mesa y le tomé la cara con ambas manos. Lo besé con dulzura.

—Estoy segura de que estabas impresionante incluso con unos pantalones de pana y un jersey de cuello vuelto de rayas.

Él arqueó una ceja.

—Por supuesto que sí. Era el chico más guapo de todo segundo. Y de tercero. Y de cuarto...

Le puse un dedo sobre los labios.

—Estoy segura.

Él sonrió y me besó el dedo.

—Eso fue hace mucho tiempo.

—¿De veras? —pregunté. Estábamos moviéndonos de nuevo, no bailando, sino meciéndonos suavemente. Parecía que no podíamos tocarnos sin que todo se volviera seductor–. ¿Cuánto tiempo? ¿Cuántos años tienes?

–¿Cuántos años tienes tú?

–Yo tengo veintiocho. Tú eres mayor, ¿verdad?

Él se echó a reír.

–Dios mío. Sí. Soy mayor que tú.

–No lo aparentas.

Él hizo una mueca de horror.

–Vaya, gracias. Gracias a Dios que he gastado tanto dinero en Botox y en maquillaje compacto.

–Tú no usas Botox –dije, y le acaricié las ligeras arrugas que tenía en las comisuras de los ojos–. Y no veo ningún maquillaje.

Su mirada sexy me provocó un cosquilleo por todo el cuerpo.

–Hoy no.

No me habría sorprendido que él llevara maquillaje. O que se pusiera ropa de mujer. Mi círculo de amistades masculinas era principalmente gay desde hacía mucho tiempo, tanto que a mí me sorprendía menos eso que el hecho de que los hombres se interesaran por el fútbol americano.

Podría haberle dicho algo en aquel momento, pero me contuve de nuevo. Me gustaba la forma en que me estaba abrazando, ni con demasiada fuerza, ni con demasiada suavidad. No como si quisiera mantenerme entre sus brazos, sino más bien, como si yo no tuviera intención de apartarme.

–Creo que deberíamos ponernos en marcha –dije yo, contra sus labios–. Todavía tengo que cambiarme.

–¿Cómo, te vas a quitar esta muestra de exquisito sentido de la moda? –preguntó, mirando mi camisón, la chaqueta de lana raída y las botas de cuero que me llegaban hasta las rodillas.

Dejé que me besara unas cuantas veces más.

—Vamos. Si no, llegaremos tarde. Con esa llamada de teléfono me he retrasado veinte minutos.
—Parecía importante.
—Estaba haciéndome una encuesta sobre si yo pensaba que los hombres pueden satisfacer oralmente a una mujer si ella no les gusta en realidad.

Él pestañeó, y después se echó a reír.
—¿Cómo? ¿Por qué?

Me encogí de hombros.
—Con Sarah, quién sabe.
—Sí —dijo él, después de unos segundos—. Por supuesto que sí.

Yo lo miré.
—¿Estás seguro?
—No por experiencia personal —dijo Alex—, pero yo diría que sí. Un hombre puede hacer muchas cosas por sexo con gente que realmente no le gusta.

Yo hice una mueca y me aparté un poco de él. Entonces, Alex me soltó. Cuando me di la vuelta para recoger mi portátil y la cámara, Alex se mantuvo en silencio. Yo no quería pensar en las cosas que podía hacer un hombre con tal de tener un orgasmo, incluso a expensas de otra persona.

—Olivia.

Yo no me di la vuelta.
—¿Ummm?

Alex me agarró del hombro y me hizo girar hasta que toqué el borde de la mesa con el trasero. Entonces, metió la mano entre mis muslos y los separó. No apartó sus ojos de los míos mientras lo hacía, ni mientras se colocaba entre mis piernas. Ni cuando me levantó el bajo del camisón, un centímetro, sobre los muslos desnudos.

Yo inhalé una bocanada de aire.

Él sonrió. Entonces, él miró hacia abajo.
—Tuve una erección la primera vez que vi esas botas.

—En Nochevieja —susurré yo con la voz ronca.

—No —respondió él, negando con la cabeza—. La primera vez que te vi llevabas esas botas. En la fiesta de *Chrismukkah*, en casa de Patrick.

Yo llevaba esas botas en la fiesta, pero no me las había puesto al día siguiente, cuando nos vimos en la cocina. Dejé que me empujara y me tumbara sobre la mesa. Dejé que me subiera el camisón.

—Pero... ¿por qué no me...?

—¿Ummm? —murmuró él, sobre mi muslo.

Si me había visto en la fiesta, si mis botas le habían excitado, si había sentido deseo por mí... ¿Por qué se había ido al porche y había dejado que Evan le hiciera una felación? No quise preguntárselo. No quería saberlo.

Me apartó las braguitas con un dedo y me acarició. Yo me moví para que él pudiera deslizármelas por las caderas. Me las quitó. La mesa era lo suficientemente larga como para que pudiera estirar los brazos por encima de la cabeza; arqueé la espalda y me abandoné a él allí mismo, sin preocuparme de nada más.

Alex se inclinó sobre mí. Me abrió las piernas, pasó las manos bajo mis nalgas y me elevó hacia su boca. Yo ya estaba húmeda. Se me escapó un gemido de placer...

Jadeé cuando él me succionó suavemente el clítoris. Después, él movió la lengua, y después dibujó un círculo con ella. Yo me moví hacia su boca, apremiándolo a que continuara.

Fue el orgasmo más rápido que he tenido en mi vida. Y el más poderoso. Mis manos golpearon la mesa, y yo me estremecí y me sacudí. Todo terminó en medio minuto, no más.

Yo abrí los ojos y sonreí.

—Ummm...

Alex sacó las manos de debajo de mi trasero y se irguió. Yo me senté, lo agarré por la pechera de la camisa y lo besé.

Él se echó a reír.

—Esto no me lo esperaba.

Le mordisqueé el labio inferior.

—Bah, estoy segura de que esto no ha podido sorprender demasiado al chico más guapo de todos los cursos.

Él me pasó la mano por la nuca.

—Ten cuidado, no vaya a ser que me crea que esto se me da demasiado bien.

Yo lo aparté de un empujón para poder bajar de la mesa. Recogí mis braguitas del suelo y me dirigí hacia la puerta mientras le decía por encima de mi hombro.

—Bueno, no ha estado mal. Puede que con un poco de práctica llegues a hacerlo bien de verdad...

Yo eché a correr cuando él gruñó y se abalanzó sobre mí.

Conseguí llegar hasta la puerta de mi apartamento antes de que me alcanzara. No fuimos mucho más allá.

Capítulo 11

–Tenías razón. Merecía la pena venir –dije, mirando por aquel enorme salón medio vacío.

Las otras veces que yo había ido al Festival del Chocolate, el recinto estaba abarrotado. En aquella ocasión, sin embargo, la gente pululaba cómodamente y probaba las cosas que se ofrecían en los cincuenta puestos que había alineados en diferentes pasillos.

Eran cosas ricas. No solo había galletas y tartas, sino dulces hechos por las diferentes pastelerías y tiendas de gourmet del pueblo, y fuentes de chocolate que burbujeaba, y en las que podías mojar pedacitos de fruta. El champán era corriente, pero estaba muy frío, y los aperitivos eran buenos.

–Para ti, solo lo mejor –dijo Alex con galantería.

Yo puse los ojos en blanco con resignación, aunque sus palabras fueron más dulces que ningún chocolate que hubiera probado en aquella feria. Él me dedicó una sonrisa y me estrechó contra sí mientras caminábamos. Los dos estábamos resplandecientes de satisfacción sexual. Yo me había arrodillado delante de él en el vestíbulo de mi apartamento y había tomado su miembro en mi boca, y le había succionado con fuerza hasta que él llegó al clímax. El chocolate no podía borrarme el recuerdo de su sabor.

Y yo no quería que me lo borrara.

Tenía a Alex por todo mi cuerpo. Su olor, su esencia, todo. Él no tenía que tocarme para que yo lo sintiera.

Nos miraron, por supuesto. Aunque Estados Unidos hubiera elegido a un presidente negro, la gente seguía fijándose en el color de la piel. No parecía que Alex se diera cuenta de ello, pero yo, aunque había vivido toda mi vida con ello, seguía notándolo.

Pasamos por delante de varias tartas decoradas para el concurso. La gente admiraba las creaciones de azúcar, pasta de almendras y *fondant*. La que más me gustó fue una tarta que reproducía un lago helado; el hielo estaba hecho de caramelos derretidos y la nieve de azúcar y nubes. Había diminutas figuras de *fondant* patinando sobre el lago. Era un diseño sencillo si se comparaba con otras tartas, pero ejecutado con maestría.

Yo avancé por el pasillo sin dejar de mirar la tarta, y como no estaba prestando atención, me choqué contra Alex y le pisé porque él se había parado de repente.

—Ay —dijo suavemente, mirando la escena que había ante él.

Yo me eché a reír y me tapé la boca rápidamente.

—Perdón.

—Debe de haber un tema —dijo él, señalando con la cabeza las tres siguientes tartas—. Pero a mí me parece que no está bien comerse un trozo de la cara de Jesucristo.

Las tres tartas eran recreaciones de la cabeza de Jesús, con su consiguiente corona de espinas y con el semblante lleno de angustia. Les habían cortado pequeños pedazos, supongo que para que los jueces del concurso pudieran probarlas.

—¿Por qué iba a querer alguien encargar una tarta así? —pregunté yo, mientras las observaba.

Alex se rio.

—¿Tal vez para una Primera Comunión?

Me estremecí.

—No, gracias.

—¿Tú la hiciste? —me preguntó, mientras dejábamos las tartas atrás e íbamos hacia el centro del salón, donde se exhibían los premios de la rifa y los objetos de la subasta.

—No, ¿y tú?

—Yo sí.

—Buen chico católico —bromeé—. ¿Y cuándo fue la última vez que te confesaste?

—Hace mucho tiempo. Eh, mira esa —dijo él, y señaló una cesta llena de marcos de fotos y otros artículos de fotografía—. ¿Quieres que pujemos por ella?

Yo miré la cesta. Estaba envuelta en papel de celofán y tenía una tarjeta.

—Ah, qué bien. Conozco a Scott Church. Fui a unas cuantas clases suyas.

Alex miró el contenido de la cesta.

—Una cámara digital. Yo debería comprarme una. Ah, un vale para una sesión fotográfica. Ja. Yo no necesito eso.

Me rodeó la cintura con un brazo y me atrajo hacia sí para darme un beso.

—Prefiero que me hagas tú las fotografías.

—Creo que eso podemos hacerlo muy bien.

—¿Liv?

Yo alcé la vista al oír mi nombre, justo cuando una pequeña figura se abrazaba a mis rodillas con un gritito. Riéndome, la separé de mí antes de que me tirara al suelo.

—Hola, Pippa. Ten cuidado. Hola, Devon.

Devon miró a Alex con curiosidad, y después le tendió la mano.

—Hola. Devon Jackson.

—Y yo soy Pippa —dijo la niña. Llevaba un vestido de volantes y una coleta con un lazo a juego—. Tengo un vestido muy bonito.

—Pues claro que sí —dijo Alex, inclinándose un poco

para admirarlo. Después se incorporó y se presentó–: Alex Kennedy.

–¿Dónde está Steven? –pregunté.

–En casa, con un resfriado. Me dijo que nos marcháramos de casa de una vez –contó Devon con una sonrisa–. Tengo amigos que trabajan en la Agencia de Adopción Nuevos Horizontes. Me pidieron que viniera al festival a encargarme un rato de la taquilla.

–Puedes hacer una tarjeta para el Día de San Valentín –dijo Pippa–. ¡Con purpurina, pegamento y lacitos!

–Tendremos que pasar por allí a verlo –le dije yo.

Ella miró a Alex con picardía.

–Tú puedes hacer una para Olivia. Si es tu novia. ¿Es tu novia?

Alex me rodeó de nuevo la cintura con un brazo.

–Claro.

Pippa se echó a reír y se puso a bailar.

–¿Os besáis? ¿Os besáis? ¡Ja, ja! ¡Eso es divertido!

Devon también se rio, y agitó la cabeza mirándola.

–Pippa, vuelve a la taquilla y pon orden allí.

Pippa se lanzó a mis brazos riéndose, para que yo le diera un abrazo y un beso, y se marchó corriendo entre la gente.

La mirada de escrutinio de Devon hacia Alex no fue tan descarada como la de Pippa, pero yo me percaté.

Él observó la cesta.

–¿Vais a pujar por ella?

–Es por una buena causa. Sí, creo que sí –dijo Alex, y me apretó un poco la cadera con los dedos antes de alejarse–. Olivia, voy a comprar unos tickets, ¿de acuerdo? Ahora mismo vuelvo.

–Te espero aquí –dije.

Lo vi alejarse, y me di cuenta de que algunas cabezas se giraban a mirarlo aunque yo no fuera de su brazo. Me volví hacia Devon, que tenía los labios fruncidos.

—¿Qué?

Él se rio y me frotó el hombro durante un instante.

—Chica, no te enfades conmigo. Ese hombre ha dicho que tú eres su novia, eso es todo. Y te mira como si pensara que eres más deliciosa que cualquiera de los dulces que hay en este salón. Y tú...

—¿Yo, qué? —le pregunté yo, en un tono glacial que no lo intimidó.

—Tenemos vínculos, ¿no? —dijo él con preocupación—. Somos familia.

—Bueno, Alex y yo estamos saliendo juntos, nada más. Lo conocí hace un par de meses. Le he alquilado el apartamento.

—¿El de tu edificio? —me preguntó Devon, frunciendo el ceño.

—Sí.

Él soltó un silbido.

—Vaya. Entonces la cosa es seria.

—Eso no lo sé.

Él se giró para mirar hacia la taquilla de los tickets, donde Alex estaba dejando embobada a la voluntaria encargada en ese momento.

—Pues parece que él sí.

Antes de que yo pudiera contestar, Alex se encaminó hacia nosotros con una ristra de tickets.

—He comprado para los dos —me dijo, cuando llegó a mi lado.

Devon asintió.

—Bueno, me marcho a la taquilla antes de que Pippa haga todas las tarjetas de San Valentín y no deje para nadie más. Nos vemos en otro momento. Liv, llámame, ¿de acuerdo?

—Sí, te llamaré.

Cuando Devon se alejó, Alex me entregó los tickets.

—¿Qué quieres intentar ganar?

Yo terminé repartiendo mis tickets por todas las cestas,

mientras que Alex puso todos los suyos en la cesta de fotografía.

—No tengo cámara —dijo él, cuando me reí de su elección—. Necesito una.

—Pues cómpratela. No puedo creer que no tengas una.

Él se encogió de hombros.

—Tenía una, pero no era digital. Se me rompió hace mucho, y después no volví a comprarme ninguna.

—Bueno, tal vez tengas suerte y ganes la cesta, entonces.

Él sonrió y me tomó de la mano.

—Se me ocurre una idea mejor.

Cuando ponía aquella cara, a mí me daban ganas de abalanzarme sobre él, pero me contuve, porque no estábamos a solas.

—¿Ah, sí?

—Tú puedes aconsejarme cuál comprar.

Yo me eché a reír.

—Eso es cierto. Está bien. ¿Cuándo quieres comprarla?

Él me llevó hacia la cola del guardarropa para que recogiéramos nuestros abrigos.

—Cuando quieras.

Me ayudó a ponerme la chaqueta, y se puso su chaquetón marinero, con el que estaba guapísimo. Lo miré mientras se enroscaba su larga bufanda de rayas. Tenía un estilo natural del que carecían la mayor parte de los hombres con los que yo había salido.

—¿Hoy mismo? —le pregunté, pensando en visitar Cullen's Cameras. No había vuelto por la tienda desde hacía mucho tiempo, y allí siempre había algo que yo quería comprar.

—Claro. Vamos.

—Bueno, ¿y qué tipo de cámara andas buscando? ¿Una de enfocar y disparar, o algo más caro? —le pregunté, mientras dejaba el coche en el aparcamiento de la tienda de cámaras y apagaba el motor.

—Lo que tú me recomiendes —dijo Alex, sonriéndome—. Tú eres la experta.

—¿Cuánto dinero has pensado gastarte?

—El dinero no es problema.

—Vaya, eso debe de ser agradable —dije yo.

La sonrisa de Alex no se alteró, pero sus ojos se entrecerraron un poco.

—Sí —dijo.

—Bueno, entonces, vamos.

Entramos en Cullen's Cameras, una pequeña tienda metida entre las viviendas de un vecindario. Nunca supe cómo mantenía Lyle Cullen aquel negocio, porque no hacía publicidad, y la tienda no estaba en una zona comercial. Sin embargo, la familia la conservaba desde hacía años, y yo pensaba que se trataba más de un amor ciego por la fotografía que de una cuestión de dinero.

Alex me cedió el paso con caballerosidad, y cuando entré, percibí el olor a polvo del local, y el calor que irradiaban los viejos radiadores de hierro. También olía a los químicos del cuarto de revelado. Alex estornudó.

Mi primera cámara la tuve a los tres años. Fue un regalo de cumpleaños; era grande y aparatosa, y tenía una pantalla que mostraba animales de granja cuando se apretaba el botón del flash. Nadie me dijo que no fuera algo real.

No importaba. Las fotos que hacía cuando miraba a través del pequeño visor de plástico no tenían que existir para que yo las viera. Recuerdo que hablé con mi abuelo de la dama con el vestido largo que había en un rincón; le pregunté si era un ángel. Mi abuelo solo vio el granero cuando miró. Y mi abuela y mis padres, y todos aquellos a quienes se lo pregunté. Después, cuando hubo otros juguetes con los que jugar, dejé de preguntar por ella. No la olvidé. Simplemente, continué adelante.

A lo largo de mi infancia, mis padres me regalaron algunas cámaras para niños, hasta que se dieron cuenta de que iba en serio y comenzaron a regalarme cámaras con lentes mejores. Mi padre me dio su Nikon de los años setenta, con su correa para colgar del cuello de color naranja y marrón, y después descubrí varias cajas de carretes en el calcetín de Santa Claus, en Navidad.

La mejor cámara que tenía, la que todavía usaba, era una Nikon D80 que me había comprado con el primer cheque que cobré en Foto Folks. Me había parecido el mejor uso que podía darle al dinero, aunque tuve que cancelar el contrato de los canales de televisión por cable durante unos meses. No eché de menos los programas de la tele, y sin embargo, usaba la cámara casi todos los días. Lo consideré un buen cambio.

–Olivia, hola –dijo Lyle Cullen, sonriéndome, mientras salía del cuarto de revelado. Apoyó las manos sobre el mostrador de cristal en el que exhibía las cámaras, sobre un paño de terciopelo azul–. ¿Me presentas a tu amigo?

–Alex Kennedy –dijo Alex, y le tendió la mano.

–¿Has venido por una cámara, Alex?

–Sí, señor. Exacto.

Lyle sonrió aún más.

–Bien, bien. Te voy a enseñar algunos modelos estupendos. Cuéntame un poco qué es lo que quieres hacer con ella.

Alex lo siguió a una vitrina que había en la pared, y yo escuché distraídamente las preguntas de Lyle acerca de lo que estaba buscando. El resto de mi atención se centró en la Nikon D3 expuesta en una vitrina individual y que brillaba como una joya. Lo que era, en mi opinión. Además, podía haber sido un rubí o un diamante, por el precio que tenía. Yo nunca podría permitírmela, y la miré con melancolía mientras intentaba convencerme de que en realidad no iba a sacar mejores fotos con ella, y que siempre tendría miedo de romperla o perderla cuando la utilizara.

—¿Olivia? —me preguntó Alex, mostrándome una sencilla cámara digital—. Es sumergible. Y filma vídeo.

Si Lyle se la había sugerido, eso significaba que era una buena elección. Lyle nunca intentaba vender algo que no conviniera al comprador. Asentí y me acerqué para mirarla.

—Está muy bien.

—El señor Cullen dice que es buena para llevársela a esquiar o a la playa —dijo Alex, y miró por el visor—. Sonríe.

Tengo costumbre de estar al otro lado de la lente, pero eso no significa que no sepa posar. Sonreí y me puse un dedo bajo la barbilla. Él se echó a reír y me mostró la foto que había sacado. No estaba mal.

—Me la llevo.

—Bien, bien. Voy a buscar una al almacén —dijo Lyle—. ¿Y tú, Olivia? ¿Quieres algo hoy? ¿Tal vez esa D3?

Lyle sabía que yo deseaba aquella cámara, y también sabía que seguramente no podía permitírmela, pero siempre me lo preguntaba.

—Me estás tentando, Lyle. Pero hoy no.

—¿Qué es la D3? —preguntó Alex, cuando Lyle entró en la trastienda.

—Mira —dije, y se la mostré—. Es magnífica, ¿eh?

Él se mantuvo en silencio, demostrándome que no veía la diferencia entre la cámara de mis sueños y cualquier otra cámara. Después, respondió:

—Claro.

Yo me eché a reír.

—Es una buena cámara. La mejor de su gama. Y, claro, demasiado cara para mí.

—¿Cuánto cuesta?

—Demasiado —dije yo, mientras Lyle regresaba con la cámara de Alex en la mano.

Alex pagó la cámara, además de un montón de accesorios, una funda, una batería extra, un cargador para el coche y una tarjeta de memoria. Yo no pude evitar sentir algo de envidia al ver cómo gastaba el dinero, como si no fuera nada. Su entusiasmo resultaba contagioso. Empezó a sacar fotos en cuanto salimos de la tienda.

Me colocó delante del coche, me pasó un brazo por los hombros y alejó la cámara para retratarnos a los dos. Se rio, al ver que se había cortado la parte superior de la cabeza. Después me fotografió sentada al volante, y se fotografió a sí mismo en el asiento del pasajero, y después fotografió accidentalmente su regazo.

–Otra para borrar –dije, cuando me la enseñó–. Vaya. No puedo imaginarme cómo es no tener cámara.

–Yo no puedo imaginarte sin ella.

Cuando llegamos a casa, Alex ya había hecho más de cincuenta fotos, de mí, del coche, del paisaje. De sí mismo. La mayoría eran borrosas y no valían, pero algunas eran buenas, y él se lo pasó muy bien. Cuando llegamos a casa me acorraló contra el coche para sacarnos una foto en la que nos cortó a ambos la cabeza.

–Tal vez debería dejar que tú te encargues de esto –dijo.

–Ya mejorarás.

Fuimos hacia la puerta trasera tomados de la mano, y allí vimos un cubo de plástico que no estaba cuando nos habíamos marchado. Lo reconocí al instante porque estaba con Patrick cuando compró un *set* de cubos como aquel en Costco. Solté la mano de Alex y me agaché para tocarlo.

–¿Qué demonios?

Abrí la tapa. Un par de guantes y una bufanda. Mi cajita de tapones para los oídos. Una camiseta para dormir. El BalderDash, el juego de mesa que yo había llevado para jugar en Nochevieja. Aparté un paquete de galletas y sentí una punzada en el corazón.

Patrick me había enviado la foto que yo les había sacado a Teddy y a él. Aquello era horrible. Peor que horrible. Aunque hiciéramos las paces, aunque consiguiéramos superar aquello, él había estropeado el regalo que yo había elegido con tanto cuidado. Nunca podría devolvérselo, y tampoco iba a poder quedármelo para mí. Siempre me recordaría a la pelea. Habría sido mejor que Patrick lo tirara a la basura en vez de devolvérmelo.

Alex me apretó el hombro.

–¿Estás bien?

Yo negué con la cabeza.

Él suspiró y me abrazó.

–Es un cretino. No permitas que te haga esto.

Ni las palabras suaves ni los besos pudieron cambiar lo que sentía. Tomé el cubo y lo tiré al contenedor de basura que había en la acera. Alex me observó en silencio.

–Vamos dentro –le dije, zanjando el tema.

Capítulo 12

Yo nunca había pasado más de uno o dos días sin hablar con Patrick desde que nos reconciliamos, meses después de haber roto nuestro compromiso. Él me enviaba mensajes de texto o correos electrónicos incluso cuando se iba de vacaciones, y yo hacía lo mismo. Sin embargo, llevábamos semanas sin dirigirnos la palabra, y ahora él me había devuelto las cosas que podrían haberme dado un motivo para volver a verlo.

Pues bien, yo no iba a mover un dedo para recuperar la relación con Patrick. Tenía otras cosas en que ocuparme.

Sabía que las cosas iban muy deprisa, pero era tan fácil ver a Alex y estar con él, que no estaba segura de cómo podía ralentizarlas. No vivíamos juntos en el estricto sentido de la palabra, pero las puertas de nuestros apartamentos casi siempre estaban abiertas, y nosotros íbamos de uno al otro continuamente. Eso me demostraba lo fácil que podía ser convertir aquella estación de bomberos en una sola vivienda; yo había sopesado esa idea brevemente antes de darme cuenta de que no tenía dinero suficiente para la reforma, y que la única forma de mantener la situación era alquilar el apartamento del piso bajo.

No tenía motivos para no estar con Alex. Era divertido, dulce, buen cocinero, cinéfilo y el mejor jugador de Monopoly a quien yo conocía. Cada vez que pensaba en alejarme un poco, él hacía algo que me atraía más y más.

—Sinceramente, tengo que decir que nunca he hecho bastoncillos de zanahoria —dije, con el cuchillo sobre la tabla de cortar—. Normalmente las corto en rodajas.

—Tienen que estar cortadas en juliana para poder cocinarse en el tiempo adecuado —dijo Alex, y se colocó detrás de mí. Me puso las manos en las caderas, me apartó el pelo con la nariz y se puso a besarme la nuca.

Yo me excité con aquella simple caricia, y me apoyé en él. Él posó su mejilla en la mía y me pasó las palmas de las manos por el vientre. Nos balanceamos un poco al ritmo de la música. Aquella era la tercera noche seguida que me hacía la cena, y yo no tenía duda de que sería la tercera que terminaríamos haciendo el amor durante unas horas antes de dormir. En mi cama. No en el futón.

—¿Dónde aprendiste a hacer todo esto? —le pregunté, señalando con la punta del cuchillo el destrozo de zanahorias que había hecho yo.

Alex puso las manos sobre las mías y me guio mientras respondía. Entre los dos cortamos unos bastoncillos perfectos y finos.

—Tenía dos opciones: aprender a cocinar o morirme de hambre.

Yo dejé de cortar y me giré entre sus brazos para mirarlo.

—La mayoría de los tíos se conforman con pizza o bocadillos.

Alex hizo una mueca.

—Bueno, la mayoría de los tíos viven como cerdos y van hechos unos dejados. Además, hacerle a alguien una cena de gourmet prácticamente triplica mis posibilidades de darme un buen revolcón.

A mí no se me escapó que había dicho «alguien», y no «una mujer». Recordé el consejo de Sarah, pero lo descarté. Me alejé de Alex y fui a buscar mi cámara, que estaba sobre la mesa del salón. Yo no era buena cocinera, pero sabía hacer fotos.

–Oh, no –dijo él, riéndose, y alzó una mano para taparse la cara–. Creía que ibas a ser mi pinche.

–No es bueno que haya demasiados cocineros haciendo un plato.

Enfoque. Disparo.

Lo capté mirando hacia abajo, con una sonrisa y los ojos medio cerrados. Alex cabeceó suavemente y continuó cortando en la tabla para que las zanahorias se convirtieran en algo bello. Yo hice todo lo que pude por capturarlo haciéndolo.

Tomó las zanahorias y las puso en la sartén, en la que ya estaba dorándose un diente de ajo en aceite de oliva. Removió las zanahorias con una cuchara de madera, y a mí se me hizo la boca agua al oler la comida.

–Voy a engordar cincuenta kilos –dije.

Tomé una silla y me subí para hacer una foto desde arriba. El vapor ascendía a su alrededor, y la luz de la cocina proyectaba sombras extrañas en su cara y sus manos.

–Tendré que ayudarte a quemar calorías.

–Sí –dije yo. Me bajé de la silla, aparté la cámara para que no se manchara con el aceite que saltaba de la sartén y me incliné para que Alex me diera un beso–. ¿Y cómo vas a hacerlo?

Él se rio y apartó la sartén del fuego. Después me hizo avanzar junto a los armarios de la cocina hasta que llegué a una silla que yo había colgado de una de las vigas del techo con unas cadenas gruesas.

La mecedora crujió cuando me senté, y los cojines se movieron bajo mi peso. Lo miré, riéndome. Me agarré a un lado de la silla con una mano, mientras sujetaba fuertemente la cámara con la otra.

–¿Qué estás haciendo?

Él sonrió y tiró del puf, al que le faltaba parte del relleno y estaba más plano de lo que debería, hacia mi asiento. Cuando se arrodilló sobre él, a mí se me aceleró el corazón. Sabía exactamente lo que iba a hacer.

La mecedora crujió de nuevo cuando Alex me quitó las braguitas y me subió la falda por los muslos. Puso una mano a cada lado de la silla y la movió para poder acariciarme los muslos con la nariz, hacia arriba, y encontrar mi clítoris con los labios y la lengua. Siguió moviendo el columpio para que yo no tuviera que hacerlo.

Cerré los ojos y me abandoné al placer. Sin embargo, los abrí un segundo más tarde. Aquello, todo aquello, era demasiado bueno. No solo el sexo, ni la comida. Todo lo que tenía que ver con estar con Alex.

Así que me acerqué la cámara a la cara. Enfoqué e hice una foto de su cabeza entre mis piernas, que salió borrosa porque Alex estaba meciendo la silla. Al oír el sonido de la cámara, él alzó la cara, con la boca relajada y húmeda, y los párpados entornados.

Saqué otra foto, como si no pudiera evitarlo. Vi su boca y sus ojos, y él no vio nada más que una cámara donde debería haber estado mi cara.

Era más seguro así.

—No pares —le dije.

Él se inclinó de nuevo para acariciar, lamer, succionar y mordisquear. Introdujo un dedo en mi cuerpo, y después dos, y un tercero, hasta que me distendió tanto que gemí y agité la cámara sin querer. Pero no dejé de hacer fotografías.

No pude mantener los ojos abiertos cuando llegué al orgasmo. El placer me cegó, aunque seguí apretando el disparador, y susurré su nombre mientras la mecedora crujía.

Finalmente, dejé la cámara en la mesita que había junto al columpio. Agarré a Alex por la pechera de la camisa y lo atraje hacia mí hasta que pude besarlo.

–¿Qué hace falta para que dejes caer esa cosa?
Él sabía a mí, a mi deseo. Yo no sabía si se había excitado. Podría deslizar la mano entre nosotros y tocarlo para averiguarlo, pero no lo hice. Pasé los dedos por su pelo.
–Dejaría caer a un bebé antes que a la cámara.
Él se echó a reír.
–Eso me parecía a mí.
Nos besamos, y cada beso era nuevo. Parecía que los besos siempre serían nuevos, después de dos semanas o de dos años, o de cien. Yo sabía que no siempre iba a ser igual, porque nada lo era; pero en aquel momento me sentía así.
–¿Te excita? –me preguntó él.
–Algunas veces.
Él deslizó las manos por mis muslos, hacia arriba, y permaneció así.
–¿Y esta vez?
Yo le puse una mano en la mejilla y lo miré a los ojos para intentar averiguar si quería que le dijera que sí, o que no. Sin embargo, solo me vi a mí misma reflejada en sus pupilas.
–No lo sé –dije.
–A mí me ha gustado –respondió él.
–¿De verdad? –pasé un dedo por su oreja, y después por sus cejas. Por sus labios. Él abrió la boca para morderme, y yo me eché a reír.
–Ha sido muy excitante.
Yo arqueé una ceja.
–¿De veras?
Él asintió.
–Como aquel día –le dije yo–, en que Sarah estaba en el estudio y tú apareciste en la puerta.
–Sí. Aquel día.
–A mí nunca se me habría pasado por la cabeza.
Alex sonrió con ironía.

—Porque mi erección no te lo dejó bien claro, ¿no?

Yo lo besé. Quería que todas las palabras que nos decíamos estuvieran entre besos. Y no quería tener miedo de eso.

—Deja que te fotografíe, Alex.

—¿Otra vez?

—Siéntate en esa silla. Ahí —le dije, señalándole una silla de respaldo recto.

Él miró la silla y no titubeó. Se sentó y posó una mano sobre los botones de sus vaqueros.

—¿Así?

—Exactamente.

Él se desabrochó el botón y se bajó la cremallera para liberar su miembro. Si no se había excitado antes, sí lo estaba ahora. Se había bajado los pantalones y los calzoncillos hasta las pantorrillas. Llevaba una camiseta negra ceñida al pecho, y su pene, que sujetaba con firmeza en el puño, rozaba el bajo.

—Súbete la camiseta —le dije, con la cámara en la cara—. Quiero verte el estómago.

Antes, yo había usado la cámara como barrera, como escudo. Al verlo en aquel momento, a través del pequeño cuadrado de cristal, no me sentía separada de Alex, sino más cerca de él. Unida a él, de algún modo. Era parte de lo que él estaba haciendo; al hacerle fotografías, casi era él.

Me coloqué tras él para hacer una foto desde aquella perspectiva.

—Dios, es maravilloso.

Él gruñó al oír mis palabras. Yo seguí retratándolo. Giré a su alrededor mientras se masturbaba.

Lo que hacíamos podía ser pornográfico: un primer plano de su miembro entre sus dedos, seguido de un primer plano de su rostro. Aquellas fotografías contaban una historia íntima y privada y sí, eran un asunto de sexo, pero también de otra cosa.

De confianza.

Dejé la cámara a un lado para besarlo y puse mi mano sobre la de él para ayudarlo. Llegó al clímax en un minuto. Yo estaba mirándolo a los ojos, y no tuve problemas para ver lo que había en ellos.

—Tengo que darme una ducha —dijo.

Sonó la alarma del horno. Nos separamos. Él me dio otro beso y fue a mi baño, mientras yo iba hacia la cocina. Mi teléfono móvil sonó justo cuando sacaba del horno una bandeja de algo que tenía un olor delicioso y lo dejaba sobre la cocina.

Respondí.

—¿Diga?

—Hola, Liv. ¿Viste las cosas que te dejé en la puerta?

Patrick. Se me cortó el apetito. Oí la ducha corriendo desde el baño. Alex no iba a tardar mucho.

—Lo tiré todo a la basura.

—No te creo —dijo él, con una frialdad que me llegó al corazón.

—¿Has llamado para amargarme otra vez?

—Te estás tirando a Alex Kennedy, ¿no?

A mí se me cayó el alma a los pies.

—¿Cómo?

—Sí, es cierto. Le dije a Teddy que no, que no podía ser cierto, pero lo es, ¿no? Te lo estás tirando. ¡No puedo creerlo Olivia! ¡Te advertí sobre él!

—Me dijiste que no le gustaban las chicas —respondí yo con rabia—. Bueno, pues te equivocabas, Patrick. Sí le gustan.

—¡Te dije que era problemático!

—¿Y cuál es tu problema? ¿Que me esté acostando con Alex, o que me esté acostando con alguien?

Silencio.

—Me gusta, Patrick. Me gusta mucho.

—Por supuesto —dijo él despreciativamente—. Le gusta a

todo el mundo. Todo el mundo quiere acostarse con él. Es un salido. Es lo que hace.

A mí se me resbaló el teléfono por la palma de la mano, que de repente se me había puesto sudorosa.

—Tú también lo haces.

—Eso no importa ahora —me espetó Patrick.

—¿Y qué es lo que importa?

—No puedo creerme que te hayas enrollado con él —prosiguió Patrick en un tono muy duro—. Por el amor de Dios, Liv, ¿es que no has aprendido la lección?

—¿Y qué lección es esa? ¿Que no me enamore de un gay?

Más silencio. A Patrick se le aceleró la respiración. A mí también.

—No puedes haberte enamorado de él —dijo él, finalmente—. Por Dios, Liv. Si ni siquiera lo conoces.

—No estoy diciendo que lo conozca. Estoy diciendo que podría conocerlo. Tú debes pensarlo también, o no estarías tan frenético.

—Yo no estoy frenético. Lo único que ocurre es que no quiero verte cometer un error…

—¿Como el que cometí contigo?

Silencio.

Yo colgué.

—¿Nena?

Era la primera vez que Alex utilizaba aquella expresión de cariño conmigo. Era una prueba de lo lejos que había llegado todo aquello. Me giré hacia él. Estaba mojado de la ducha; tenía el pelo empapado y llevaba una toalla alrededor de las caderas.

—Tenemos que hablar.

Él asintió, como si se lo esperara. Su expresión se volvió reservada, y no supe lo que podía estar pensando. Se pasó una mano por el pelo para echárselo hacia atrás.

—De acuerdo.

Mi teléfono volvió a sonar. Yo lo apagué sin mirar quién llamaba.

—Es Patrick. No quiero hablar con él.

—De acuerdo.

Puse el teléfono en la encimera y me crucé de brazos, aunque no conseguí calmar el cosquilleo que tenía en el estómago. Podía hacer lo que me había dicho Sarah: enfocar mi pregunta como si fuera a hacer una fotografía; sabiendo la respuesta del mismo modo que sabía qué parte de la fotografía quería plasmar, y cuál quería cortar.

Saberlo cambiaba las cosas. Las había cambiado para mí, y las cambiaría para él. Yo pensaba que podía asumir el hecho de que mi amante fuera bisexual y se hubiera acostado con mi exprometido una vez. No sabía si Alex podría.

—¿Olivia?

Alex no se acercó a mí. No intentó tocarme. Nuestras miradas quedaron atrapadas la una en la otra.

Preguntárselo me demostraría si él mentía o decía la verdad. Yo pensé en las semanas anteriores. Sexo, películas, cenas y carcajadas.

Yo no quería saber si él mentía.

—Es sobre esa palabra —dije—. Ya sabes, esa que dije que no estaba preparada para usar.

Alex sonrió lentamente.

—¿Novio?

—Esa.

—¿Qué pasa con ella?

Yo le hice una señal con el dedo índice, y él se acercó. Le acaricié la piel mojada.

—Creo que deberíamos reconsiderarlo.

—¿Sí?

Asentí y lo besé.

—Sí.

Alex me abrazó y me estrechó contra sí.

—¿Y novia? ¿Esta también te parece bien?
—Sí, también.
Él abrió la boca para decir algo más, pero yo lo interrumpí con otro beso. Aquel se hizo más profundo; sus manos comenzaron a acariciarme el cuerpo.
—La cena —dije, en medio del beso.
—También está muy buena fría —respondió Alex.

—Entonces, ¿no se lo dijiste? —me preguntó Sarah, que estaba sujetando varios clavos entre los labios. Estaba en lo alto de la escalera, con un martillo y una pistola de clavos. Yo ya había dejado de preocuparme por lo que podía pasar si se caía.
—No —dije.
Estaba más preocupada por lo que podía pasar si se le caía algo, porque me daría en la cabeza.
Sarah disparó otro clavo en el listón de madera y clavó otro centímetro de tela. Yo sujetaba la escalera mientras ella plegaba la tela y añadía otro clavo. Me miró desde arriba.
—Alex te dijo que no iba a mentirte.
—Todo el mundo dice que no miente —repliqué yo—. Y ese no es el problema, porque yo creo lo que me dice. Lo que ocurre es que no quiero saber la verdad.
Sarah bajó de la escalera y la movimos medio metro más allá.
—Pero si ya la sabes.
—Sí, ya lo sé.
Ella claveteó unos cuantos pliegues más, en silencio. Me causó curiosidad, porque me había esperado una conversación mucho más larga sobre aquello.
Bajó de la escalera, la movimos, volvió a subir. Trabajamos durante unos minutos sin hablar, pero la siguiente vez que bajó, se apoyó en la escalera.

—Te gusta mucho, ¿eh?
—Sí. ¿Quieres tomar algo?
Ella asintió, y fuimos a buscar un refresco a la pequeña nevera de mi estudio. Entonces, ella movió la lata entre las manos y me miró.
—Bueno, y si ya lo sabes, ¿por qué no se lo preguntas? ¿No te molesta saber que se ha tirado a Patrick?
Me encogí de hombros.
—Estoy más molesta con Patrick por haber hecho eso. Yo no era virgen cuando conocí a Alex, Sarah. Sé que él ha tenido amantes, pero yo también.
Ella soltó un resoplido.
—No creo que yo pudiera soportarlo. ¿Salir con alguien que se ha tirado a alguien a quien me he tirado yo? Tengo una mente abierta, pero no tanto.
—Míralo desde esta perspectiva: no creo que vuelva a suceder.
—¿No?
—De lo contrario, Patrick no estaría tan celoso.
—Eso es cierto.
Las dos terminamos el refresco y tiramos la lata a la basura. Miré a mi alrededor mientras Sarah subía a la escalera. El estudio estaba tomando forma de verdad.
—Voy a hacer un par de fotografías. Quiero documentar bien el proceso —dije, mientras tomaba mi cámara.
Sarah posó.
—La, la, la.
Yo todavía no había borrado las fotografías de la última vez que había usado la cámara, y cuando la encendí, la última de ellas apareció en la pantalla. Éramos Alex y yo algo borrosos, besándonos, en un ángulo extraño. Podríamos haber sido cualquiera.
La estudié.
—¿Crees que me equivoco por querer que esto funcione?

Sarah bajó de la escalera y me dio uno de sus maravillosos abrazos.

—No, cariñito. Claro que no.

—Porque... lo deseo de verdad.

Ella me estrujó.

—Entonces, deberías decirle que lo sabes. Si no lo haces, te va a reconcomer por dentro. Te vas a preocupar siempre.

Yo suspiré.

—Sí, ya lo sé.

Sarah sonrió.

—Por si te facilita las cosas, creo que yo estoy enamorada de un tío que se acuesta con tías por dinero.

—¿Cómo? ¡Ni siquiera sabía que estabas saliendo con alguien!

—¿Lo ves? —dijo ella—. Todo el mundo tiene problemas.

Normalmente, no me importaba hacer el último turno en Foto Folks. El centro comercial cerraba a las nueve, y nosotros dejábamos de dar cita a las ocho para asegurarnos de terminar a esa hora. Por las noches acudía más gente a la tienda, lo cual significaba que todos ganábamos más dinero.

Aquella noche, sin embargo, yo estaba inquieta. No había visto a Alex desde la noche anterior; él había dormido en su futón, en el apartamento de abajo, porque tenía que levantarse muy temprano para una reunión y no quería despertarme. Mi cama se había quedado muy vacía sin él, y yo no había dormido bien de todos modos.

Me despertó una llamada de mi madre, la llamada de mi cumpleaños. Sarah ya me había enviado una tarjeta de regalo con crédito para iTunes. Mis hermanos y mi padre me habían mandado tarjetas por correo, y yo sabía que mi madre también me felicitaría.

Me pregunté qué habría planeado Alex.

Sin embargo, antes de poder averiguarlo tenía que pasar una hora más de maquillaje exagerado y dedos bajo la barbilla. Boas de plumas. Me pregunté si era posible morir de un exceso de tiaras.

Por fin terminé, y gané buenas propinas. Fui rápidamente a casa y, cuando llegué, olí la cena desde las escaleras de abajo.

–Estás muy guapo en mi cocina –dije, mientras colgaba el abrigo y el gorro en el perchero de la entrada, al ver a Alex. Llevaba el delantal de la señora desnuda, pero él no estaba desnudo debajo. Una pena.

–Feliz cumpleaños.

–Ummm... Besos de cumpleaños, los mejores.

Nos besamos con ñoñería, como la pareja que yo siempre había querido ser.

–¿Y los azotitos de cumpleaños? –me preguntó él, estrujándome el trasero.

–¿Para ti o para mí?

Él se echó a reír.

–Elige tú. Es tu cumpleaños.

–Lo pensaré –dije yo, con una sonrisa de picardía, y dejé que me frotara un poco más.

–A propósito, has recibido algunos paquetes. Los he puesto en la butaca.

–¡Oohhh, regalos! –exclamé.

Encontré las cajas. Había un paquete de Amazon y otra caja mucho más pequeña, con la dirección de mi madre en el remite.

Abrí el paquete más grande mientras Alex me miraba, y saqué tres libros de tapa dura. Al principio no me di cuenta de lo que eran, pero cuando leí los títulos, volví a meterlos en la caja y cerré la tapa.

–Son de Patrick –dije–. La *Guía del autoestopista galáctico* y las secuelas.

Alex miró la caja.

—Buenos libros.

—Está intentando hacerme la pelota. Además —dije con mala intención—, yo ya tengo estos libros, pero están en su casa. Así que, en realidad, me está regalando algo que ya tengo porque no me ha devuelto los míos. Me manda un regalo que yo le hice, pero no me devuelve algo que me pertenece.

Mis palabras tenían tanto ácido que podían haber quemado el suelo. Alex empujó la caja con un pie. Yo fruncí el ceño.

—Abre el otro regalo.

La caja de mi madre contenía un collar de plata. Era bonito; una estrella de David con un corazón en el centro. Me lo coloqué junto a la garganta y pensé en si quería llevarlo puesto.

—¿Puedes ayudarme con el cierre?

—Claro —dijo Alex.

Se puso detrás de mí y me levantó el pelo de la nuca para poder abrocharme la cadena. El colgante quedó justo en el hueco de mi garganta. Yo lo acaricié.

—¿Qué tal me queda?

—Precioso.

Entonces, lo miré.

—Bueno... ¿Y hay algo más que tenga que abrir?

—Ah, mi pequeña avariciosa.

—Esa soy yo —dije. No tenía sentido negarlo. Aquel que diga que no le gustan los regalos miente.

—Primero, vamos a cenar —me dijo él—. Después, los regalos.

Yo hice una mueca, pero la cena olía demasiado bien como para resistirse. Alex había preparado lasaña, ensalada y pan de ajo. Había puesto la mesa con un bonito mantel, flores y velas.

Hablamos y comimos, y nos reímos. Tomamos tarta de

chocolate. Seguimos charlando y riéndonos sin que se nos terminaran las cosas que decir.

A Alex le brillaban los ojos a la luz de las velas.

–Tienes una sonrisa maravillosa.

–Todo dientes –dije yo, pasándome la lengua por la dentadura–. Tuve aparato durante mucho tiempo.

–Seguro que estabas muy mona.

–Pfff. ¿Y tú? ¿Cómo eras tú de pequeño?

No perdió la sonrisa, pero su mirada se ensombreció ligeramente.

–De niño era idiota.

–Seguro que no.

Alex se encogió de hombros y comenzó a recoger los platos. Yo no insistí, porque él ya había evitado el tema de su familia en alguna ocasión. Ya tendría tiempo de preguntárselo más adelante.

Entre los dos recogimos la mesa y pusimos el lavaplatos. Después, me preguntó:

–¿Estás lista para tu regalo?

–¿No era la cena? –le pregunté, mordisqueándole la barbilla.

–No.

–Estás sonriendo como un bobo, Alex.

Su sonrisa se hizo incluso mayor.

–Ven a sentarte.

Me llevó hasta el sofá e hizo que me sentara.

–Cierra los ojos.

–Eso significa que es bueno –dije yo. Di unas palmaditas y cerré los ojos. Yo también estaba sonriendo.

Entonces, él susurró:

–Ya puedes abrirlos.

El paquete estaba envuelto con un papel y un lazo, a la manera de un profesional.

–¿Lo has envuelto tú?

–Sí.

—¿Es que no hay nada que no hagas bien? —le pregunté, mientras acariciaba el envoltorio.

—Vamos, ábrelo.

Empecé a aflojar el papel, porque no quería romperlo, pero Alex me tomó los dedos para obligarme a rasgarlo. En un momento, el envoltorio cayó al suelo y tuve una caja marrón en el regazo. Despegué con un dedo el papel celo que sujetaba la tapa, y la caja se abrió.

Y yo me quedé atónita.

—¿Qué...? No. Oh... ¡no deberías haber hecho esto! No, no es posible. ¡Oh, Dios mío!

Me había comprado la cámara que yo le había enseñado en la tienda del señor Cullen. Una cámara de cinco mil dólares que yo llevaba deseando durante años. Alex me había regalado un sueño.

—Eh... no llores —me dijo.

Me secó una lágrima que se me caía por la mejilla, pero no pudo hacer nada más, porque yo lo abracé con todas mis fuerzas.

—Te quiero —dije.

Los dos nos quedamos helados, mejilla con mejilla, y la caja de la cámara entre nosotros. No era mi intención decirlo, o al menos, no de ese modo. Yo quería decirle que lo quería por haberme regalado la cámara, del mismo modo que adoras el helado de vainilla, o las películas de miedo. No quererlo del modo en que se quiere a una persona.

—Yo también te quiero —me dijo él en voz baja, al oído, así que no hubo manera de fingir que no lo había oído.

Me aparté de él.

—Alex...

—Olivia —dijo él, con una sonrisa lenta, relajada.

—Gracias por la cámara. Es... increíble. Es demasiado.

—No es demasiado.

—Es muy cara —dije yo—. No me esperaba algo así.

–Claro –dijo Alex–. Ese es el motivo por el que te la compré.

Yo le puse la mano en la mejilla.

–Gracias.

–De nada.

Con entusiasmo, como un niño, se inclinó para mostrarme las otras cosas que había en la caja. Una bolsa para la cámara y una correa para llevarla al cuello. Paños para la limpieza de las lentes.

–Alex –le dije en tono serio, para que me mirara–. Hay algunas cosas de las que quiero hablar contigo.

Capítulo 13

—Tengo que contarte una cosa.
Dejé la cámara a un lado y le tomé las manos.
Él frunció el ceño.
—De acuerdo.
Yo respiré profundamente, pensando en las palabras, y en cómo iba a decirlas. Entonces, lo supe. Me levanté y me acerqué a la cómoda que había junto a la pared. Abrí un cojín, saqué un taco de fotografías y volví junto a él, al sofá. Le di las fotografías.

No estaban en orden, pero a medida que las veía, Alex fue agrupando las que se parecían más. Miró las del bebé sobre una manta, y terminó con las que yo había sacado pocas semanas antes. Después alzó la vista y me miró a mí.

—Se parece a ti.
—Sí. Se parece mucho.
Él pestañeó, y volvió a mirar las fotos.
—¿Es de Devon y tuya?
Yo negué con la cabeza.
—No. Conocí al padre de Pippa en un bar, después de haber roto con Patrick. Me dijo que iba a embarcarse al día siguiente, y aunque yo sabía que seguramente era mentira, quise creérmelo todo durante unas cuantas horas. Fue... un

mal momento de mi vida. Conocí a Devon y a su compañero a través de una agencia de adopción. Querían un bebé, y yo quería ayudarlos.

−No sé qué decir.

Alex juntó todas las fotografías en una pila, pero no me las devolvió.

A mí se me hizo un nudo en el estómago.

−Quería que lo supieras.

−Es muy guapa.

−Sí, es muy guapa. Pero no es mi hija, Alex. Yo no soy su madre.

Él se movió en el sofá, y yo me atreví a mirarlo.

−Pero tienes fotos suyas −dijo.

−Devon y Steven querían que Pippa me conociera. Querían que yo la conociera a ella. Pero no soy su madre −repetí, y tuve que tragar saliva mientras esperaba su respuesta.

Alex asintió.

−Les hiciste un regalo maravilloso. Yo solo te he regalado una cámara.

A mí se me escapó una risa, de la pura sorpresa.

−Sí, bueno, ha sido una elección mucho mejor para mí, de verdad.

Él sonrió y me besó.

−Gracias por contármelo.

−Tenía que hacerlo. No quería que te enteraras más tarde, porque de todos modos te habrías enterado. Ella no es ningún secreto en mi vida, ni nada por el estilo. Y si alguna vez… Bueno, quiero decir que al final habría salido a la luz. Que ella fue mi primera hija.

En su mirada y en su cara se suavizó algo. En aquella ocasión, su beso fue más largo. Diferente. Y cuando se apartó de mí, su expresión era más franca que nunca.

−Me alegro de que me lo hayas dicho.

Yo respiré profundamente una vez más.

—Mi familia se lo tomó muy mal. Mi padre y su mujer no quieren hablar de ello. Uno de mis hermanos finge que no lo sabe, pero el otro tuvo problemas de fertilidad con su mujer, así que ellos lo entienden bien. Pero mi madre...

Él esperó un momento, sin presionarme.

—Ella odia lo que hice. Lo odia.

—¿Odia que dieras el bebé en adopción?

—Sí. Sería lógico que una mujer que adoptó una niña fuera más comprensiva, ¿no? —dije, agitando la cabeza con amargura.

—¿Qué ocurrió?

—Me retiró la palabra durante un tiempo. Ahora se niega a hablar de ello. Pero ya no estamos unidas. Antes sí.

—Lo siento, Olivia.

—Y no es solo eso. Es todo el asunto de la religión ortodoxa. Desde que se hizo religiosa, ya no tiene mucho espacio en su vida para mí.

—Eso es horrible.

—Sí.

—Me alegro de que me lo cuentes —repitió él—. ¿A ti te importa?

—¿El qué?

—Que yo no sea judío.

Me eché a reír.

—Dios, no. ¿Por qué piensas eso?

Él acarició el colgante de mi garganta con un dedo.

—Te pega. Y pensé que las velas, y el *pepperoni*...

—Eso son cosas mías —dije yo.

Recordé a mi madre, con el pelo cubierto, empeñada en que yo me pusiera a su lado a rezar. Había tirado un plato de plástico de cuando yo era pequeña porque no había manera de hacerlo *kosher*, y ella no tenía sitio en su cocina, ni en su vida, para nada que no pudiera ser *kosher*.

—No espero que tú creas lo mismo que yo. Si es que creo en algo, cosa de la que no estoy muy segura.

—Solo me preguntaba si te importa que yo sea diferente, nada más.

Le tomé la mano y entrelacé mis dedos con los suyos.

—Siempre seremos diferentes.

—A mí tampoco me importa eso.

Nos besamos, y yo apoyé la cabeza en su hombro.

—Ojalá...

—¿Qué?

—Ojalá yo pudiera ser solo una cosa. De un modo, o de otro.

Él me acarició el pelo y jugueteó con mis rizos.

—Nadie es solo una cosa, Olivia.

Yo resoplé.

—Sí, claro.

—Lo digo en serio.

Yo me puse a acariciar los botones de su camisa. Las camisas de vaquero nunca me habían gustado demasiado; entonces, ¿por qué la de Alex me enamoraba? Me lo imaginé con un sombrero de cowboy, con el ala sombreándole los ojos, caminando con arrogancia, con un par de botas de montar. Podía imaginármelo en un montón de papeles, pero eso no hacía que fueran reales, del mismo modo que no lo conseguiría imaginándome que yo era católica, o judía, o blanca. O negra.

Alex se movió ligeramente, con cierta incomodidad, y tomó aire como si quisiera hablar. Sin embargo, se quedó callado, y yo le di el tiempo que él me había dado a mí. Cuando por fin habló, tenía la voz grave y un tono de cautela, pero me miró a los ojos.

—Yo también tengo que decirte una cosa.

Me preparé. Lo tomé de la mano, palma contra palma, y nuestros dedos se entrelazaron de nuevo.

—De acuerdo.

—¿El motivo por el que Patrick está tan enfadado contigo soy yo?

—En parte —respondí.

Él exhaló un largo suspiro.

—Entonces... lo sabes.

Asentí, y le confesé la verdad.

—Te vi la noche de la fiesta de *Chrismukkah* de Patrick. Con ese chico, Evan.

Alex gruñó. Dejó caer la cabeza sobre el respaldo del sofá.

—Mierda.

Había sido más fácil de lo que yo había imaginado, pero hasta el momento, todo había sido fácil con él.

—Y Patrick me contó lo vuestro.

Entonces, me miró con una ceja arqueada.

—¿De veras?

—Me dijo que... estuvisteis juntos —le expliqué yo, delicadamente—. Solo una vez. Y que Teddy no lo sabía.

Alex frunció el ceño.

—¿Te dijo que nos acostamos?

Yo asentí. Él suspiró. Se pasó una mano por el pelo.

—No lo hicimos. Él quería. Dejé que me hiciera una felación, eso es todo.

Al contrario que Clinton, Patrick no siempre diferenciaba. Tenía sentido. No me resultaba más fácil asimilarlo, pero por lo menos creía que no era una mentira.

—Ojalá no te lo hubiera dicho —murmuró Alex.

A mí se me tensaron los dedos entre los suyos.

—¿Por qué? ¿Porque no querías que lo supiera?

—No, porque debería haber sido yo el que te lo dijera —respondió él. No intentó besarme; tal vez temiera que yo lo rechazara—. Pero debí darme cuenta de que él te lo iba a soltar todo. Me dijo que no me acercara a ti.

—También a mí me dijo que me mantuviera alejada de ti.

—Pero ninguno de los dos le hicimos caso —dijo él, y sus ojos recuperaron el brillo—. Debe de ser el destino.

—Yo tengo muchos... problemas acerca de lo que pasó con Patrick. No quería empezar una relación con una persona que pudiera crearme esos mismos problemas.
—Vaya, me sorprende que quisieras estar conmigo.
Entonces, yo le besé.
—Tú no eres Patrick.
—No, eso está bien, claro.
Lo miré a los ojos.
—Lo único que quiero es que seas sincero conmigo. Eso es todo. Quiero que me digas si un pantalón me hace el trasero gordo, si tienes secretos pervertidillos... lo que sea.
—Yo no te voy a mentir, Olivia. ¿De acuerdo?
Lo creí.

Me había enamorado como una loca.
Esperaba llevarme la gran decepción, pero cada día que pasaba con Alex era tan maravilloso como el anterior. En realidad, no vivíamos en una felicidad continua. Algunas veces, él me molestaba con sus respuestas de listillo, y mi falta de puntualidad irritaba a Alex. Pero aquellas cosas eran cosas normales en una pareja, y yo aceptaba incluso las pequeñas discusiones, porque no nos hacían descarrilar. Podíamos superarlas. Lo que había crecido entre nosotros no iba a desaparecer ni a disolverse. Lo que teníamos era real.
Le hice docenas de fotografías. Cientos. Se le daba muy bien posar, estaba cómodo con su cuerpo y con su sexualidad. Yo había ganado la cesta de fotografía por la que había pujado en la Feria del Chocolate, y entre otros regalos, incluía una plaza en uno de los talleres de fotografía de Scott Church. Iba a impartir la clase en Filadelfia, y yo podía llevar un modelo. Por supuesto, llevé a Alex.
Tenía un ejemplar del último libro de Church para que me lo firmara, y Alex fue mirándolo en el trayecto desde

Annville a Filadelfia. La carretera es larga y recta, y atraviesa campos y vecindarios apacibles. Es bonita.

—¿Y tengo que desnudarme para estas fotos?

Yo lo miré de reojo.

—No tienes que hacer nada que no quieras hacer.

Alex se rio con algo más de azoramiento del que yo estaba acostumbrada en él.

—Supongo que no sería la primera vez que estoy desnudo entre una multitud. Lo único que pasa es que no estoy acostumbrado a que me fotografíen así.

Alex y yo habíamos hablado de todo. De la vida, del universo, de la familia, de los amantes... Yo quería saber por qué había estado desnudo entre una multitud de gente, pero no se lo pregunté. Él me diría la verdad, y no estaba segura de querer saberlo.

—Te he fotografiado cientos de veces —comenté.

—Pero es completamente distinto.

—¿Tú crees? —le pregunté, mirándolo un segundo, mientras tomaba el carril de la derecha para salir de la autopista—. ¿Por qué?

—No me importa si tengo una erección cuando tú me estás haciendo fotos. Y normalmente me sucede. ¿Qué pasa si estoy programado para eso? —preguntó él. Parecía muy serio, pero estaba sonriendo—. ¿Y si soy como uno de esos perros que se ponen a babear cuando oyen la campana, pero en vez de babear, tengo una erección cuando se dispara el flash?

Yo me eché a reír.

—Oh, Alex.

—Olivia, lo digo en serio. ¿Y si soy el único tío del taller que tiene una tienda de campaña entre las piernas.

—Habrá chicas desnudas posando. No creo que seas el único hombre que tiene una erección.

—Demonios, estoy vendido.

Como tenía los ojos puestos en la carretera para asegurarme de que tomaba la salida correcta, no podía ver la expresión de su cara. Sin embargo, no lo necesitaba. Podía leer su voz; al darme cuenta de eso, sonreí.

–Me estás tomando el pelo, Olivia. ¿Por qué? –me preguntó, como si estuviera triste. Pero yo oía su sonrisa–. Eso no está bien.

–Cariño, si pensara que te preocupa mostrar tus encantos en público, nunca te habría pedido que me acompañaras. Pero –dije, mientras tomaba una calle lateral y entraba en el aparcamiento de un viejo almacén– da la casualidad de que sé que no tienes nada de lo que avergonzarte. Para esa gente, una erección será otro día de trabajo rutinario. Te lo prometo.

–¿A ti no te molestaría? –me preguntó él–. ¿De verdad?

–¿Que tuvieras una erección porque te excita estar desnudo delante de otra gente, o porque hay chicas guapas y desnudas con el estómago plano y sin estrías?

–Las dos cosas. Todo.

Lo tomé de la mano y le acaricié los dedos.

–¿Debería?

–No, creo que no.

No habíamos hablado de la monogamia. Yo no tenía tiempo para otro amante, pero supuse que era posible que, durante mis horas de trabajo, Alex hubiera conocido a otra persona con la que acostarse. No me lo parecía, pero no era tan tonta como para pensar que iba a darme cuenta.

–Dos veces con la misma piedra –murmuré.

–¿Eh?

Hice un gesto negativo con la cabeza.

–Nada.

Él apretó los labios.

–Yo no soy Patrick, Olivia.

–Me encanta que seas tan inteligente como para captar lo que digo incluso cuando soy tan imprecisa.

Él frunció los labios. No era exactamente una sonrisa, pero por lo menos ya no tenía cara de pocos amigos.

—Tal vez quiera saber que ibas a sentir celos, eso es todo.

Lo miré, y miré nuestros dedos entrelazados. Entraron más coches al aparcamiento. De ellos salieron mujeres, algunas muy poco vestidas. Yo le apreté la mano.

—Acabas de decir que...

Él también me la apretó.

—Sé lo que he dicho; y tú no tienes nada de lo que sentir celos. Sin embargo, sería agradable saber que... tal vez pudieras tenerlos.

—¿Es que quieres que me enfade si tú haces algo que yo te he pedido que hagas?

—No. Sí. Mierda —dijo él—. No, no que te enfades.

Aquella conversación estaba dando giros extraños, y yo no estaba segura de poder seguirlos.

—Te he pedido que seas mi modelo porque se te da muy bien posar, y porque como eres tan sexy, Alex Kennedy, quería presumir un poco de ti.

—¿Compartirme?

—¿Es que no quieres que te comparta?

—Quiero —dijo Alex, con la voz ronca—, que tú no quieras compartirme.

Yo me incliné hacia él, por encima de la palanca de cambios, y tomé su cara entre las manos.

—No quiero compartirte con nadie, nunca jamás. Te quiero solo para mí. Soy avariciosa y egoísta con respecto a ti, Alex. Quiero que seas completamente mío.

Su sonrisa me acarició los labios. Nos besamos, y él apartó un poco la cara.

—De acuerdo —dijo.

—¿Eso es lo suficientemente celoso para ti? —le pregunté, pasándole el dedo pulgar por las cejas.

—Sí. ¿Le patearías el trasero a una zorra por mí?

Me eché a reír.
—Por supuesto que sí.
Él sonrió aún más.
—Bien.
Arqueé una ceja.
—Entonces, ¿no quieres ser mi modelo hoy? ¿De verdad? Podemos marcharnos.
—No —respondió él. Observó el almacén a través de la ventanilla del coche—. No pasa nada. Quiero que tomes esta clase. Llevas dos semanas sin hablar de otra cosa.
—No es cierto. El otro día hablamos de *Star Trek*.
Él volvió a besarme.
—Pero tú quieres hacer esto.
—Pero tú no tienes por qué hacerlo si no quieres. Puedo entrar en clase sin llevar un modelo.
—Pero eso significa que tendrás que tomar fotos de otra persona.
—Sí —dije lentamente, recordando el último taller de fotografía al que había asistido.
Había hombres y mujeres desnudos, todos ellos en una pila de carne desnuda, miembros entrelazados, caras ensombrecidas. Había sido sensual, pero no erótico. Aquel día había aprendido muchas cosas que podía usar en mi trabajo, que casi nunca tenía nada de sexual, aparte de las fotos que le había hecho a Alex.
—Pero eso no quiere decir que...
—Sí —me dijo Alex con firmeza—. Porque, Olivia, ¿no se te ha ocurrido pensar, por un momento, que yo también puedo ser un poco celoso?

Solo había unas cuarenta personas en la habitación, entre fotógrafos y modelos. Algunas personas no habían llevado a nadie. Tomamos refrescos y comimos algo mientras Church preparaba la primera fotografía con ayuda de su ayudante, Sarene. Él habló durante todo el tiempo, explicando la apertura de diafragma y la velocidad de apertura, la iluminación y las sombras. Disparó las cámaras frente a semblantes serios. Algunas personas tomaron notas.

—Demonios, esto parece una morgue —dijo Church de repente—. ¡Se supone que tiene que ser divertido!

Todos nos echamos a reír. Él siguió hablando, enseñándonos técnicas sencillas para conseguir los mejores ángulos. Añadió modelos a la escena. Alex no era el único hombre que había allí, pero fue uno de los primeros a quienes eligió.

Con la cámara en el ojo, lo vi poner las manos en las caderas de una chica de piel muy blanca, sin trasero, pero con pechos grandes. Solo llevaba un par de zapatos de plataforma y un tanga negro, aunque él todavía estaba vestido. Posaron. Yo apreté el disparador y tomé la foto. A través de la lente de la cámara, no era real.

—No sé si me equivoco, pero, ¿te conozco?

Yo me aparté la cámara del ojo y me giré hacia la voz.

—Ah, hola. Nos conocemos, sí. Soy Olivia Mackey.

Scott Church me dio un abrazo.

—Hiciste de modelo para mí, ¿no?

—He estado en tus clases —dije.

—Vaya —dijo, y me pidió que le mostrara la foto que había hecho—. Enséñamela.

Al verla, asintió. Después cambió la configuración de mi cámara y enfocó al grupo de modelos.

—Prueba así.

Lo hice, y los dos comprobamos lo que había fotografiado. En aquella ocasión, me hizo un gesto de aprobación con los pulgares hacia arriba.

—¿Notas la diferencia?

—Sí. Gracias.

Él volvió a mirar.

—Quiero ver esta cuando hayas terminado con ella, ¿de acuerdo? Es buena.

Yo sonreí.

–Muchas gracias. Significa mucho para mí, viniendo de ti.

Él no tenía falsa modestia, pero también sabía aceptar un cumplido con elegancia.

–Gracias a ti. Sigue así.

Estuvimos trabajando una hora más. Los modelos fueron quitándose la ropa; yo me di cuenta de que unos cuantos sentían timidez, al igual que algunos de los fotógrafos, pero el hecho de estar desnudo tiene algo extraño: al principio provoca azoramiento, pero después de un rato, es solo piel contra piel, lo mismo que tenemos todos.

Al final del taller yo había tomado unas doscientas fotos, y pensaba que había unas doce que merecía la pena mostrar. Tal vez alguna más, cuando llegara a casa y pudiera mejorarlas con el Photoshop. Había sido un gran día.

Church abrazó a las mujeres y estrechó la mano a los hombres al despedirse.

–Vaya, se me había olvidado mencionaros esto –dijo mientras nos marchábamos–: Voy a celebrar una exposición en la Galería de Mulberry Street, en Lancaster, el mes que viene. Venid a verla. Seguramente colgaré algunas fotos de este taller.

Yo me encontré con Alex en la mesa donde estaba tomando una lata de refresco para el viaje; él se estaba poniendo el chaquetón. Las manos de otra mujer le habían revuelto el pelo, y aunque yo misma había sacado fotos de ella al hacerlo, en aquel momento sentí una punzada de celos que me empujó a colocárselo.

Él sonrió.

–Ha sido divertido. Estoy impaciente por ver las fotografías.

–Y no hay ninguna erección en ninguna de ellas –dije yo, irónicamente, de camino hacia mi coche.

Él se echó a reír y me pasó un brazo por los hombros.

–Hacía demasiado frío ahí dentro.

–Ya. ¿No tenías calor, apretado contra todos esos cuerpos? –le pregunté, mirándolo con una dureza fingida mientras abría el maletero para meter la cámara y el resto de mis cosas.

Alex me empujó suavemente contra el coche, puso las manos en mis caderas y me besó.

–No.

–Ummm... –yo metí la rodilla entre sus piernas–. ¿Y ahora? Siento algo...

Él se rio junto a mi oreja, y me presionó el vientre con la entrepierna.

–Eso es por ti. ¿No sabes lo sexy que estás con una cámara en las manos?

–Cariño, todos teníamos una cámara.

–Yo solo te estaba prestando atención a ti.

Yo me reí, aunque se me había entrecortado un poco la voz.

–Ya, claro.

Él se echó hacia atrás para mirarme a los ojos.

–Eres distinta cuando tienes la cámara, Olivia.

–¿Diferente? ¿En qué sentido?

Él cabeceó mientras buscaba las palabras.

–No sé. No puedo explicarlo. Eres... más grande. Lo que puedes hacer es impresionante. Haces arte, y eso es muy sexy.

–Yo, y todo aquel que tiene una cámara.

–No, no todo el mundo. Cualquiera puede tomar una foto, eso es cierto. Pero lo que tú haces es distinto. Y no me digas que no –dijo, interrumpiéndome cuando yo abría la boca para hablar de nuevo–. Acepta el cumplido.

–Gracias.

Nos besamos durante unos minutos. Entonces se abrió la puerta del almacén, y me acordé de que, aunque ya no quedara nadie en el aparcamiento, no estábamos solos. Yo sentía la erección de Alex contra el vientre; tenía las braguitas calientes y húmedas, y los pezones endurecidos.

–Deberíamos irnos –susurré contra sus labios.

–Sí.

No nos movimos. El viento le revolvió el pelo y se lo metió en los ojos. Yo se lo aparté de la frente.

–Antes hablaba en serio –dije de repente–. Cuando te dije que soy avariciosa y egoísta con respecto a ti. Te quiero para mí sola.

Alex se enroscó uno de mis rizos en el dedo y me apretó contra el coche.

–Bien.

–Te quiero –dije.

Pensaba que las palabras iban a salir más fuertes, más firmes. Sin embargo, sonaron entrecortadas, y me rasparon un poco la garganta.

Pero él las oyó de todos modos.

–Yo también te quiero, Olivia.

Me abracé a él con todas mis fuerzas, con los ojos cerrados y la cara apretada contra su pecho. Olía bien, y yo me sentía bien entre sus brazos. Y en aquel momento supe, sin duda alguna y sin miedo, que iba a quererlo para siempre.

Él me acarició el pelo.

–¿En qué estás pensando?

Yo incliné la cabeza hacia atrás para mirarlo.

–Estoy pensando... en que quiero que conozcas a mi madre.

Capítulo 14

Alex pestañeó por la sorpresa, y después se echó a reír.
—De acuerdo.
—Vive a menos de veinte minutos de aquí.
Él asintió lentamente y se apartó para que yo pudiera moverme.
—Claro. Muy bien. Si tú quieres…
Yo respiré profundamente, y sonreí.
—Sí. Quiero que te conozca.
—¿Y cómo es que no me lo habías dicho antes? —me preguntó, cuando ya habíamos entrado al coche y estábamos saliendo del aparcamiento del almacén.
Yo no aparté la vista de la carretera. Era de noche, y no quería equivocarme de camino.
—No creía que fuéramos a parar. No sabía cuánto iba a durar el taller, y es *sabbat*, de todos modos.
Él hizo un ruidito, como si tuviera miedo.
—¿Crees que tu madre va a tener algún problema conmigo?
—Seguramente.
—Mierda —maldijo él, con algo de asombro—. ¿De verdad?
—Mi madre tiene muchos problemas con muchas cosas que no puede cambiar —dije yo. Agarré el volante con de-

masiada fuerza, y tuve que obligarme a mí misma a relajar los dedos–. No te preocupes por eso.

Se quedó callado durante un minuto.

–Bueno, no será la primera madre que me odie. Yo surto ese efecto en las madres, más o menos.

A mí se me escapó una carcajada mientras recorría las calles del vecindario de mi madre. Pasamos por delante de la sinagoga, y por los baños.

–¿Cómo es posible que alguien te odie, Alex?

–Es un talento mío.

–Pues a mí no me lo has mostrado.

–Tú estás cegada por el amor.

No había coches ni delante ni detrás de nosotros, así que aminoré la velocidad cuando nos quedaban dos minutos para llegar a la casa.

–Mi madre no te va a odiar. Tal vez no esté de acuerdo con la elección que he hecho, pero no te va a odiar por ser tú.

Se quedó callado un minuto más. Respondió cuando frené y comencé a aparcar.

–Es bueno saberlo.

Apagué el motor del coche y lo miré.

–No tenemos por qué quedarnos mucho tiempo. Solo quiero que os conozcáis. Es lo correcto, ¿no? Cuando vas en serio con alguien.

Sonrió.

–Entonces, vas en serio conmigo, ¿eh?

–Sí.

Él miró hacia la casa, donde se encendió la luz del porche.

–Creo que nos han visto. Demasiado tarde para salir huyendo.

–No, ya no podemos. Considéralo un ritual de iniciación. Vas a conocer a la familia loca.

Él miró por la ventanilla mientras me apretaba la mano. Se abrió la puerta principal de la casa.

—No hay familia más loca que la mía.
—¿Olivia? ¿Eres tú?
—Sí, mamá. Soy yo —dije.

Atravesé el césped y subí al porche para que ella pudiera abrazarme. Era el mismo abrazo que me había dado siempre, pero me pregunté si alguna vez dejaría de parecerme diferente.

—Livvaleh, ¿qué estás haciendo aquí?

Mi madre utilizó aquella expresión de cariño como si la hubiera usado siempre, aunque había empezado a llamarme así hacía pocos años.

Yo lo odiaba.

—He asistido a un taller de fotografía que se celebraba cerca de aquí, y pensé que, como estaba tan cerca...

—Pasa, pasa —me dijo mi madre, y miró a Alex de arriba abajo al apartarse para dejarnos entrar—. Y preséntame a tu amigo.

—Mamá, este es Alex Kennedy.

Se me había olvidado decirle que ella no le iba a estrechar la mano, así que él se la tendió, aunque solo durante un par de segundos, no tanto tiempo como para que resultara embarazoso. El marido de mi madre, Chaim, salió de la cocina con la consabida camisa blanca, la tripa abultada y los flecos de su *tzitzit* colgando por debajo de la tripa. Le estrechó la mano a Alex y evitó la mía.

—Olivia ha traído a un amigo para presentárnoslo, Chaim —dijo mi madre, con una gran sonrisa—. Tendréis hambre, ¿no? Venid. Acabamos de terminar el *Havdalah*. Tengo ternera, *challah*...

Durante mi infancia y adolescencia, las cenas favoritas de mi madre eran comida para llevar del McDonald's, pero después, ella se había convertido en el epítome del ama de casa. Una vez me dijo que cocinar las comidas de su infancia le recordaba el lugar del que procedía. Parecía que solo se lo recordaba cocinar, y no comer, porque Chaim había engordado mucho desde la última vez que yo lo había visto, pero mi madre seguía menuda como un pajarito.

–Solo hemos pasado a saludar...

–Tonterías –dijo Chaim, con su voz grave y resonante–. Os quedáis a cenar. Así podréis contarnos lo que habéis estado haciendo últimamente.

Tal vez Chaim no pretendiera hacer que yo me sintiera culpable por no visitarlos tanto como debiera, pero yo creo que sí. Según él, todo lo que había ocurrido entre mi madre y yo era culpa mía. «Honra a tu padre y a tu madre», y todo eso. No parecía que el hecho de que él no fuera mi padre tuviera importancia.

–Yo podría cenar perfectamente –dijo Alex, olisqueando el aire–. Huele muy bien, señora...

Me miró, y yo le di la respuesta.

–Kaplan.

A mi madre se le dibujó una sonrisa resplandeciente en la cara, y se encaminó hacia la cocina, indicándonos que la siguiéramos.

–¡Venid, venid!

Tenían visita. Era una familia que yo no conocía, una pareja joven. La mujer llevaba el pelo cubierto con una redecilla de ganchillo, y llevaba una ropa que no permitía ver ni un solo centímetro de su piel. El hombre llevaba una camisa blanca y unos pantalones negros como los de Chaim. Tenía una barba oscura y cerrada, y le colgaban dos tirabuzones de las patillas. Su bebé estaba durmiendo en un carrito, y había un niño de unos dos años apilando piezas de madera de juguete en el suelo.

–Tovi, Reuben, esta es mi hija, Olivia, y su amigo, Alex.

Reuben abrió unos ojos como platos. ¿Fue porque llevaba una camiseta negra ajustada, con una calavera blanca en la pechera? ¿O fue por el color de mi piel o de mi pelo? O tal vez fuera porque Alex me tomó posesivamente de la mano, y ninguno de los dos llevaba alianza.

—Me alegro de conoceros —dijo Tovi con claridad. Su marido reaccionó entonces y saludó con un movimiento de la cabeza.

—Sentaos, sentaos —dijo mi madre, mientras ponía platos y cubiertos para nosotros en la mesa.

No comimos en silencio. Yo no conocía a la gente de la que hablaron, pero mi madre intentó incluirme en la conversación tan a menudo como pudo. Y a Alex también. A mí me resultó muy interesante ver que se comportaba muy bien, que limitaba sus flirteos conmigo y que hablaba con un lenguaje muy correcto y respetuoso.

Lo estaba haciendo por mí, y al pensarlo, sentí un cosquilleo cálido por el cuerpo. Me resultaba más fácil comportarme bien, porque no quería hacerle pasar vergüenza con mi drama familiar. Además, me alegraba de poder comer en la mesa de mi madre y no terminar en medio de un silencio frío, o gritando. Era agradable sentirme de nuevo parte de su familia.

—Bueno, háblame de ese chico —me dijo mi madre, mientras la ayudaba a recoger la mesa. Sus invitados se habían ido ya, Alex se había excusado para ir al baño y Chaim se había sentado frente a la pequeña televisión de la sala de estar con el mando a distancia en la mano—. ¿Cuánto tiempo lleváis juntos?

Si no me fijaba en sus medias gruesas, en la falda larga ni en la peluca que cubría su cabello, al oírla hablar así yo podía engañarme pensando que las cosas no habían cambiado. Era lo mismo que me preguntaba siempre en mi época del instituto, cuando llegaba a casa después de haber tenido una cita. Ella siempre tenía ganas de saber cómo me había ido. Me estaba hablando como siempre me había hablado mi madre, y yo quería responderle como siempre había respondido. Sin embargo, habían sucedido muchas cosas, y yo me sentía muy cautelosa.

—Lo conocí en diciembre —respondí.

Mi madre abrió uno de los dos lavaplatos que había bajo la encimera y metió un plato.

—Usa este, que es *fleishig*. El otro es *milchig*.

Uno para la carne y el otro para los lácteos. Lo mismo que sus platos, los cubiertos, las cazuelas y las sartenes. La madre que me había criado se habría reído de aquellas exageraciones, pero ahora se sentía orgullosa de ser tan *frum*, tan observante de las normas. Se aseguraba de que no se mezclaran ni una molécula de carne y leche, ni por accidente, ni en el lavaplatos, como si aquello fuera a enviarla directamente al Cielo.

—En diciembre —dijo, después de una pausa.

La vi contar los meses que yo había pasado con aquella persona antes de que ella lo supiera. Antes, yo la habría llamado por teléfono en cuanto Alex me hubiera besado. Sin embargo, ahora pasaban meses sin que habláramos, y el hombre a quien yo había llevado a su casa era algo más que un amigo.

—Bueno —dijo ella, al ver que yo no decía nada—. Parece muy agradable.

Alex apareció en la puerta de la cocina.

—¿Puedo ayudar en algo?

Mi madre se dio la vuelta sobresaltada con aquella intrusión masculina en aquellos dominios femeninos.

—Oh... No, gracias, Alex. Vamos, ve al salón y ponte cómodo.

¿Dejarlo solo hablando con Chaim, que era agradable, pero que no iba a tener ni idea de qué hablar con aquel muchacho gentil? No, no quería eso para Alex. Me sequé las manos con un trapo y di un paso hacia él.

—En realidad, mamá, creo que vamos a marcharnos. Tenemos un buen trecho para llegar a casa, y es tarde.

Ella se volvió.

—Ah, ¿tienes que levantarte mañana temprano? ¿Vas a la iglesia?

Yo suspiré.

—No, mamá. Es por trabajo.

En su cara se reflejaron varias emociones, aunque ella tenía una sonrisa forzada en los labios. No le agradaba que me marchara tan pronto, pero no podía disimular la satisfacción que le causaba el hecho de saber que no iba a ir a misa por la mañana. Que ella supiera, yo podía estar yendo a misa tres veces a la semana; yo podía haberle dicho que había dejado de ir por completo, y tranquilizarla, pero había temas de los que nunca hablábamos.

—Bueno, si tenéis que iros, tenéis que iros —dijo con resignación, y se acercó a la bandeja de carne que había en la isla de la cocina—. Deja que te ponga algunas sobras.

—No, mamá, de verdad…

Ella me interrumpió con una mirada.

—Por favor. Aquí solo estamos Chaim y yo, y no podemos comernos todo esto. Aunque lo congele, tendría para diez. Esa Tovi come como un pajarito, y su marido no es mucho mejor.

Alex se dio unas palmaditas en el estómago.

—Yo he hecho mi parte, señora Kaplan. Espero que le haya parecido bien.

Ella se quedó sorprendida, y después se echó a reír.

—Oh, sí, por supuesto que sí. Lo has hecho muy bien, Alex, muy bien. Bueno, entonces tú sí quieres llevarte algo de comida, ¿no?

—Sí —dijo él, aunque yo estaba a punto de protestar—. Me encantaría llevarme un poco.

—Está bien —dije yo, haciendo un gesto de rendición con las manos—. Sois mayoría.

Mi madre me guiñó un ojo, como hacía cuando era ella misma, cuando era como antes, y a mí se me formó un nudo en la garganta.

—Sí, es verdad.

Me agarró suavemente del brazo en el patio, mientras

Alex guardaba en el coche los paquetes de comida que ella había envuelto cuidadosamente en papel de aluminio.

–Es muy agradable, Livvaleh.

Yo miré a Alex.

–Sí, mamá. Es bueno.

–No es judío –dijo melancólicamente. Alzó las manos antes de que yo pudiera responder–: Lo sé, lo sé.

Yo fruncí el ceño y me crucé de brazos.

–¿Sabes? No es que quiera ser católica para hacerte daño.

–Sí, lo sé perfectamente.

–Y no es razonable que esperes que solo salga con hombres judíos. Además de poco realista.

–¿Poco realista? ¿Por qué?

La tomé de la mano y entrelacé mis dedos con los de ella. Eran como las rayas de un tigre. Claro, oscuro, claro, oscuro.

–Mamá. Vamos.

–Siempre te he dicho que el color de tu piel no tiene importancia, hija. Lo que importa es lo de dentro.

Yo la solté.

–Siempre y cuando sea igual que tú por dentro, ¿no?

–Solo quiero lo mejor para ti, Olivia. Siempre lo he querido. Eres mi hija –dijo mi madre, y alargó la mano de nuevo hacia mí; sin embargo, no me tocó–. A mí no me importa lo que haya dentro.

–Sí, bueno… El caso es que yo no estoy muy segura de lo que hay dentro.

–Bueno, entonces todavía puedo tener esperanzas. No es poco realista, ni poco razonable.

Miré hacia su casa. Las ventanas estaban iluminadas, y se oía débilmente la televisión.

–Tienes que dejar de intentar encajarme en tu vida.

Ella frunció el ceño.

–Yo siempre intentaré encajarte en tu vida.

Eso no era cierto, y las dos lo sabíamos, pero seguramente, mi madre había respondido sin pensar bien lo que decía.

–Entonces, acepta mi parte en ella, en vez de convertirla en algo que no es.

–¿Y qué es? –preguntó mi madre. Solo me llega por la barbilla, pero tenía un aspecto tan fiero que yo di un paso atrás.

–No lo sé –respondí finalmente, justo cuando Alex cerraba el maletero.

A ella se le hundieron los hombros.

–¿Nunca van a mejorar las cosas entre nosotras?

–No lo sé, mamá. Lo siento.

Ella suspiró y cabeceó.

–No puedo evitar lo que siento, Olivia. Creo que lo que hiciste estuvo mal...

–Adiós.

Ella me puso una mano en el brazo para detenerme.

–No puedo perdonártelo, pero eres mi hija y te quiero. ¿No es eso suficiente?

Yo quería decirle que sí, que las cosas que ella había dicho y las que había hecho iban a desvanecerse con el tiempo, pero no pude. Posé mi mano en la suya y la abracé, y después me aparté de ella.

–¿Me vas a llamar? –preguntó.

–Claro. Y tú también puedes llamarme a mí –le dije–. El teléfono tiene dos direcciones.

Aquello debió de golpearla en un sitio que no le gustó, porque se sobresaltó un poco.

–Por supuesto.

Lo que yo le había dicho era cierto, y, sin embargo, me di cuenta de que mi madre pensaba que se lo había dicho solo para molestarla. Y eso me demostraba, más que ninguna otra cosa, que las cosas no habían cambiado tanto entre nosotras como para que yo pudiera olvidar todo lo que había ocurrido.

—Adiós, mamá.

En el coche, agarré con fuerza el volante mientras esperaba a que ella entrara en casa. Sin embargo, mi madre permaneció allí, cruzada de brazos, esperando a que yo saliera a la calle principal. Me mantuve en silencio mientras recorríamos las calles oscuras. Alex puso la radio, y yo dejé que la música llenara el espacio.

Él no intentó sacar tema de conversación. Para mí, el viaje de vuelta a casa fue rápido, porque iba enfrascada en mis pensamientos. No podía dejar de recordar las cosas tal y como eran en el pasado; para cuando llegamos a Annville, tenía los dedos agarrotados y la mandíbula tensa, y me dolía la cabeza.

Perdí la compostura cuando él posó su mano en mi nuca, mientras yo me lavaba las manos en el fregadero de la cocina. Aquella caricia suave, y su calor, desmoronaron la barrera que yo había erigido contra las lágrimas, y se me cayó una en el dorso de la mano. Después, otra.

Cuando me hizo girar para ponerme cara a cara con él, apoyé la nariz contra su pecho y me eché a llorar. Pensaba que iba a decirme que no me preocupara, que no pasaba nada, pero él se mantuvo en silencio. Me acarició la espalda y me estrechó contra sí, pero no intentó que dejara de llorar. No me preguntó qué me ocurría.

—Vamos, ven conmigo —me dijo al cabo de unos minutos, y me llevó al sofá de la mano.

Allí, nos acurrucamos bajo la manta, en los cojines. Yo cerré los ojos sobre su pecho para que no se me cayeran más lágrimas, y estuvimos abrazados mucho tiempo. Cada parte de mí encajaba con una parte de él.

—Yo hace más de dos años que no veo a mis padres —dijo él, después de un rato—. Y llevo todo ese tiempo sin hablarme con mi padre. Mi madre me envió una tarjeta en mi último cumpleaños. Eso es todo.

Yo lo estreché entre mis brazos.

—¿Qué ocurrió?
—No importa.
Lo miré a la cara.
—Claro que importa.
Alex sonrió y me acarició el pelo.
—No, en realidad no.
Llevábamos meses acostándonos, y yo no lo conocía. O por lo menos, no como debería conocer a un hombre con quien pensaba que quería pasar el resto de mi vida. Conocía cada una de las partes de su cuerpo, sabía cuál era su bebida favorita y sabía cuál era su pizza preferida. Sin embargo, aquello no eran más que detalles sin importancia.
—¿Fue muy horrible?
—No quiero hablar de eso, Olivia —dijo Alex, y me apartó de sí, con suavidad, pero también con firmeza—. Es agua pasada. Ya se terminó.
—Sabes que puedes hablar conmigo de eso...
—He dicho que no quiero —respondió él, y se levantó del sofá—. Voy a beber algo. ¿Te apetece a ti también?
Vi que se marchaba hacia la cocina; me levanté y lo seguí. Se sirvió un vaso de zumo, se tomó la mitad y tiró el resto por el fregadero.
—Te compraré otra botella —dijo, al ver que lo miraba.
—Eso no me importa nada.
Se encogió de hombros y metió el vaso en el lavaplatos.
—De acuerdo.
Estábamos discutiendo, y yo no sabía exactamente por qué.
—¿Quieres que nos acostemos? Ya es tarde, y mañana tengo que trabajar.
—Creía que mañana podíamos ir a algún sitio —dijo Alex.
—Ya hemos salido hoy. Yo tengo que hacer un trabajo, y mañana es el único momento en que puedo hacerlo. Además, tengo que poner lavadoras y limpiar —dije, pero me

quedé callada al ver la cara que estaba poniendo. Tenía el ceño fruncido–. ¿Qué ocurre?

–Nada. Solo pensaba que podíamos pasar juntos el fin de semana, sin trabajar.

Yo me sentí molesta.

–Bueno, lo siento, pero no todo el mundo se ha hecho millonario y tiene la cuenta corriente tan saneada que puede permitirse el lujo de trabajar solo unas cuantas horas a la semana.

Su expresión se endureció.

–Yo he trabajado mucho para montar mi negocio, Olivia.

–¡Y yo estoy trabajando para montar el mío! –exclamé yo–. Por el amor de Dios, Alex, ¿no crees que preferiría quedarme en la cama todo el día, viendo películas contigo, en vez de madrugar para construirme una vida?

–Bueno, entonces será mejor que te deje tranquila. Acuéstate. Como has dicho, es tarde.

Me quedé completamente asombrada al ver que se dirigía hacia la puerta.

–No tienes por qué marcharte.

Él tardó unos segundos en girarse hacia mí.

–Yo también tengo cosas que hacer en mi apartamento, de todos modos. Además, no quiero mantenerte despierta.

–Por favor –dije–. Yo sí quiero que me mantengas despierta.

Él sonrió de mala gana. Entonces, yo me atreví a acercarme para que me diera un beso. Él abrió los labios al sentir la presión de los míos, y me puso las manos en las caderas. Sin interrumpir el beso, enganché un dedo en su cinturón y tiré de él hacia mi cuarto.

Me quité la camisa mientras atravesábamos la puerta, y comencé a desabotonar la suya. Lo empujé hacia la cama; él cayó sobre el colchón, riéndose, y me arrastró con él. Rodamos entre las sábanas y las almohadas.

Me besó, recorriendo mi cuerpo hacia abajo con los labios, hasta que llegó a la cintura del pantalón y me la desabotonó con los dientes. Deslizó la mano dentro y me acarició.

Alex, que también se había desabotonado el pantalón, se arrodilló en la cama y me deslizó el pantalón hacia los muslos... donde se atascaron. Forcejeamos un poco con ellos, entre besos y risas. Yo me retorcí y, por fin, conseguí librarme de ellos con ayuda de Alex, y los aparté de una patada.

Él se quedó mirándome fijamente cuando me quedé inmóvil en ropa interior, ante sus ojos. Recorrió cada centímetro de mi cuerpo y, por primera vez, sentí timidez. Tuve ganas de cubrirme con la sábana.

–¿Qué? –le pregunté.

–Eres preciosa –me dijo Alex.

¿A quién no le gusta oír eso, sobre todo cuando está medio desnudo? Sin embargo, me sonó un poco falso, como si no fuera lo que pretendía decir. Me apoyé sobre los codos y posé un pie sobre su muslo, y le acaricié.

–¿Y tú? ¿No vas desnudarte?

Asintió, y yo lo vi bajarse el pantalón y los calzoncillos a la vez. Tenía el miembro casi erecto. Se sentó un segundo, para desnudarse del todo, y después volvió a colocarse entre mis rodillas.

–Date la vuelta.

Yo me puse a gatas. El colchón se hundió ligeramente cuando él se colocó detrás de mí. Pasó la mano sobre mis nalgas cubiertas de satén. Después comenzó a acariciarme entre las piernas, y me bajó las braguitas.

–Eleva el trasero.

Yo posé la frente en el colchón y cerré los ojos. Oí la rasgadura del paquete del preservativo y, después, un suave gruñido de Alex mientras se lo colocaba. Me puse tensa, esperando que me llenara. Alex se tomó su tiempo para excitarme, sin dejar de acariciarme.

Cuando comenzamos a hacer el amor, yo estaba muy cerca del clímax, y lo alcancé a las pocas acometidas. Él no duró mucho más. Fue una relación corta, pero intensa. Yo me tumbé boca arriba y me tapé la cara con un brazo. Alex se levantó, fue al baño, volvió al dormitorio y apagó la luz. Se sentó al borde de la cama.

Yo posé una mano en su cadera.

—Ven conmigo —susurré.

Pensaba que iba a marcharse. Él se tensó bajo mi mano, y suspiró. Sin embargo, después se metió entre las sábanas y tomó la almohada que había pasado a ser suya. Se colocó de espaldas a mí, en vez de abrazarme como hacía siempre.

En el taco de fotografías que le había enseñado a Alex, había muchas de Pippa y muy pocas de mí durante el embarazo. Yo no había documentado aquella etapa de mi vida como hacía con todo lo demás. Aquellos nueve meses habían sido una pesadilla.

Decidí tener un parto natural, sin medicamentos. La niña había sido concebida de la forma más natural y despreocupada posible; solo dos personas manteniendo una relación sexual sin pensárselo demasiado. Yo me sentía como si debiera hacer un esfuerzo por recordar algo sobre el embarazo y el parto, ya que no había hecho ningún esfuerzo en la concepción.

Rompí aguas una tarde, dos días antes de la fecha. Mi vientre se tensaba con las contracciones. Fui al baño y descubrí lo que la matrona me había descrito que iba a ser un «puñetero espectáculo». Mi cuerpo había comenzado el proceso de expulsión de aquella nueva vida, pero mi mente no había asimilado todavía la realidad.

Sarah me llevó al hospital. En aquel momento compartíamos apartamento, porque mi padre no quería admitir que yo estuviera embarazada y soltera, y mi madre... bueno, mi madre y yo llevábamos una temporada de malas relaciones. Mis hermanos vivían demasiado lejos, y Patrick y yo no nos hablábamos.

Devon y Steven acudieron al hospital, esperándome para el ingreso y para ocuparse de toda la información del seguro. No entraron conmigo en la sala del parto; yo les pedí que no lo hicieran, aunque no les di mis razones. Ni siquiera yo misma estaba segura de saber cuáles eran.

Había tenido a aquella niña durante nueve meses dentro de mí; me había alimentado bien, había tomado vitaminas, había hecho ejercicio y me había abstenido del sexo y los baños de agua caliente. No me había perdido ni una sola cita del médico y me había puesto todas las inyecciones. Había hecho todo lo que había podido para asegurarme de que aquella niña naciera sana. Todo, salvo quererla.

Pensaba que era una descerebrada. Todas las madres querían a sus hijos, ¿no? ¿Incluso aquellas que querían darlos en adopción para que los criaran otras personas? Yo siempre había hallado consuelo pensando que mi madre biológica me había querido lo suficiente como para darme a una familia que pudiera cuidar de mí mejor de lo que podía ella. Mis padres nunca me habían dicho aquello, nunca me habían convencido de que ella lo hubiera hecho por amor, y no por lo mismo que yo lo estaba haciendo en aquel momento: porque no quería ser madre.

No quería ser madre; por lo menos, de aquella niña. Aquello había sido un accidente. Nunca había pensado en abortar; para mí, la única opción era la adopción. Pensé que tenía sentido, y que estaba haciendo lo mejor.

Cuando la tuve entre mis brazos, cuando vi sus ricitos negros y su boca pequeña y rosada que reconocía de mis fotos de bebé, supe que no había cometido un error con nada de lo que había decidido.

Nunca olvidaría aquello.

Lo malo sucedió un poco después, durante una visita de mi madre. Yo todavía tenía el vientre hinchado y llevaba una bolsa ensangrentada de hielo entre las piernas para calmar el dolor de los puntos, y tenía las hormonas enloquecidas. No estaba en el mejor momento para recibir a mi madre. No lloré hasta que la vi, pero cuando empecé, ya no pude parar.

Al principio ella me agarró de la mano, después me abrazó y me acarició el pelo, una y otra vez, como hacía cuando yo era niña. Me meció.

Y entonces, dijo:

—Todavía no es demasiado tarde para que cambies de opinión.

Mi madre siempre me había enseñado a ser firme, a valerme por mí misma, a tomar mis propias decisiones, a llevarlas a cabo y a asumir las consecuencias, fueran cuales fueran. Sin embargo, en aquel momento, me estaba diciendo que no respetara un compromiso que había hecho, que decepcionara de aquel modo a Devon y a Steven, que habían pagado todo mi embarazo.

Mi madre quería que me quedara a mi hija.

No estaba de humor para palabras suaves y amables. Le solté todo lo que llevaba dentro desde hacía mucho tiempo; años de frustración y desilusión. Pus de una herida.

Después, las cosas habían estado muy mal entre nosotras, aunque habían ido mejorando poco a poco. Y ahora había conocido a Alex. Para mí, aquello era lo más importante de todo. ¿Por qué lo había llevado a casa de mi madre?

Porque quería que Alex viera de dónde venía yo. De quién venía. Quién era. Porque cuando lo miraba, veía un futuro. Veía hijos. Veía una familia.

No quería pelearme con él.

—¿Alex?

—Ummm...

—Te quiero —susurré en la oscuridad, como si me diera menos miedo decir aquello.

U oírlo.
—Yo también te quiero.
Sin embargo, cuando me desperté por la mañana y alargué el brazo para acariciarlo, Alex se había marchado.

Capítulo 15

−Tengo que salir de la ciudad. Es por trabajo −añadió Alex−. Lo siento. Es algo de último minuto.

Estábamos comiendo sándwiches de Allen Theater, una cafetería de mi calle. Alex había comprado una mesa para la cocina. Era enorme, con el tablero de latón y las patas muy gruesas, de madera tallada. Encajaba perfectamente con el apartamento.

Yo me detuve con el sándwich de pavo y aguacate a medio camino hacia la boca, y lo dejé en el plato. Sentí una punzada de miedo. No habíamos hablado de por qué se había marchado aquella noche de hacía una semana, y las cosas no iban exactamente bien. Había algo entre nosotros, y yo no sabía lo que era.

−¿Adónde vas? ¿Cuándo vas a volver?

−Voy a visitar una de las fábricas que Hershey tiene en México. Estaré de viaje más o menos una semana −dijo Alex−. ¿Quieres venir conmigo?

−Ojalá pudiera, pero tengo que trabajar esta semana.

Él asintió, con el sándwich entre las manos.

−Sí, me lo imaginaba −dijo, y le dio un mordisco.

Yo fruncí el ceño.

−Entonces, ¿por qué me has pedido que fuera contigo?

Alex miró hacia arriba, todavía masticando. Se tomó su

tiempo para responder, tragando el bocado de sándwich con ayuda de un sorbo de Coca cola.

–Otras veces me he equivocado, Olivia.

Yo no podía dejar de fruncir el ceño. Aparté el sándwich.

–Siento desilusionarte. Tal vez, si me hubieras avisado antes…

–Me enteré ayer –dijo él suavemente, pero en un tono de amargura–. Y es trabajo. No voy a pasarme todo el día en la playa, si es lo que piensas.

Yo me levanté y recogí el envoltorio de mi sándwich. Se me había formado un nudo en el estómago. Tiré el envoltorio y la comida a la basura, lo empujé al fondo del cubo y me giré para lavarme las manos. Me froté con más fuerza de la necesaria, y usé agua más caliente de la necesaria. Me hice daño, y solté un silbido.

–Eh, eh –dijo Alex; abrió el grifo del agua fría y me tomó las manos–. Ten cuidado. Se me había olvidado decirte lo del agua caliente. Deberíamos mirarlo.

–¿Me lo dices como casera, o como novia?

Él me envolvió las manos en un trapo, pero no me las sujetó.

–¿Qué significa eso?

–Nada.

–No digas «nada» si significa algo –replicó él, y me siguió desde la cocina hasta el comedor, donde yo empecé a recoger los platos–. Olivia, ¿qué demonios te pasa?

Yo me giré con un plato en cada mano.

–¡He dicho que nada! ¡Ve a divertirte a México!

–No voy a… Ya te lo he dicho –respondió Alex, siguiéndome de nuevo a la cocina–. No es un viaje de placer, sino de trabajo.

Yo metí los platos en el lavaplatos y lo cerré, y me giré para mirarlo.

–¿Vas a volver?

Él se quedó con la boca abierta.

–¿Cómo?

–Que si vas a volver –le pregunté lentamente, con la barbilla alta, intentando que no se me quebrara la voz.

–Por supuesto que voy a volver –dijo–. ¡Acabo de comprarme una mesa para la cocina!

Mi carcajada nos sobresaltó a los dos. Él estaba sorprendido. Yo me tapé la boca y aparté la mirada.

–Olivia... Mierda, se me da tan mal esto...

Me abrazó, y yo se lo permití. Suspiró contra mi mejilla. Yo no quería separarme nunca de él, no quería que se marchara ni a México, ni a ningún otro sitio.

–¿El qué? –le pregunté.

–Ser esto. Hacer... esto.

Yo pensé durante un minuto, mientras seguíamos abrazados.

–Te refieres a tener una relación.

–Sí.

Yo froté la mejilla contra su camisa, e inhalé su olor.

–A todas las personas se les dan mal las relaciones.

Él me agarró por la nuca e hizo que inclinara la cabeza hacia atrás para mirarlo.

–Yo pensaba que sería más fácil.

–¿Que qué?

–Que no tener ninguna.

Pasé los dedos por los botones de su camisa, suavemente.

–¿Cuántas has tenido?

–Como esta, ninguna.

Su respuesta no consiguió que me sintiera mejor.

–Debería sentirme halagada –dije.

Alex no me respondió, pero siguió abrazándome. Sin embargo, yo me aparté de él.

–Yo he tenido algunas relaciones –le dije–, y ninguna fue igual que la anterior. Ninguna fue como esta. Y ninguna fue fácil, tampoco. Si tú... Si quieres a alguien, tienes que esforzarte, trabajar en ello. No puedes salir huyendo.

—Yo no estoy huyendo. Se trata de un viaje de trabajo, eso es todo.

—La otra noche te marchaste y no me dijiste que te ibas —le reproché, por fin—. ¿Por qué?

—No me sentía bien. Quería dormir en mi propia cama. No quería despertarte.

—¿Te encontrabas mal? —le pregunté, con una punzada de preocupación.

Él vaciló.

—No.

—Pero no te sentías bien. ¿Era por mi culpa? —le pregunté, mientras me cruzaba de brazos. Detestaba todo aquello.

—No. Era porque... demonios, no lo sé —dijo, y se pasó la mano por el pelo con exasperación—. Necesitaba estar a solas, eso es todo. ¿Te parece bien?

—Sí, me parece bien. Por supuesto que me parece bien. ¡No soy una loca que no puede dejarte un minuto a solas!

Su mirada se volvió fría.

—Yo nunca he dicho que lo fueras. No me atribuyas palabras que no he pronunciado.

—Lo siento.

—¿Por qué nos estamos peleando otra vez?

Yo suspiré.

—No lo sé.

—Mierda —susurró Alex, como si no pudiera comprenderlo.

—Esto pasa, cariño —dije con tristeza—. La gente se pelea. Incluso cuando se quiere.

Yo no me esperaba el beso, y me cortó el aliento. Sus besos siempre me dejaban sin respiración, pero aquel fue diferente. No era de deseo, ni de pasión. Era una necesidad diferente. Me estrechó contra su cuerpo, y aunque él era más alto, y era quien me estaba abrazando, yo era la que estaba sujetándolo.

−¿Me quieres? −preguntó, contra mi pelo.

−Sí, Alex. Te quiero.

−¿Por qué?

−No lo sé. Sucedió así. No sé por qué, pero creo que ocurrió la primera vez que me besaste.

Él se echó a reír.

−Eso es una bobada. Nadie se enamora tan rápidamente.

Yo me aparté para mirarlo a la cara.

−¿Y si sucede, qué?

−Si eres capaz de enamorarte tan rápidamente, entonces también eres capaz de dejar de estar enamorada con la misma rapidez.

−¿Tienes miedo de que pase eso?

Él me estrechó durante un segundo más, y después se alejó.

−No lo sé. Sí. No.

Yo quería saber de quién había estado enamorado él, y por qué había terminado. Y cuánto tiempo había tardado en superarlo. Y cuántas veces le había sucedido. Pero no se lo pregunté.

Se giró.

−Cuando te conocí, estabas enamorada de Patrick.

Aquello no era una acusación; era la verdad, y yo todavía me sentía mal por ello.

−Querer a alguien no es lo mismo que estar enamorado.

−Semántica −replicó Alex con una expresión sombría−. ¿Sigues queriéndolo?

−¡Hace meses que no hablo con él, Alex! ¿De veras te preocupa eso?

−No −dijo. Y yo lo creí, porque hasta el momento no había adivinado ni una sola mentira en él.

−Te quiero −le dije−. No sé cómo ni por qué sucedió. Dios sabe que no eras exactamente el tipo de hombre con el que estaba dispuesta a arriesgarme –añadí, y alcé una mano antes de que él pudiera responder–. Pero sé que no eres Patrick. Sé que con nosotros es diferente, y te creo cuando me dices que no mientes.

–Yo nunca he dicho que no mienta. Miento todo el tiempo. Lo que he dicho es que a ti no te mentiría.

–¿Y qué es lo que me hace diferente?

–No lo sé –respondió Alex–, pero eres diferente. Supongo que es porque yo quiero que lo seas.

–Y eso tiene que ser suficiente. Claro.

Nos miramos el uno al otro, sin tocarnos. Los pocos centímetros que nos separaban me parecían una distancia mucho mayor. Él se movió primero, y me tomó de la mano. Sus dedos largos y fuertes apretaron los míos.

–Quiero que esto funcione.

Sonreí.

–Yo también.

–Tengo que irme a hacer la maleta –dijo él, después de unos minutos. Nos habíamos besado y abrazado, y habíamos acabado la pelea–. ¿Quieres ayudarme?

–No necesitas que te ayude.

–Eso es cierto. Pero podrías hablar conmigo mientras lo hago.

Me puse de puntillas y le besé la comisura de los labios. Pocos días antes le habría dicho que sí y habría ido con él, y habría hecho el amor con él entre pilas de ropa. Sin embargo, en aquella ocasión me puse de puntillas, le estrujé las nalgas y lo empujé suavemente.

–Tengo cosas que hacer aquí. Llámame cuando hayas terminado.

Él era demasiado inteligente como para no saber lo que estaba haciendo yo, pero no me lo discutió. Me besó una vez más.

–¿A qué hora te marchas mañana por la mañana?

–Temprano. Tengo que estar a las seis en el aeropuerto.

—Te llevo —le dije—. Así no tendrás que dejar allí el coche.

—No tienes por qué hacerlo. Pero, de acuerdo —dijo él, y sonrió. Después me robó otro beso.

—Debe de ser el amor lo que me hace querer levantarme antes de que amanezca por ti. Lo sabes, ¿no?

—Lo sé —respondió Alex.

Cuando Alex se fue, me di cuenta de que me sobraba tiempo que antes tenía ocupado. Lo utilicé bien; limpié el apartamento y trabajé en el estudio. Hice turnos completos en Foto Folks todos los días y me las arreglé para hacer también unas cuantas sesiones privadas de retratos, además de un par de trabajos de publicidad. Los negocios locales no podían pagar mucho, pero era mejor que nada, y yo me había prometido que iba a reinvertir en mi propio negocio hasta el último centavo que pudiera. Vivir para trabajar, trabajar para vivir.

También me puse al día con la lectura. Unas cuantas novelas, sí, pero también libros que no eran de ficción. *El libro judío del porqué. Judaísmo para torpes*. Y otros libros no religiosos sobre el judaísmo, como *Principios del judaísmo conservador*.

Tenía que creer que había un término medio, un lugar que estuviera entre la nada y el todo.

Pensaba encontrar el camino hacia aquel lugar, paso a paso. No podía ser todo de repente, porque, ¿había alguna cosa que ocurriera así, salvo el amor? Y, tal vez, ni siquiera el amor.

Echaba de menos a Alex.

No solo añoraba su boca y sus manos, y el sexo con él. No solo su sonrisa y su sentido del humor. Echaba de menos que llamara suavemente a la puerta del baño antes de entrar, aunque a mí no me habría importado que pasara. Echaba de menos que parara en el supermercado para comprarme el helado que me gustaba, y que se acordara de sacar el correo del buzón, aunque nunca abría mis cartas, cosa que tampoco me habría importado. Echaba de menos pequeños pedazos de él, y también el todo.

Alex no me llamaba, pero me enviaba mensajes de texto sexys. No todos los días, pero suficientes.

—Te ha dado muy fuerte —me dijo Sarah, mientras tomábamos unos bocadillos de atún que yo había comprado en el J & S Pizza de mi calle.

—¿Qué?

—Me refiero a Alex —dijo ella, y señaló mi bocadillo—. No estás comiendo.

Me di unas palmaditas en el estómago.

—Demasiadas galletas, gracias.

Ella se echó a reír.

—Me alegro de que alguien se las coma. He horneado tantas bandejas de galletitas de mantequilla de cacahuete que con solo olerlas me entran ganas de vomitar.

—Te ha dado muy fuerte —repetí yo, sin saber a qué me estaba refiriendo.

Sarah se encogió de hombros.

—Puede ser. Pero no importa. Se ha terminado. Se ha terminado incluso antes de llegar a alguna parte.

Yo me sentí culpable. Había estado tan ocupada con Alex que Sarah y yo habíamos pasado muy poco tiempo juntas.

—¿Lo conozco?

—No. Demonios, apenas lo conozco yo misma —dijo Sarah. Pasó un dedo por su bocadillo y se lo metió en la boca—. Pásame las patatas fritas.

Le pasé una de las bolsas de patatas que había pedido con los bocadillos. Entonces, ella negó con la cabeza y me la devolvió.

—Cerdo —dijo.

—No —dije yo. Tomé la bolsa y miré en su interior.

—¿Qué demonios? ¿Quién sigue friendo las patatas con manteca de cerdo?

—Bah, no te preocupes —dijo Sarah—. ¿Y las otras? Si tienen sal y vinagre, están bien.

Yo le di la otra bolsa y observé la que tenía en la mano.

—Disculpa. Debería haber comprobado con qué estaban hechas.

—No es responsabilidad tuya vigilar que no me meta en la boca nada que me envíe directamente al infierno —respondió Sarah, mientras abría la bolsa—. Si yo creyera en el infierno, de todos modos.

Yo dejé a un lado las patatas fritas con manteca. No observaba la norma *kosher*, pero la conocía perfectamente.

—Mi madre se habría dado cuenta. Ella tampoco habría aceptado la bolsa si yo se la hubiera dado accidentalmente.

Sarah soltó un resoplido.

—Bueno, tu madre tiene sus cosas, ¿no te parece? Como todos, amiga mía. Como todo el mundo.

Seguimos charlando sobre lo que íbamos a hacer en el estudio, sobre chicos, sobre ropa, sobre televisión y libros, hasta que el teléfono de Sarah sonó en su bolsillo. No lo miró, y fue tan evidente, que tuve que comentarlo.

—¿Es él?

Sarah se encogió de hombros.

—Puede ser.

—¿Y no vas a contestar?

—No. Solo me llama para que me acueste con él. No soy su comodín.

—¿Quién hace una llamada de ese tipo un sábado a las tres de la tarde?

—Un tipo que tiene ocupado el resto del tiempo.

Me sentí un poco mal por el hombre que había provocado la ira de Sarah. Era muy difícil enfadarla, pero cuando se enfadaba, tardaba mucho en calmarse.

—¿Quieres que hablemos de ello?

—En realidad, sorprendentemente, no, no quiero —dijo—. ¿Y tú? ¿Quieres hablar acerca de tu hombre perfecto y babear un poco?

—Oh, no te creas que es perfecto. Nada más lejos de la realidad.

Sarah sonrió.

—Lo he visto, Liv, y es bastante perfecto.

—Sarah —le dije afectuosamente—, a ti te encantan los tíos. Todos los tíos. Quasimodo te gusta.

—Eh, los tíos feos son los que más se entregan. Mejor un tío feo con una lengua larga que un tío bueno con un pene flácido.

Las dos nos echamos a reír.

—¿Cuándo vuelve? —me preguntó ella.

—Mañana. Tengo que ir a buscarlo al aeropuerto después de la fiesta de cumpleaños de Pippa.

—Oooh... Eso es amor. Ir a recogerlo al aeropuerto. Eh, quiero ser tu dama de honor.

A mí se me cortó la carcajada.

—Sí, bueno, eso es adelantarse un poco a los acontecimientos, ¿no crees?

Sarah se detuvo en seco, con las manos llenas de servilletas de papel. Se encogió de hombros y arrojó la basura en el cubo que había junto a la puerta.

—No lo descartes. Solo digo eso.

—La verdad es que no creo que llegue el caso.

El amor era una cosa; el matrimonio, otra muy distinta.

—Eso es lo que decía mi hermana, y mírala.

—¡Tu hermana se ha casado cuatro veces!

Sarah me abanicó con las pestañas y se agarró las manos junto al corazón.

—¡Y todas las veces ha sido tan maravilloso!

—No es exactamente un argumento a favor del matrimonio.

–Lo que quiero decir es que, a pesar de haber fracasado tres veces, ella ha vuelto a intentarlo. Algunas personas pensarán que es tonta, pero a mí me parece que demuestra que tienes que darle una oportunidad al amor, aunque duela.

–Ya. ¿Incluyéndote a ti?

–Oh, mierda, claro que no –dijo Sarah–. Yo huyo de eso todo lo más rápido que puedo.

–Mira mis zapatos nuevos –me dijo Pippa, señalándose los pies–. Me los ha comprado mi papá Devon. Y mi papá Steven me ha comprado este vestido.

Giró sobre sí misma, mientras yo le hacía fotografía tras fotografía con la cámara que me había regalado Alex. Mis manos se movían de un modo distinto debido a la diferencia de peso con las demás, y eso hacía que muchas de las fotos salieran desenfocadas. Y, algunas veces, esas eran las que más me gustaban.

Sin embargo, a Pippa no. Ella me pedía que se las enseñara en la pantalla de la cámara, y fruncía el ceño si no salía favorecida. Se cruzaba de brazos y agitaba la cabeza hasta que se le movían los ricitos. Un momento después volvía a ser una niña dulce, y yo volvía a hacer fotografías.

–Livvy –me dijo Devon, y me abrazó. Después hizo que me diera la vuelta, tomándome por los hombros–. Quiero presentarte a unos amigos.

«Unos amigos» resultaron ser todos los invitados de la fiesta. Devon y Steven habían tirado la casa por la ventana para celebrar el cumpleaños de Pippa; habían contratado a un servicio de catering y habían alquilado un castillo hinchable que estaba en el jardín. Después de la ronda de presentaciones, me acerqué a la mesa de la merienda y comí un poco de pollo.

—Leah, esta es mi amiga Olivia —dijo Pippa, que se acercó a mí con otra niña pequeña de la mano.

Las dos me miraron. Leah tenía el pelo negro y largo, los ojos castaños muy grandes y una preciosa piel oscura. Llevaba un vestido muy bonito, pero lo tenía un poco arrugado, y llevaba torcido el lazo del pelo. Tenía la boca manchada de chocolate.

—Hola, Leah.

Pippa asintió.

—Leah tiene dos padres. Como yo.

Yo estaba muy segura de que la mayoría de los niños de la fiesta tenían dos padres o dos madres. Sin embargo, yo no sabía qué podía querer Pippa que le contestara a su amiga.

—Yo crecí en el estómago de Livvy —dijo Pippa, de repente, como si no fuera nada del otro mundo.

Yo me quedé boquiabierta.

—¿Qui-quién te ha dicho eso?

—Mi papá Devon me enseñó una fotografía de cuando yo estaba ahí dentro —dijo, señalando mi vientre.

Miré al otro lado de la habitación, donde Devon charlaba con otros dos hombres. No vi a Steven.

—¿Y lo sabe tu papá Steven?

Pippa arqueó ambas cejas y se puso las manos en las caderas.

—¡Será mejor que lo sepa! Yo no crecí en su tripa, ¿sabes? Los hombres no tienen bebés, ellos solo pueden donar el *perma*.

Leah escuchaba todo aquello con los ojos abiertos como platos, y no decía nada. Yo me estrujé el cerebro para recordar las fotografías que me habían hecho mientras estaba embarazada. Sabía que había algunas, pero no creía que Devon pudiera tener ninguna. Salvo...

—¿Cómo era la foto, Pippa?

Pippa se había puesto a bailar al son de la música de los

altavoces, y se había alejado un poco. Yo la tiré de la manga del vestido para llamar su atención.

Solo había una foto que ella pudiera haber visto. Un retrato en blanco y negro que me había hecho yo misma del vientre, unos días antes de dar a luz. En aquel momento me sentía enorme, llena, a punto de explotar. Femenina, madura. Mis pechos, grandes como melones, descansaban sobre la curva tensa de mi estómago. Se me había salido el ombligo. Mi cuerpo nunca había vuelto a ser igual después de tenerla.

Nadie me había contado eso.

–Pippa, cariño, ¿cómo supiste tú que era yo?

–Vi a la señora –respondió ella.

–¿Qué señora?

–La señora de las fotos –replicó Pippa, sin dejar de bailar–. También está en algunas de las que has sacado hoy.

Con eso, se alejó, seguida de Leah. Yo me quedé mirándola, y después alcé la cámara y pasé las fotografías que había hecho aquel día. Muchas estaban borrosas, y otras desenfocadas. Sin embargo, había un par de ellas en las que Pippa estaba perfectamente nítida, y al fondo había una vaga sombra que yo había tomado por alguien que pasaba por detrás de la niña en aquel momento.

La señora.

Hacía mucho tiempo que no aparecía en ninguna de mis fotos.

Me sujeté la cámara por encima del corazón, sonriendo.

–Hola. ¿Eres Olivia?

Me giré, y vi al hombre rubio con el que había estado charlando Devon.

–Sí, soy yo. Hola.

Él me tendió la mano.

–Chad Kavanagh. Soy el padre de Leah.

–Ah, hola. Acabo de conocer a tu hija. Es preciosa.

Él sonrió.

—Sí, ya lo sé. Devon me ha enseñado algunas de las fotos que le has hecho a Pippa. Mi compañero Luke y yo queríamos saber si podemos concertar una cita contigo para que le hagas un retrato a nuestra hija.

—Oh, por supuesto —dije. Entonces busqué una tarjeta en mi bolso y se la entregué—. ¿Os ha dicho que trabajo en Foto Folks? Por ese motivo, tengo un horario un poco raro.

—No te preocupes, encontraremos un momento que nos venga bien a todos —dijo él. Miró hacia Pippa y Leah, que estaban comiendo algo de lo que les ofrecía una camarera vestida de sirenita—. Vaya pareja. Yo creía que Leah era una princesa, pero Pippa... vaya.

Yo me eché a reír.

—Es única, ¿eh?

—Es una niña preciosa.

Me pregunté si sabía que yo era su madre biológica. Me pregunté si debería decírselo, o si sería un fanfarroneo por mi parte. A Devon no le importaría. A Steve sí.

—Pues sí, es preciosa —dije.

—Y las fotos que le has hecho son increíbles.

Yo sonreí.

—Gracias.

—¿Cuánto tiempo llevas haciendo fotos?

Durante el resto de la fiesta, hablamos sobre fotografía, arte, niños y trabajo. Hablamos sobre la vida en Pensilvania, y sobre cómo era mudarse a vivir allí desde otro lugar. Chad se había criado cerca, pero había vivido durante muchos años en California. Yo era de las afueras de Filadelfia.

—Llevas un colgante muy bonito —me dijo, después de un rato, mientras observábamos a los niños, que se estaban reuniendo debajo de la piñata.

Yo levanté la cámara para enfocar.

—Gracias. Me lo regaló mi madre.

—¿Eres judía?

Clic, clic.

—Ummm...

Él se echó a reír.

—Mi hermana es judía. Por eso te lo he preguntado.

Tomé una foto de un niño pequeño, que llevaba una pajarita, y que estaba aporreando la piñata en forma de estrella de mar con todas sus fuerzas. No le hizo ni la más mínima mella. Entonces, miré a Chad.

—¿Tu hermana es judía, y tú no?

—Ella se convirtió después de casarse.

—Ah.

—Disculpa. No es asunto mío. Es que es poco común. El colgante, quiero decir. Llama la atención.

Yo toqué la estrella con un dedo, y dejé de hacer fotos un momento.

—Gracias. Fue uno de esos regalos que, al principio, me hizo rezongar, pero que después me puse de todos modos.

—Tengo unos cuantos jerséis de esos.

Nos echamos a reír. Hice unas cuantas fotografías más de los niños; al final, Devon, frustrado por la falta de carnicería, agarró un puñado de lazos de la parte posterior de la piñata y se los entregó a los niños. Se suponía que todos debían tirar de los lazos y liberar los caramelos. En mi opinión, ya habían consumido suficiente azúcar, pero bueno, no era yo la que iba a tener que lidiar con ellos después.

—Entonces, ¿tu madre es judía, pero tú no?

Me giré del caos de caramelos.

—Es una larga historia, pero sí. Más o menos. No lo sé.

—Perdona que sea entrometido —dijo Chad—. He estado pensando en estas cosas últimamente, ahora que Leah está creciendo. Queremos que esté en contacto con todas las religiones y las culturas, ¿sabes? Ninguno de nosotros dos es religioso, y yo quiero que ella tenga algo más que Santa Claus y el conejo de Pascua. Luke es un agnóstico optimista.

—¿Y qué es eso?

–Alguien que no está seguro de que haya un dios, pero que espera que sí.

Volvimos a reírnos. Recapacité sobre el modo en que florecían a veces las amistades, en lugares improbables, y por motivos inesperados.

–Mi padre es católico practicante. Mi madre es judía, y hace unos años se volvió muy devota. Cuando yo era pequeña, ninguno de los dos era nada. Dejaron que yo decidiera lo que quería cuando fuera mayor. Y ahora, cuando quiero algo... no sé qué creer.

–¿De verdad? –me preguntó Chad–. Eso es exactamente lo que yo intenté decirle a Luke, pero él no está convencido.

Los dos miramos a su compañero, un hombre muy guapo con la cabeza afeitada y una risa contagiosa. Miré a Chad.

–¿Quieres que te dé mi opinión? Por mi experiencia, claro.

Él asintió.

–Sí, por favor.

–Dale algo, una cosa o la otra. Cuando sea adulta, elegirá por sí misma, con independencia de lo que tú la hayas enseñado. Pero si no le das nada, tal vez no sepa qué pensar.

Él asintió de nuevo.

–Gracias, Olivia.

Era fácil dar consejos, pero a mí no me servían de nada.

–Creo que a mis padres les gustaría que eligiera lo que son ellos, pero los dos son un poco...

–¿Feroces?

Me eché a reír.

–Sí. Dan miedo.

–Te entiendo. Después de que muriera mi padre, mi madre empezó a ir a misa constantemente. Siempre había ido, pero después de que él muriera... Parecía que el Papa en persona la invitaba a ir varias veces por semana.

—¡La tarta! —gritó Devon, y una horda de niños salió gritando hacia el salón, mientras Chad y yo nos hacíamos a un lado.

—¿Y cómo se tomó la conversión de tu hermana al judaísmo?

Chad se encogió de hombros.

—No podía hacer nada al respecto, ¿no? Tal y como has dicho tú, mi hermana eligió por sí misma.

—¿Y qué piensa tu madre ahora?

—Creo que ayuda mucho el hecho de que le caiga bien mi cuñado. Pero sé que ha encendido muchas velas por el alma de mi hermana —dijo, en un tono medio burlón y medio triste—. Bueno, y por mí también. Aunque no creo que ninguno de los dos lo necesite. Eh. Deberías conocer a mi hermana.

Se me debió de poner cara de desconcierto, porque Chad se echó a reír.

—Ella no da miedo.

Capítulo 16

El Aeropuerto Internacional de Harrisburg es pequeño, y, sin embargo, no conseguía ver a Alex entre las personas que bajaban las escaleras hacia la zona de recogida de equipaje. Había viejecitas con camisetas de Las Vegas abrazando a nietos chillones, y hombres de negocios en traje consultando su BlackBerry. Yo los odiaba a todos por no ser él.

Por fin, lo vi en la parte superior de la escalera, y estuve a punto de gritar su nombre. Di unos cuantos pasos y, al final, salí corriendo hacia él.

Alex me tomó en brazos y giró conmigo, como las parejas empalagosas de las películas románticas. Escondió la cara en mi cuello y me mordisqueó. Me estrechó contra sí. Yo me eché un poco hacia atrás para mirarlo. Solo había pasado una semana, pero estaba distinto. Estaba un poco bronceado, y tenía el pelo revuelto. En vez de la bufanda larga de rayas, llevaba otra, mucho más colorida, tejida con unos dibujos mexicanos.

–Es para ti –me dijo.

Yo me la puse sobre los hombros. Aquel primer beso después de estar una semana separados fue suave, después duro, rápido y después lento. Yo sentía hambre de aquella comida, de su boca. Su lengua. Estábamos dando el espectáculo, pero no parecía que le importara a nadie.

—Demonios, te he echado de menos –dijo él.
—Yo también te he echado de menos. ¿Qué tal México?
—Mucho tequila y Dos Equis.
—Oh, vaya tortura. ¿Y qué tomaste?
—Tequila y Dos Equis.

No parecía que lo dijera en broma, y yo lo miré atentamente. Nunca lo había visto beber, y nunca le había preguntado por qué no bebía. En aquel momento me arrepentí de no haberlo hecho.

—Y, aun así, me pasé dos días con diarrea, pero creo que fue por culpa de un taco de pescado.

Yo arrugué la nariz.

—Vaya. Lo siento.

Alex sonrió y me estrechó contra sí.

—Bueno, por lo menos tenía mi propia habitación.

—¡Alex!

Los dos nos dimos la vuelta. Vi que se acercaba un hombre rubio con el uniforme azul de la aerolínea, agitando la bufanda de rayas. Atravesó la zona del equipaje y le entregó la bufanda a Alex.

—Se te ha olvidado en el avión.

—Gracias –dijo Alex–. Ni siquiera me había dado cuenta.

El rubio y yo nos miramos de arriba abajo antes de que él retrocediera. Yo me di cuenta de que estaba flirteando con mi novio, y él se dio cuenta de que debía retirarse.

Miró con pena a Alex, que se había dado la vuelta después de tomar la bufanda. Después se volvió por donde había venido, subiendo las escaleras de dos en dos. Se detuvo otra vez en la barandilla de arriba, y nos miró. Yo lo saludé con la mano.

—Ha sido muy amable –dije.

Alex se rio.

—Sí. Aunque me da igual; puedo comprarme todas las bufandas que quiera en Abercrombie & Fitch.

Yo no le había oído nunca hablar así. Era petulante y brusco. No me gustó.

—A mucha gente le disgustaría perder una bufanda de cincuenta dólares.

Él miró hacia atrás, pero el rubio había desaparecido.

—Pensé que se la quedaría. Le gustó mucho.

—Seguramente no les permiten quedarse las cosas que se dejan en el avión los pasajeros.

—Tienes razón. Aunque seguramente, tampoco les permiten ofrecer trabajos manuales en el baño en vez de café con leche.

Yo fruncí el labio superior y me alejé un paso de él. Al instante, me miró con arrepentimiento. Me agarró antes de que pudiera alejarme más.

—Nena, lo siento. No tenía que haberte dicho eso. Ha sido muy feo.

—¡Pues sí!

—Lo siento —dijo él, con su sonrisa de «sé que soy irresistible». Yo llevaba una buena temporada sin verla, y no la había echado de menos—. No acepté su oferta.

Aparté la mano de un tirón.

—No pensaba que fueras a aceptarla.

Él me agarró de nuevo, y me atrajo hacia sí. Su tono se suavizó, y su sonrisa se convirtió en algo más familiar y más dulce.

—Lo siento. Era una broma. Una broma pesada. Soy idiota.

Nunca es fácil ver a alguien a quien quieres menos que brillante, aunque él mismo lo admita. Yo asentí de mala gana. Él me besó. Yo le devolví el beso.

—Ah, Olivia, te he echado tanto de menos... —me susurró aquellas palabras al oído, y su calor me llegó a todo el cuerpo—. Ni siquiera me he masturbado una sola vez.

Yo le rodeé el cuello con los brazos y acerqué mis labios a su oído.

—Yo me he masturbado todos los días pensando en ti.
Todos sus músculos se tensaron contra mí.
—¿De verdad?
—Sí.
—Dios —dijo Alex—. Dios, eso es muy excitante.
Yo no lo había hecho, pero le dije una pequeña mentira piadosa.
—Llévame a casa y te enseñaré cómo lo he hecho.

No llegamos a casa. Alex me masturbó en el asiento delantero de mi coche, sin salir del aparcamiento. El coche se llenó de olor a sexo y de nuestros gruñidos. Hacía demasiado bueno como para que los cristales se empañaran, y yo había aparcado en medio de una fila larga de coches junto a la que tenía que pasar todo aquel que quisiera salir del garaje.

Nos quedamos allí sentados, fingiendo que charlábamos; él metió la mano entre mis piernas, de un modo que nadie pudiera verlo; metió los dedos dentro de mis braguitas, por debajo de la falda. Yo no podía llegar a su miembro sin que fuera evidente, desde fuera, lo que estaba ocurriendo, así que él se agarró el pene con la mano y se masturbó lentamente, bajo la bufanda. Sus movimientos no nos delataban.

Abrí las piernas y murmuré su nombre cuando metió los dedos en mi cuerpo, al mismo tiempo que dibujaba círculos en mi clítoris con el pulgar. Me volvió loca. Cuando terminé, y cuando él tuvo un orgasmo bajo la suave bufanda, me besó.

—Me alegro de que hayas vuelto a casa.
—Te quiero —dijo Alex.

Mi teléfono móvil sonó por la tarde, cuando estaba viendo la televisión y leyendo mi correo electrónico. Yo había tenido un turno temprano en Foto Folks, y Alex había salido a algún sitio. Estaba pensando en darme una ducha caliente para quitarme el olor a maquillaje barato, y las plumas de boa del pelo. No reconocí el número, pero respondí de todos modos.

–Hola, ¿hablo con Olivia?

–Sí, soy yo.

–Hola, Olivia, soy Elle Stewart. Conociste a mi hermano Chad en una fiesta el fin de semana pasado.

–Ah, sí. Lo recuerdo bien –dije. Me erguí en el sofá, olvidándome del correo electrónico.

–Espero que no te importe que él me haya dado tu número. Me dijo que tuvisteis una conversación interesante.

–Ummm... Sí, es cierto.

Un silencio embarazoso.

–Bueno, me gustaría invitarte a mi casa para el *Seder*, la Pascua judía, si te interesa –dijo ella con tacto–. No me ofenderé si me dices que no, y sé que es muy extraño que te invite una persona a quien no conoces... Y tal vez tengas planes con tu familia...

–Pues no, en realidad no. Pascua. Eso llega pronto, ¿no?

–Sí. Es la semana que viene. He invitado a mucha gente, así que no te verás sentada en medio de una familia a la que no conoces –dijo ella, y añadió en tono divertido–: Aunque tampoco quiero que pienses que la invitación no es especial.

Me eché a reír. Hablaba de una forma muy parecida a Chad, aunque su voz era más aguda y más suave.

–Muchas gracias por la invitación. Tengo que consultar mi agenda.

–No te preocupes, no tienes que decírmelo ahora mismo. Pero a Dan y a mí nos encantaría que vinieras. Dan es mi marido. A él le encanta tener invitados, y Chad dijo que pensaba que tal vez te interesara venir.

–Pues sí.

—Bien —dijo ella, y se rio de nuevo—. Mi hermano es un encanto. Siempre lo tiene que apañar todo.

Yo estaba pasando las páginas de la agenda mientras hablábamos; todavía no estaba segura de si debía aceptar su invitación.

—¿Soy como un pajarito que se ha caído del nido y que se ha encontrado en el suelo?

—Algo por el estilo, me parece. Olivia, si quieres traer a algún acompañante, sería estupendo. Así te sentirías más cómoda.

—Oh, muchas gracias —dije, y abrí la página de la fecha que me había dicho—. Me encantaría ir. Con un acompañante. ¿A qué hora?

Apunté la información que me dio, y colgué. Me acomodé de nuevo en el sofá, pensando en darme una ducha caliente. Pensando en que necesitaba tanto que me arreglaran que hasta un extraño se había dado cuenta.

No estaba segura de si quería pedirle a Alex que me acompañara a la casa de los Stewart. Hacía años que yo no iba a una celebración de *Seder*, pero la última había sido una pesadilla. Duró horas, hubo demasiados rezos y me vi entre gente desconocida que hacía que me sintiera estúpida por no saber seguir la ceremonia. Yo no quería que él tuviera que someterse a eso por algo que formaba parte de mi viaje personal. Sin embargo, cuando me dijo que aquella noche tenía que salir del pueblo por trabajo, me quedé desilusionada.

Sarah también estaba ocupada con el *Seder* de su familia.

—Ya sabes que también puedes venir conmigo cuando tú quieras.

—Sí, lo sé.

—No estaría tan mal —dijo, riéndose—. Yo soy la más loca de mi familia, y tú me quieres.

–Estoy segura de que sería genial, pero no puedo tomarme cuatro días libres en este momento.

–Bueno, bueno. De todos modos, ya sabes que cuando quieras... Aunque tal vez el año que viene tú estés celebrando tu propio *Seder*.

–Sí, claro –dije yo.

Fui sola.

Me puse una falda marrón, una blusa de seda beige y unas botas altas. Me recogí el pelo en un moño. Así vestida me sentía demasiado arreglada, pero habría sido peor ir vestida con demasiada informalidad. Cuando llegué a la pequeña casa de piedra de los Stewart, me quedé mirándola desde la acera. La luz estaba encendida en el porche, y se veían iluminadas las ventanas delanteras. Yo llevaba una botella de vino metida en una bolsa de seda, a modo de regalo.

Había tenido que llamar a mi madre para que me dijera qué vino podía llevar. Me di cuenta de que se ponía muy contenta por el hecho de que yo quisiera participar en una celebración judía, pero también triste por el hecho de que no fuera a celebrarlo con ella. Sin embargo, no me hizo ningún reproche. Me dijo varias marcas de vino *kosher* que eran adecuadas para la Pascua y, al final, me preguntó:

–Esa gente, ¿es agradable?

–Lo suficientemente agradable como para invitarme a su casa por Pascua, mamá.

–Ya sabes que puedes venir aquí cuando quieras, Olivia.

Claro que lo sabía, pero no le dije ningún motivo por el que no había ido. Ella no me presionó. Colgamos sin discutir.

Cuando llamé a la puerta, me abrió un hombre guapo, rubio.

–¿Eres Olivia?

–Sí. Hola –dije. No sabía si debía tenderle la mano, o si

le ofendería que yo pensara que dos extraños de diferente sexo podían tocarse.

—Dan Stewart —dijo él, y resolvió el asunto tendiéndome la mano. Nos la estrechamos.

—Eh, cariño, ha venido otra invitada —dijo Dan, mientras atravesaba la cocina hacia la mujer morena que había ante el fregadero.

Ella se giró, secándose las manos en un trapo, y sonrió.

—Hola. Yo soy Elle. Tú debes de ser Olivia, ¿no? Ven al salón. Acabo de sacar la ternera del horno, y puede enfriarse mientras empezamos.

Vi a Chad enseguida. Estaba con su compañero, Luke, y con su hija Leah. Ella estaba riéndose, sentada en el regazo de una mujer que se parecía tanto a Elle que supe que era su madre. La madre de Dan, Dotty, estaba sentada al otro extremo de la mesa, charlando con Marcy y Wayne, una pareja joven que tenía un niño pequeño. Mientras Dan hacía la ronda de presentaciones, el timbre de la puerta volvió a sonar, y Elle se disculpó para ir a abrir.

Me sentí aliviada al no ser la única persona que no pertenecía a la familia, aunque sí parecía que era el único caso de caridad. Chad se acercó a mí y me abrazó como si fuera familia de verdad, y me susurró al oído:

—Me alegro de que hayas venido.

—Bueno, vamos a empezar ya, para poder comer pronto —dijo Elle, situándose junto a la mesa—. Lo que hacemos nos gusta llamarlo *Seder light*...

—Lo cual significa que podemos empezar a comer mucho antes —apostilló Dan.

Ella lo miró con severidad.

—Lo que significa que hacemos las partes importantes sin repetirlas una docena de veces.

—Y que comemos antes —dijo Dan—. ¡Pero no reducimos las cuatro copas de vino!

—¡No, eso nunca! —respondió ella, como si estuviera escandalizada, y después miró a Dan con afecto.

Yo estaba sentada junto a la madre de Elle, y enfrente de Marcy, la mujer que tenía el niño pequeño. Continuamos con el *Seder*, que resultó ser ligero y entretenido, por lo menos para la mayoría. A mi lado, la señora Kavanagh tenía agarrado su *Haggadah*, el libro de rezos, con tanta fuerza, que se le habían puesto los nudillos blancos. No pronunció ni una sola palabra durante las oraciones, ni siquiera con las lecturas en inglés que servían para explicar la fiesta. La miré de reojo y me di cuenta de que estaba leyendo, pero tenía los labios apretados, así que no iba a rezar en voz alta.

Yo estoy acostumbrada a sentirme fuera de lugar en los grupos. En casa, y en el colegio, el color de mi piel siempre me había mantenido aparte, aunque estuviera incluida. Sin embargo, allí no era la única persona no judía, y no blanca, ni siquiera la única persona que no pertenecía a la familia.

Allí me sentía integrada.

—¿Olivia?

Me había distraído.

—¿Perdón?

Dan alzó su *Haggadah*.

—¿Te gustaría leer la próxima parte?

—Claro —dije.

Leí en voz alta el pasaje en el que Moisés guía a su pueblo para salir de Egipto, y en el que son perseguidos por su condición de esclavos.

Por ser diferentes.

En las últimas frases tartamudeé de la emoción. La señora Kavanagh me miró con curiosidad, pero no dijo nada. Comenzó una canción. Dan dio golpecitos en la mesa y dirigió al coro, de manera que incluso los que no sabíamos hebreo podíamos cantar. *Dayenu. Debería haber sido sufi-*

ciente. La canción se aceleró cada vez más, de manera que al final, Dan era el único que podía cantar, porque todos los demás nos quedamos sin aliento. Terminamos con gritos de alegría y carcajadas.

–Siempre se te dio muy bien esto –dijo Dotty con orgullo–. A ti, y a Sammy. Es una pena que tu hermano no pueda estar aquí hoy.

La sonrisa de Dan se volvió un poco tensa.

–Sí. Es una pena.

Pasó aquel momento; fue sutil, y no resultó embarazoso. Sin embargo, yo no me había recuperado por completo de mi epifanía. Alcé mi copa con todos los demás, comí los huevos duros y el perejil mojado en agua salada, siguiendo el orden del *Seder*, hasta que llegó el momento de tomar la comida festiva. Entonces me sentí incapaz de contener más la emoción y me excusé para ir al baño.

Dejé correr el agua fría del grifo y me mojé las muñecas y la frente. Me miré al espejo. ¿Qué era yo? Por primera vez en mi vida, pensé que empezaba a saberlo.

De vuelta al comedor paré en la cocina para ver si podía ayudar en algo. Elle estaba agachada ante el horno. Pinchó las patatas que había asándose en la bandeja y chasqueó la lengua con disgusto.

–¿Puedo ayudarte en algo?

Ella se sorprendió, y, al verme, se puso en pie. Entonces, negó con la cabeza.

–Mi madre me va a decir que ya me había advertido que pusiera las patatas en el horno una hora antes. Y tenía razón. Voy a subir la temperatura para que estén listas dentro de diez minutos. De todos modos, podemos comer el resto de la comida. No pasa nada.

–¿Estás intentando convencerme a mí? ¿O a ti misma?

Ella se echó a reír.

–A mí misma. Me alegro mucho de que hayas podido venir esta noche, Olivia. ¿Lo estás pasando bien?

−Sí, muy bien. Gracias por invitarme.

No parecía que fuera muy aficionada a las charlas triviales, así que las dos nos quedamos en silencio. Yo me estrujé el cerebro para decir algo, pero no parecía que a Elle le importara. Sacó un cuenco de guacamole del frigorífico y me lo dio.

−¿Puedes llevar esto al comedor mientras yo me peleo con las patatas?

−Claro.

Ella inclinó la cabeza y me miró.

−Se está moviendo, ¿no? ¿La historia?

−¿Es que soy tan transparente?

Ella cabeceó, subió la temperatura del horno y se apoyó en la encimera.

−No, no lo creo. Recuerdo que al principio, cuando intentaba hacer algo con la familia de Dan, me sentía perdida. Deseaba con todas mis fuerzas encajar. Ellos tenían este lenguaje secreto, estas... tradiciones. Contaban las cosas que habían hecho de vacaciones, cuando eran niños. Mi familia no tiene nada de eso, así que yo... me sentía desplazada.

Dejé el cuenco en la mesa de la cocina y me dispuse a escuchar. Desde el comedor se oían carcajadas.

−Me lo imagino.

Elle se rio suavemente.

−Bueno, en realidad, yo sé cocinar un jamón para Navidad, pero, ¿cómo vas a presumir de eso delante de los padres de tu novio si son judíos? Necesitaba algo con lo que impresionarlos. No son muy religiosos, pero me habían invitado a la Pascua judía, y decidí hacer sopa de bolitas de *matzo*. Verás, Olivia, en el vasto mundo de las bolitas de *matzo*, existen las que flotan, y existen las que se hunden. Y yo hice de las que se hunden.

Nos echamos a reír a la vez.

−¿Y qué pasó?

—Se las comieron. Nadie se quejó. Obviamente, me sentí mortificada, pero la familia de Dan me aceptó y asimiló la anécdota como algo propio. Hicieron que me sintiera como en casa. Después de eso, decidí que podía casarme con él. Así que la Pascua es especial para mí por ese motivo, aunque creo que no he llegado a aprender a hacer bolitas de *matzo* flotantes.

—Es una historia muy bonita —le dije—. Ahora, vosotros ya tenéis una historia propia.

Elle se quedó sorprendida y sonrió de nuevo.

—Sí, ¡supongo que sí! Bueno, estás patatas ya están hechas. ¿Lista para volver al comedor?

Yo tomé el cuenco de guacamole y la seguí al comedor lleno de familia y amigos.

A mi alrededor todo era un zumbido, y no tenía nada que ver con el vino que había tomado durante la cena. Me había quedado mucho más de lo que tenía pensado, riéndome y hablando con mis nuevos amigos. Les había pedido prestado un *Haggadah* para leer en casa, y Elle me había dado algunos libros más. Yo había vuelto a casa canturreando *Dayenu*.

Cuando llegué, el coche de Alex estaba en el aparcamiento, pero yo tenía las manos llenas de tarteras envueltas en papel de aluminio y de libros, así que no llamé a su puerta de camino a mi apartamento. Metí la comida en mi nevera y apilé los libros junto a mi cama.

Todo lo que había sucedido aquella noche me había afectado de un modo muy positivo. Les había encontrado sentido a las oraciones, y había comprendido su historia. No estaba segura de qué pensar; solo sabía que, de repente, se había abierto una puerta dentro de mí. Que por primera vez, tenía la sensación de que había empezado a encontrar mi camino. Me alegraba mucho de haber ido a la celebración de aquella noche.

Me metí en la ducha y dejé que el agua caliente me relajara los hombros. De repente, me di cuenta de que estaba muy cansada y de que tenía que levantarme temprano al día siguiente para trabajar varias horas antes de ir a Foto Folks. Incliné la cabeza hacia atrás y dejé que el agua me corriera por la cara y me aclarara todo el jabón del pelo y del cuerpo. Después salí de la ducha y me envolví en una toalla.

Abrí la puerta del baño, y al ver una figura que se giraba hacia mí, se me escapó un grito.

—¡Aay! ¡Alex!

Él llevaba una camisa rosa y unos pantalones de algodón color caqui, y tenía el pelo peinado hacia atrás. Vi su chaqueta colgada en el respaldo de mi sofá. Y percibí el olor acre de la marihuana.

Di un paso atrás.

—Estás en casa —dijo él.

No parecía que estuviera colocado. No se movía con torpeza. Más bien, estaba inquieto.

—¿Qué demonios estás haciendo? —le pregunté yo, con la mano sobre el corazón—. ¡Me has dado un susto de muerte!

—Lo siento —dijo él, y se acercó para darme un beso—. Entré y oí la ducha, y no pasé al baño para que no te creyeras que era Norman Bates.

Desde tan cerca, yo solo olía su colonia, y me pregunté si me habría imaginado el olor de la marihuana. Lo miré a los ojos, y me di cuenta de que no los tenía enrojecidos. Volvió a besarme, y yo solo noté un sabor a menta en sus labios. Nada más.

—Me has asustado —repetí.

—Lo siento —dijo él, y señaló el bajo de mi toalla—. Muy sexy.

Yo apreté los brazos a los costados para que la toalla no se me bajara por el pecho. Estaba calada y exhausta, y todavía me daba vueltas la cabeza por todo lo que había ocurrido aquella noche. Por otro lado, también me daba cuenta de que parecía que Alex acababa de salir de una revista de moda.

–Voy a vestirme.

–Me gustas así –replicó él, y me estrechó contra sí para besarme. Entonces, deslizó la mano por debajo de la toalla para acariciarme la piel.

Yo me retorcí, riéndome, para zafarme.

–¡Para! ¡Tengo que ponerme algo!

–¿Por qué?

–Pues porque... sí.

Su sonrisa me sedujo. Separé los muslos. Dejé que él tirara un poco de la toalla hacia abajo para ver la curva de mi pecho, y Alex movió la mano por debajo de la toalla, hacia arriba y hacia abajo, con tanta suavidad, que no pude protestar.

–Ven a tomar una copa de vino –me pidió al oído.

–Alex, mañana por la mañana tengo que trabajar. Y ya he bebido vino esta noche.

–Yo también, ¿y qué?

Nos movimos en círculo, bailando despacio. Yo tenía la cabeza apoyada en su hombro. Estaba descalza, así que para alcanzarlo tenía que ponerme de puntillas. Al oír su respuesta, aparté la cabeza para mirarlo.

–¿De veras? –le pregunté.

–Sí. He tomado un par de copas.

–Creía que no bebías.

Él se apartó también. Tenía las manos apoyadas en mis caderas, y agarró la toalla.

–Yo nunca he dicho que no bebiera.

–Pero nunca... Bah, no importa. Déjalo –respondí yo. Estudié la expresión de su cara–. Creía que estabas en una reunión, eso es todo.

–He estado en una reunión. Era una cena. Y después quedé con unos amigos para tomar algo. ¿Te parece bien?

—Sí, sí. Lo único que pasa es que me sorprende. No habías mencionado que hubieras quedado con amigos en Filadelfia.

—No sabía que necesitaba tu permiso para tomar un par de copas o quedar con mis amigos, Olivia.

Yo lo olisqueé.

—Antes me pareció que olías a marihuana.

Alex no parecía muy culpable, pero parecía algo que yo no sabía definir.

—Me he fumado un porro.

—¿Has bebido, y has fumado marihuana, y has vuelto a casa conduciendo?

—Me lo he fumado abajo, mientras te esperaba —replicó él.

Yo recordé la Nochevieja, la noche en que yo había llegado a casa y me lo había encontrado con un cigarrillo en la mano. La primera vez que nos habíamos besado.

—Yo creía que no fumabas.

—Dejé el tabaco, pero un porro no es... Eh, eh —dijo él, cuando yo me aparté de él por completo—. Solo me he fumado medio porro, y era pequeño. Ni siquiera era bueno, porque la marihuana era muy vieja.

Yo agarré el borde de la toalla y me la subí.

—Vaya. No sé qué decir. Vaya...

Me di la vuelta y entré en mi habitación para ponerme una camiseta y unos pantalones de pijama. Alex me siguió. Yo no podía mirarlo.

—No sabía que te importara —me dijo, al ver que no me daba la vuelta.

Me sequé suavemente los rizos con la toalla. No sabía qué responder, pero tenía un sabor amargo en la boca.

—Lo siento —dijo él. Sin embargo, por su tono de voz no parecía que fuera cierto.

Entonces me giré a mirarlo.

—No es que me importe, exactamente. Hay mucha gente

que bebe, Alex. Y mucha gente que fuma marihuana de vez en cuando. Sin embargo, tú nunca lo habías hecho delante de mí. ¿Por qué ahora? ¿Por qué esta noche, precisamente? ¿Qué es lo que te pasa últimamente?

Aquello hizo que se estremeciera.

—Olivia...

Yo alcé una mano.

—No. No me cuentes historias. No tengo ganas de oírlas.

—¿Y cómo sabes que es una historia, si ni siquiera la has oído?

Su sonrisa no era cálida en aquella ocasión, y yo no podía descifrar la mirada de sus ojos. Habíamos vuelto al comienzo de las cosas, y yo lo detestaba.

Lo miré fijamente, y él no vaciló. La alegría que sentía antes se desvaneció, y me sentí estúpida. ¿Cómo había podido pensar que por una cena, por unas cuantas horas, había cambiado? ¿Cómo había podido pensar que estaba empezando a averiguar quién era de verdad?

—No quiero pelearme contigo —le dije en voz baja.

—Yo tampoco quiero pelearme contigo.

—Es tarde y estoy muy cansada. Tal vez debieras volver a casa.

Se hizo un silencio pesado entre nosotros.

—Mierda. Yo no quería que esto saliera así —dijo él—. Pensé que tomaríamos una copa de vino cuando llegaras a casa...

Yo comencé a darme crema en la cara, y mientras me la extendía, respondí:

—Ya te he dicho que no quiero que nos peleemos.

—¡No me estoy peleando contigo! —replicó Alex con exasperación. Después respiró profundamente—. Olivia, ¿te importaría mirarme? Por favor.

Al principio, yo no entendí lo que veía. La pequeña cajita de terciopelo y la mirada de esperanza. Alex se puso de rodillas ante mí y abrió la cajita en la palma de su mano. Dentro había algo brillante, tan brillante que me hizo dar un paso hacia atrás, y me choqué contra la cómoda.

–Olivia Mackey, ¿quieres casarte conmigo?

–¿Qué?

Alex se incorporó y se acercó a mí. El anillo brillaba tanto bajo la luz tenue de mi habitación, que me di cuenta de que era un diamante. Por supuesto que era un diamante; ¿quién se comprometía con otra joya? Alex me estaba ofreciendo un anillo de diamantes, y me estaba pidiendo que me casara con él, y yo solo podía mirarlo fijamente.

–¿Quieres casarte conmigo? –me preguntó de nuevo.

Yo lo miré a la cara, pensando en que iba a decir que no. Que, pese a lo rápidamente que hubiera sucedido todo, y a lo enamorada que yo estuviera de él, el matrimonio no era el paso siguiente. Que yo ya había aceptado un anillo, y la promesa que lo acompañaba, y que todo había terminado muy mal.

Sin embargo, las cosas eran distintas con Alex.

–No sé qué decir…

–Di que sí, Olivia –me dijo Alex. Sacó el anillo de la cajista y me tomó la mano–. Di que sí.

Yo lo miré a los ojos, y vi muchas cosas en su mirada. Miedo. Esperanza. Orgullo y amor. Y calor, también, un calor familiar y deseado. Él sonrió, y sujetó el anillo sobre mi dedo, pero no me lo puso.

Pensé en todos los motivos que tenía para decir que no, y ninguno me pareció bueno. Así que permití que me deslizara aquel maravilloso aro de platino y diamantes en el dedo, donde el metal tomó rápidamente la temperatura de mi piel.

Y dije que sí.

Capítulo 17

Alex exhaló un suspiro y me besó con fuerza. Yo había visto la mirada de sus ojos antes de cerrar los míos para recibir su beso; era de alivio. Lo aparté suavemente para poder observar el anillo.

–¿Pensabas que iba a decir que no? –le pregunté en voz baja, mientras movía la mano hacia delante y hacia atrás, para hacer brillar los diamantes. Después lo miré a él.

Alex se alisó el pelo, y después se metió las manos en los bolsillos.

–Sí.

Tuve que abrazarlo y besarlo por aquella sinceridad.

–¡Pero me lo has pedido de todos modos!

Él me abrazó.

–Por supuesto.

–¿Y por qué pensabas que iba a decir que no?

–Porque no creía que pudiera tener tanta suerte de que dijeras que sí.

–Oh, Alex –dije. Tuve ganas de soltar un resoplido, pero por su expresión, supe que lo decía muy en serio–. ¿Cómo es posible que pensaras eso?

Él no respondió; se limitó a besarme de nuevo.

–Te quiero –le dije.

Y, abrumada por todo lo que había ocurrido aquella noche, me eché a llorar. Alex no se alarmó. Me secó las lágrimas con los pulgares y me besó de nuevo. No me preguntó por qué lloraba, y yo no sentí que tuviera que explicárselo.

Respiré profundamente y pestañeé para aclararme los ojos, para poder fijarme en los botones de su camisa. Uno, dos, tres. Él esperó pacientemente mientras le abría la camisa y deslizaba las manos por su pecho cálido. Se estremeció, aunque yo no tenía frías las manos. Se le endurecieron los pezones, tentando a mis labios. Le lamí cada uno de ellos, y oí que suspiraba.

Le desabroché el cinturón y le bajé la cremallera. Me puse de rodillas ante él, y le bajé los pantalones y los calzoncillos por las caderas. Su miembro se liberó de la tela y yo se lo sujeté por la base mientras deslizaba la boca por él. Cuando gruñó, yo sonreí y lo miré.

Él también me estaba mirando. Me acarició el pelo, y cuando abrí la boca para tomarlo profundamente, se le cerraron los ojos durante un segundo. Después volvió a abrirlos, y se humedeció los labios. Yo succioné con suavidad, y noté el pulso de la sangre de su miembro en la lengua.

Lo acaricié con la mano unas cuantas veces; después me levanté, lo llevé a la cama e hice que se tumbara; me quité el pantalón del pijama y me coloqué sobre él a horcajadas. Él todavía llevaba la camisa, aunque abierta, y yo todavía llevaba mi camiseta. Se me subió por los muslos mientras yo frotaba mi clítoris por su erección. No me había recortado el vello púbico desde hacía unos días, y los rizos espesos y fuertes nos hicieron cosquillas a los dos y aumentaron el placer. Él me puso las manos en las caderas.

Entonces, yo me estiré hacia la mesilla de noche, donde tenía la cámara que él me había regalado.

—Creo que deberíamos hacer una fotografía para conmemorar el evento.

Él se echó a reír y me acarició.
-Por supuesto.
Subí la cámara y apoyé la cabeza junto a la de él en la almohada: las fotografías salieron desenfocadas, nuestras cabezas cortadas, nuestras bocas unidas, un disparo tras otro. Yo no me preocupé de mirarlas mientras las hacía. Puse la mano del anillo sobre mi rostro, y el flash le arrancó brillos a los diamantes.

Le di la cámara a Alex y ella se convirtió en sus ojos mientras yo le hacía el amor. Me saqué la camiseta por la cabeza para estar totalmente desnuda con él. Puse la mano sobre la lente, y después aparté la cámara para poder verlo, y que Alex pudiera verme sin nada entre nosotros.

Él se hundió en mi cuerpo, y movió las manos sobre mí para encontrar todos los lugares que ya conocía, pero como sucedía con todo lo demás, aquella noche sus caricias me parecieron distintas. Las palmas de sus manos me rozaron los pezones y me hicieron gritar, cuando nunca había ocurrido; la suave presión de su pulgar en mi clítoris me causó una tensión nueva que me llegó a cada uno de los músculos del cuerpo.

Tardé un tiempo en llegar al orgasmo, pero no demasiado. Los segundos se convirtieron en minutos, pero yo perdí la cuenta. Me moví con lentitud, con las palmas de las manos apoyadas sobre su pecho, sintiendo los latidos de su corazón.

Él me ayudó a moverme con las manos, pero no me urgió a ir más rápido ni más despacio. La luz se reflejó en el diamante de mi dedo, y eso fue lo que estaba mirando cuando sentí el primer espasmo de placer. Crispé los dedos, y él gimió al notar que le clavaba ligeramente las uñas en la carne.

El sonido me empujó hacia el orgasmo, y me eché a temblar de placer. Apreté sus costados con los muslos, y mi cuerpo apretó su miembro viril. Entonces, él levantó las caderas y me embistió con más fuerza, y el placer ascendió de nuevo hasta que caí hacia delante exhausta.

Más tarde, cuando estábamos tumbados uno junto al otro, mirando los colores que el anillo proyectaba en el techo, yo tomé la cámara para ver las fotografías que habíamos hecho.

–Oh, Dios –murmuré–. Así no es como quiero recordarme a mí misma.

Tenía la cara lavada, sin una gota de maquillaje, y el pelo suelto y despeinado. Mi único consuelo era que en la mayoría de las imágenes, mi cara estaba borrosa o girada. Por supuesto, Alex estaba perfecto, como siempre.

–Estás guapísima –dijo él–. Y todo ha salido bien. Créeme, me había imaginado que sería un poco más… fácil.

–Lo tenías todo planeado, ¿eh?

Él asintió.

–Iba a darte una copa de vino antes. Y flores. Tengo flores ahí fuera, para ti.

Yo pensé en la imagen de aquella proposición de matrimonio perfecta, pero no lamenté habérmela perdido. Un buen encuentro sexual y toda aquella excitación me mantenían abiertos los ojos, pero yo estaba muy cansada.

–Nunca me lo hubiera imaginado.

–Lo sé –dijo él.

Un bostezo interrumpió mi carcajada.

–El anillo es precioso.

–Lo compré en Filadelfia, en la joyería de un amigo mío.

Yo pestañeé, y le dibujé el corazón con el dedo índice sobre el pecho.

–Entonces, ¿no tenías una reunión de negocios esta noche?

–No.

Yo entrecerré un poco los ojos, pensando que algunas veces era posible perdonar una mentira. Le acaricié la cara, y él me besó la palma de la mano. Pensé en que tenía que decir algo más, algo profundo, pero me quedé dormida antes de poder hacerlo.

Estábamos comprometidos.

Por segunda vez en mi vida, llamé a mis padres, a mis hermanos y a mis abuelos para contarles, con la voz temblorosa, que me iba a casar. Sarah recibió la noticia con un grito de alegría, y con exigencias para hacer una fiesta de despedida de soltera, aunque ni siquiera había fecha para la boda. Cuando terminé de hablar por teléfono con ella, solo me quedaba una hora para ducharme y vestirme para el trabajo.

Rápidamente, entré en mi cuenta de Connex, que llevaba meses languideciendo, y subí una de las fotografías más decentes de la noche anterior, en la que aparecía el anillo y mi mano ocultando nuestras caras. Después, cambié mi estado de «soltera» a «comprometida».

Miré el perfil con una sonrisa. De algún modo, era el haber puesto allí la noticia, para que todo el mundo pudiera verla, y no el anillo, lo que hacía que fuera más oficial.

Las chicas de Foto Folks soltaron grititos al ver el anillo, que era el doble de grande que los que llevaban ellas. Si sintieron alguna envidia, lo disimularon bien, o yo preferí no verla. Me pasé todo el día con una sonrisa boba en la cara, mostrándoles el anillo a las clientas, e hice algunas de las mejores fotos que hubiera hecho nunca en aquella tienda. Estaba flotando. ¡Me había comprometido! ¡Iba a casarme!

Trabajé hasta la hora de cierre, y rehusé una oferta para ir a tomar algo y celebrarlo. Les prometí que lo haríamos en otra ocasión, y creo que ellas entendieron que quería ir a casa a estar con Alex.

Había hecho un día muy cálido, y era fácil imaginarse que el verano iba a llegar pronto, y me puse la chaqueta sobre el hombro mientras iba hacia mi coche, que estaba en el pequeño aparcamiento del centro comercial. Me puse tensa al ver que había alguien esperando allí, pero me relajé al darme cuenta de que era Patrick.

–¿Podemos hablar? –me preguntó.

Yo abrí el coche, pero no entré.

–¿Sobre qué?

Esperé una muestra de ira, pero Patrick solo frunció el ceño.

–No puedo creerme que no me lo hayas contado tú misma.

Yo eché el bolso y la chaqueta en el asiento trasero, sin apartar la vista de las llaves que tenía en la mano.

–No hemos hablado nada últimamente, Patrick.

–No puedo creer que haya tenido que enterarme por tu página de Connex. Yo, y otros quinientos amigos tuyos. Dios, Liv. Creía... Creía que era algo más para ti.

–Llevamos mucho tiempo sin tener relación, Patrick.

–¡Unos meses! –replicó él–. Nos peleamos, eso es todo. Y de repente, ¿ya no formo parte de la lista de gente a la que tienes que llamar? ¿Qué demonios ha pasado con tantos años de amistad?

–No creía que te importara, la verdad –le dije. Sin embargo, sabía que era mentira. Yo sí había creído que a Patrick iba a importarle.

–¿Que no creías que me importara? Demonios, Liv, ¿cómo puedes decir eso, cuando he tenido que enterarme de que te vas a casar con ese imbécil...?

–¡Eh! ¡No le llames eso!

Patrick entrecerró los ojos y apretó los labios.

–Estás cometiendo un error, eso es todo.

–¿Como el que estuve a punto de cometer contigo?

Patrick se estremeció.

—Él te va a hacer daño. No quiero verte sufrir. Te quiero, Liv.

—Tú... —dije yo, con la voz llena de veneno—. Cállate.

Patrick dio un paso atrás. Ya había anochecido, y la luz de las farolas no le favorecía. Se levantó una brisa fresca y sentí frío, y lamenté no haberme puesto la chaqueta. Sin embargo, no la saqué del coche.

—Siempre te he querido. Tú lo sabes —dijo él, y mi ira se mitigó con la fuerza de la nostalgia.

No quería odiarlo.

—Oh, Patrick. ¿No puedes ser feliz por mí, del mismo modo que yo siempre he sido feliz por Teddy y por ti?

Él se estremeció de nuevo, y bajó la mirada.

—Hemos roto.

—Oh, no. ¿Qué ha ocurrido?

Patrick alzó la cabeza y vi que tenía una sonrisa forzada en los labios.

—Lo he estropeado todo, eso es lo que ha pasado. Me acosté con otros tíos, y Teddy se enteró. Yo ya estaba cansado de mentir, de ser el mentiroso. Y pensaba que me iba a perdonar, porque Teddy siempre me perdonaba.

—Lo siento.

—Lo sientes —dijo él, y soltó un resoplido—. No te imaginas lo que me pasa a mí —añadió, y me miró con una expresión sombría—. Y, entonces, me entero de que te vas a casar con ese tal... Alex Kennedy... Oh, Liv. Te prometo que él no es...

—Cállate, Patrick —le dije de nuevo—. Lo quiero.

—Antes me querías a mí —replicó él—. ¿Qué ha pasado con eso?

—Ya sabes lo que pasó.

—En Nochevieja todavía me querías. Eso fue hace pocos meses. No puedes dejar de querer a alguien tan rápidamente.

—Puedes dejar de querer a alguien en un segundo —dije yo.

Él dio un paso hacia mí.

−Siento haberte hecho daño, Liv. Haría cualquier cosa por recuperar lo que teníamos.

Yo me eché hacia atrás y sentí en la espalda el metal frío del coche.

−¿Me estás tomando el pelo, Patrick?

−No, no. Sé que lo he destrozado todo, y lo siento…

Yo le puse una mano sobre el hombro.

−Yo siempre sentiré afecto por ti, Patrick. Eso lo sabes. Siento lo que os ha ocurrido a Teddy y a ti, y sé que ahora estás sufriendo. Sin embargo, lo que pasó entre nosotros es algo del pasado. Yo no tengo resentimiento hacia ti.

Él se acercó más y se colocó para recibir un abrazo. Al principio, yo no se lo di, hasta que solo tuve esa opción si no quería empujarlo para apartarlo de mí. No duró mucho, y como yo no me derretí contra él, debió de sentir mi reticencia. Entonces, retrocedió.

−¿Crees que… que podrías…?

Me quedé mirándolo, y me eché a reír. Eso le dolió más que ninguna otra cosa que le hubiera dicho hasta el momento. Me di cuenta porque su boca se curvó hacia abajo, y frunció los labios.

−¿Volver contigo? No me estarás preguntando eso, ¿verdad, Patrick?

−Teddy me dijo que fue por ti…

−¿Qué? ¿Que Teddy te ha dicho que es culpa mía? ¿Y cómo puede ser eso?

−No, no que sea culpa tuya, sino por ti. Por cómo fueron las cosas entre nosotros, y por lo que pasó en Nochevieja. Teddy dijo que yo estaba muy disgustado por lo que ocurrió, y que por eso estaba haciendo todas las tonterías que hice.

−Pues se equivoca.

Patrick se encogió de hombros.

−He pensado mucho en lo que me dijiste aquella noche,

Liv. He pensado mucho en cómo me sentí, en que me puse celoso de otro hombre porque él había conseguido lo que yo había podido tener, pero que no conservé cuando tuve la oportunidad.

Yo alcé una mano.

—No te creas que soy tu segundo plato, ¿eh? Solo porque tú quieras acostarte con alguien, o quieras que te consuelen, o lo que sea.

—No estoy interesado solo en el sexo.

Me quedé mirándolo con estupefacción.

—Entonces, ¿ya no te gustan los hombres? ¿Has vuelto a las mujeres? ¿O solo a mí?

Patrick abrió la boca para hablar, pero después la cerró. No tenía nada que decir. Bajó la cabeza. Era la primera vez que lo veía avergonzado.

Esperé a que hablara, o a que se diera la vuelta para poder irme. Él habló.

—Yo sería mejor contigo de lo que es él.

—¿Y cómo lo sabes?

—Nos conocemos desde hace mucho más tiempo.

Me eché a reír.

—¿Y eso qué importa?

Por fin, me miró a los ojos. Parecía decidido.

—No me importa que sigas viéndote con él. Creo que deberíamos intentarlo el uno con el otro. Admite, Liv, que tú siempre te preguntarías cómo podían haber sido las cosas conmigo.

—¿Y que tú te preguntarás lo mismo sobre mí? —pregunté con incredulidad. Me asombraba su audacia—. Tuviste una oportunidad hace mucho tiempo, pero no la quisiste. No puedes hacer que me crea que la quieres ahora.

—Y yo no puedo creer que te vayas a casar con él.

—¿Por qué?

—Tú ya sabes por qué —dijo él.

Yo suspiré con cansancio.

—¿Sabes, Patrick? Alex nunca me ha mentido sobre lo que es, ni sobre lo que ha hecho, que es mucho más de lo que puedo decir sobre ti. Siento que hayáis roto Teddy y tú, y siento que nosotros ya no seamos amigos. De verdad, lo siento.

Él se cruzó de brazos.

—Sabes que me acosté con él.

—Sí, Patrick. Sé lo que hiciste con él.

Patrick se estremeció.

—Bueno, tal vez sea ese el motivo por el que él te gusta tanto.

—No me gusta. Lo quiero —dije, y me di la vuelta hacia mi coche—. Vete a la mierda, Patrick.

—Él puede ser parte de lo nuestro, si quieres. Yo estaría dispuesto a acostarme de nuevo con él. Es muy bueno en la cama.

—¿Cómo? —pregunté yo, con una náusea en la garganta.

Patrick se estremeció de nuevo. Yo intenté recordar cuánto lo había querido, y cuánto me hacía reír. Era difícil acordarme de los buenos tiempos en aquel momento, con la verdad desnuda ante la cara. Pero sí habían existido esos buenos tiempos, y Patrick había sido mi amigo. Yo no conocía al hombre que tenía enfrente, y me pregunté si lo había conocido alguna vez.

—No me utilices para sentirte mejor —le dije—. Ni para demostrarte a ti mismo que eres algo que no eres. Maldita sea, Patrick, no te escondas de ti mismo porque creas que es más fácil. Y no intentes usarme. No soy tu segunda oportunidad. Eso no es amor; es egoísmo.

Patrick se desmoronó ante mí.

—Lo siento, Liv. No sé por qué he dicho nada de esto. Lo que ocurre es que te echo de menos con todas mis fuerzas. Nunca había estado tanto tiempo sin hablar contigo. ¡Nunca quise que dejáramos de ser amigos!

—Entonces, ¿te ofreces para acostarte conmigo y con mi prometido?

Él se encogió de hombros y se pasó la mano por la cara.
—Todo es un lío para mí. Ya no sé lo que estoy haciendo, ni por qué.

Ya había oído antes aquella historia, cuando me planté ante él con el anillo que me había regalado en la palma de la mano.

—No puedo ayudarte, Patrick. Lo siento. Tendrás que hacer esto sin mí.

Entonces, entré en el coche y me marché.

—Podría acostumbrarme con toda facilidad a esta vida doméstica —dije, mientras tomaba un palito de zanahoria para hundirla en el cuenco de *hummus*—. ¿Qué tal ha sido tu día? —le pregunté a Alex, que estaba sentado frente a mí, cortando rebanadas de pan.

—Muy bien. Toma, prueba esto —me dijo, y empujó hacia mí un plato con aceite de oliva dorado—. Es aceite con aroma a ajo.

—Ummm. ¿Dónde lo has comprado?

—Lo he hecho yo —respondió, y me sonrió antes de levantarse y volver a la cocina, donde estaba hirviendo la pasta.

Yo probé el pan mojado en el aceite. Gemí.

—Vaya.

—¿Está bueno?

Alex echó la pasta en un colador de metal que yo no había visto nunca.

—Delicioso —dije yo. Paseé la mirada por el apartamento y me fijé en algunas cosas nuevas—. ¿Has ido de compras hoy?

—Sí. He ido a King of Prussia —dijo, mientras servía la pasta en una fuente. Después le añadió queso rallado, piñones y aceite.

—¿Tienes hambre?

–Sí. Mucha. Hoy hemos tenido tanto trabajo que ni siquiera he podido comer un sándwich. ¿Y por qué te has ido hasta King of Prussia?

–Eh... Porque es el único centro comercial al que merece la pena ir –dijo Alex, mientras ponía la pasta sobre la mesa–. Toma la ensalada, por favor.

El cuenco de la ensalada también parecía nuevo.

–¿De dónde es?

–De Ikea.

–¡Vaya, has ido a todas partes! –exclamé yo, muerta de envidia–. Hace siglos que yo no voy a Ikea.

–Podemos ir este fin de semana, si quieres.

–Tengo que trabajar el sábado, y todavía me quedan algunos encargos de clientes que terminar.

Él frunció el ceño.

–Vaya. ¿No puedes cambiar el turno, o algo así?

–No. Tengo que trabajar los sábados, ya te lo he dicho.

Me levanté para tomar la cesta del pan y volví a la mesa.

Alex ya me había servido pasta y ensalada en el plato, y yo me sentí afortunada. Era un gran cocinero, mucho mejor que yo. Me incliné y le di un beso antes de sentarme en mi sitio.

–Gracias –dije.

–¿Por qué?

–Por ser tan maravilloso.

Él sonrió.

–Me parece que ya sé cuál es el camino más corto hacia tu corazón –dijo–. A través de tu estómago.

Yo le acaricié la pantorrilla con el pie descalzo.

–Y a través de otros lugares.

Él se rio.

–Bueno, gracias. A ti tampoco se te da mal.

Comimos y charlamos sobre lo que habíamos hecho aquel día. Su jornada, aparte de las compras, era corriente.

Una videoconferencia durante el trayecto al centro comercial, unos cuantos correos electrónicos. Tenía más viajes previstos. El trabajo terminaría dentro de un mes.

—Y entonces, ¿qué? —le pregunté.

—Entonces... encontraré otro proyecto, supongo.

Yo tragué un poco de pan con queso y un trago de vino tinto que Alex no había probado.

—¿Tienes algo en perspectiva?

Él se encogió de hombros y se limpió los labios con la servilleta; después bebió agua. Mirar a Alex era como ver una película. Todo lo que hacía era tan fluido y tan perfecto... Yo me había echado aceite en la pechera. A él ni siquiera le brillaban los labios.

—Tal vez se queden conmigo, quién sabe —dijo.

—Es agradable ver que te lo tomas con tanta despreocupación.

Él hizo una pausa y me dedicó toda su atención.

—Sé cómo tengo que trabajar, Olivia.

—Ya lo sé. No he dicho que no sepas. Solo quería decir que no parece que te preocupe mucho no encontrar otro trabajo. Yo estaría angustiada.

—Yo tengo dinero.

—Sé que tienes dinero —respondí pacientemente—. Pero de todos modos... deberías tener un trabajo.

—Si no trabajo, podré quedarme en casa todo el día y ser tu chico para todo —dijo. Pasó un dedo por el aceite de su plato y después lo lamió de una forma sugerente.

Me estaba tomando el pelo, pero aquel pequeño gesto hizo que yo sintiera calor por todo el cuerpo.

—Ah, ¿de veras?

—Sí, claro. Tú vendrás a casa a cenar todas las noches, y yo seré una mamá perfecta.

Nunca habíamos hablado de tener niños, ni siquiera cuando yo le había contado lo de Pippa. La idea de tener un hijo con mis rizos y los ojos grises de Alex me parecía increíble y lejana, pero una vez que había pensado en ello, era imposible no desearlo.

–Tú quieres tener hijos, ¿no? –me preguntó.

–Supongo que sí. ¿Y tú?

Alex dejó su tenedor en el plato y asintió.

–Me gustan los niños. Sí. Supongo que ya es hora, antes de que me haga más viejo.

Yo le arrojé un pequeño trozo de pan; él lo atrapó con facilidad y se lo metió a la boca.

–Tú no eres viejo.

Sonrió, masticó el pan y se lo tragó.

–No. Ya lo sé.

Me quedé callada durante un rato, mientras comíamos. Pensé en las acusaciones que me había hecho mi madre; sus palabras habían sido perversas, pero también tenían algo de razonable.

–¿Alex?

–¿Sí?

–¿A ti no te importa que nuestro hijo no sea el primero que tengo yo?

Él dejó de nuevo el tenedor, y me tomó de la mano.

–No, Olivia. ¿Y a ti?

–No.

Me apretó los dedos.

–Admiro lo que hiciste.

–Mi madre me dijo que ningún hombre iba a querer casarse conmigo por haber tenido una hija y haberla dado en adopción. Que los hombres querían hijos propios. A mí me pareció que era una tonta. Creo que ella lo pensaba porque yo era muy joven –dije–. Pero de todos modos, fue un argumento muy pobre.

–Fue una maldad decirte eso, y no me sorprende que estés enfadada.

–Bueno, ya no estoy enfadada.

Él me apretó los dedos.

-¿Ah, no?

Me eché a reír.

-Bueno, de acuerdo. Me duele. Pero... ¿a ti no te importa de verdad?

Alex apartó la silla de la mesa y tiró de mi mano hasta que me sentó en su regazo. Yo apoyé la cabeza en su hombro y jugueteé con uno de los botones de su camisa. Él me puso una mano sobre la rodilla, y yo noté su calidez.

-Te quiero -me dijo-. Hayas hecho lo que hayas hecho en el pasado, y hagas lo que hagas en el futuro.

Yo le desabroché un par de botones de la camisa para poder deslizar la mano dentro.

-Eso suena como una frase de novela romántica.

-He pasado mucho tiempo en aeropuertos y aviones, y he leído novelas románticas.

-¿Por qué yo? -le pregunté. Estaba pidiéndole cumplidos desvergonzadamente, sí. Pero los necesitaba después de acordarme de las palabras de mi madre, y después de lo que había pasado en el aparcamiento después del trabajo.

Alex se cambió mi peso sobre las rodillas.

-Porque comiste empanadillas de pollo para desayunar.

Yo me eché un poco hacia atrás para mirarlo a la cara.

-Esa no es la respuesta que esperaba.

-Y porque eres una de las mujeres más guapas que he conocido -añadió-. Y porque tu talento me dejó atónito la primera vez que vi tus fotos. Y porque casi me ganas en el *Dance Dance Revolution*. Casi. Pero, en realidad, fue por las empanadillas de pollo.

Me eché a reír.

-¿Por qué?

-Me he pasado mucho tiempo con gente que piensa que su valor está relacionado con su masa corporal. Hombres obsesionados con el gimnasio, y mujeres que piensan que morirse de hambre es sexy.

Arqueé una ceja.

—Así que, en otras palabras, me estás diciendo que yo soy...

—Voluptuosa —me interrumpió él—. Neumática. Curvilínea. Espléndida.

Yo bajé la mirada hacia mi pecho y mis muslos.

—Ummm...

—Lo que quiero decir es que ninguna de las mujeres ni de los hombres con los que he estado durante los últimos años se habría comido una empañadilla de pollo para desayunar.

—Pues parece que has pasado mucho tiempo con la gente equivocada.

Él se encogió de hombros.

—No tengo muchos amigos de verdad, Olivia. Pero tengo mucho dinero, y antes no tenía nadie en quién gastármelo, solo en mí mismo. Es fácil dejarse atrapar en un estilo de vida.

—¿Gente que se preocupa por las marcas de la ropa, por ejemplo?

—Exacto. Para la gente con la que me relacionaba, Crate and Barrel sería de un barrio bajo.

—No encontrarás mucha gente de ese tipo en Annville.

Él sonrió y agitó la cabeza.

—Dímelo a mí. Tengo síndrome de abstinencia por un buen plato de comida india y una librería. Vaya, creo que sería capaz de pegar a una vieja con una merluza por tener una buena librería cerca.

—Pegar a... —me quedé boquiabierta, y después me eché a reír.

Así eran las cosas con él. Estábamos hablando de los misterios de la vida, y, al minuto siguiente, me había provocado una carcajada.

—Bueno, en realidad no iría tan lejos. Pero me gustaría que hubiera una librería cerca. Y un Starbucks.

Yo arrugué la nariz.

—No sabía que te gustaban los Starbucks.
—No me gustan, pero todo el mundo tiene uno cerca.
—En Annville no.
—No. Pero Annville te tiene a ti.

Yo gruñí, aunque me encantaba lo que había dicho.

—¿De qué novela romántica has sacado eso?
—Oh, creo que se llamaba *Pasión en el maizal*, o algo por el estilo —dijo. Me guiñó un ojo y tomó un bocado de pasta. Después, me preguntó—: ¿Y por qué yo?

Yo ya había estado haciendo una lista. No podía hacerle aquella pregunta sin pensar que también tendría que darle mi respuesta.

—¿Te he contado alguna vez que eres un TBPR?

Él se rio.

—¿Qué demonios es un TBPR?
—Un tío bueno de portada de revista.

Él agitó el tenedor.

—Vale, me gusta. Sigue.
—No puedo decirte solo una cosa. No hay un momento específico. Es como si... hubieras estado ahí cuando necesitaba a alguien, y yo hubiera averiguado que no necesitaba a cualquiera, sino específicamente a ti.

Alex se relamió el aceite de los labios.

—¿Aunque yo fuera todo lo que tú habías jurado evitar?
—Tal vez por eso mismo —dije, e hice girar el anillo de compromiso para que reflejara la luz—. Pero tenías razón al decir que no eras como Patrick. Yo no podía seguir pensando que todos los hombres eran como él. Es decir, creo que ni siquiera le habría dado una oportunidad a un hombre heterosexual.

Él pestañeó.

—Tienes que tener cuidado con esos hombres heterosexuales, Olivia.
—Sí. Si es que existe tal cosa.

—Oh, están por ahí fuera —dijo Alex—. Pero son muy escasos.

Yo me estaba preguntando cómo podía sacar a relucir mi encuentro con Patrick. Aquel me pareció un buen momento.

—Esta noche he visto a Patrick. Me estaba esperando después del trabajo. Estaba enfadado porque yo no le hubiera contado personalmente que íbamos a casarnos.

La expresión de Alex se volvió reservada.

—¿De veras?

—Sí. Me lo echó en cara, como si yo le debiera algo.

—¿Y crees que se lo debes?

—¡No! Patrick y yo tenemos una historia en común, pero yo no le debo nada en absoluto.

Alex asintió. Yo mojé un poco de pan en el aceite de mi plato, pero no me lo comí. Bebí un sorbo de vino.

—Teddy y él han roto.

Alex se encogió de hombros.

—¿Te ha contado por qué?

—Dice que ha sido porque se ha acostado con tíos, pero Teddy y él tenían un acuerdo al respecto.

Alex entrecerró los ojos.

—No es infidelidad si una pareja está de acuerdo. Si no lo está, entonces es un engaño.

—Sí, supongo que sí. Yo nunca entendí ese acuerdo, pero no era asunto mío. De todos modos, me sorprendió.

Alex se encogió de hombros una vez más.

—Él… estaba muy disgustado. Dijo que Teddy le había dicho que Patrick estaba tan desquiciado por lo que había pasado conmigo…

Alex soltó una carcajada.

—¿Intentó echarte a ti la culpa?

—No te preocupes, le dije a Patrick que no tenía razón, que el pasado era el pasado y que no estaba interesada en analizar qué era lo que había salido mal.

Alex dejó su tenedor en el plato cuidadosamente.

—¿Quería que le dieras explicaciones? ¿De qué demonios va todo esto?

—Estaba diciendo tonterías, Alex. Está muy disgustado, y siempre ha habido un vínculo entre nosotros. Creo que pensó que yo estaría ahí para apoyarlo una vez más, como siempre he hecho.

—Eso es de mala persona.

—Es cierto. Pero yo no estoy interesada. Aunque él me ofreció una fantasía del *Playgirl*: hacer un trío...

—¿Qué?

—Patrick pensó que, como tú y él... y él y yo...

—No. Ni hablar.

—No creo que lo dijera en serio, Alex.

—No me importa lo que dijera en serio o no. Es imposible. Yo no comparto. Con nadie.

—Está bien —dije—. Siento habértelo contado. Yo tampoco estaba interesada en nada por el estilo.

Él me miró, y su expresión se suavizó un poco. Me tomó la mano y tiró de mí para besarme con fuerza. Después me miró a los ojos.

—Te quiero —dijo—. Nada de jueguecitos. Solo tú.

Su respuesta me dio un poco de miedo, pero también me halagó. Lo besé con más suavidad de la que él me había besado a mí.

—Yo no deseo a nadie más, Alex. Solo a ti.

Él no sonrió.

—Si vuelve a acercarse a ti, le voy a dar una paliza.

No estaba segura de si Alex hablaba en serio, pero le acaricié la cara.

—¿Tienes celos? Antes no los tenías.

Él me besó la mano.

—Antes, él no te deseaba.

Entonces, se levantó y empezó a recoger la mesa, y yo lo seguí. El momento pasó. A los pocos minutos me había hecho reír otra vez, y a mí se me olvidó todo.

Capítulo 18

Tenía un anillo en el dedo, pero no tenía fecha para la boda, ni idea de cómo iba a ser el vestido, ni la ceremonia, ni la fiesta. El matrimonio en sí me parecía más importante que la boda, y eso prácticamente ya lo teníamos.

No vivíamos juntos, pero las puertas del edificio estaban cerradas, y las de nuestros apartamentos estaban siempre abiertas, de modo que nos movíamos de arriba abajo como si todo fuera la misma vivienda, tal y como yo había soñado que podía ser un día.

Casi todos los días, cuando volvía de trabajar, me encontraba la comida hecha, o algún plan para salir. Alex siempre me invitaba, y era agradable que me cortejara así. Flores, cenas, regalitos para hacerme sonreír... Nunca había tenido un novio tan atento.

—No tienes por qué —le dije un día, cuando me entregó un precioso camisón de seda que yo había visto en un catálogo.

—Solo dame las gracias —dijo Alex.

Yo lo acaricié con los dedos, pensando en que tenía que irme a trabajar en mi página web, a colgar algunas fotografías en el blog y a editar algunas imágenes que había tomado en el taller de trabajo. Había hecho dos turnos en Foto Folks para sustituir a una compañera a quien habían sacado la muela del juicio. Estaba cansada y excitada a la vez, y tenía hambre. Quería hacer el amor, comer algo y acurrucarme con Alex delante de la televisión.

—Póntelo —me sugirió él.

No tuve la fuerza de voluntad necesaria para resistirme a él. Me quité la ropa y dejé que el camisón se me deslizara por el cuerpo. Di una vuelta, y la seda me acarició la piel.

Yo no creía que él hubiera ido a trabajar aquella mañana, pero de todos modos, llevaba una camisa y unos pantalones de vestir. No llevaba corbata, y tenía los dos primeros botones desabrochados. Se había peinado hacia atrás. Me estaba mirando con una sonrisa mientras yo movía las caderas.

Me quité las braguitas, y le brillaron los ojos. Alex se sentó en una butaca de cuerpo y me miró mientras yo bailaba lentamente, al son de la música que él había puesto en el iPod.

Yo no aparté la mirada de sus ojos.

Empezó una canción más rápida, y yo empecé a agitarme, a mover el trasero y el pecho. Me senté en su regazo y me froté contra su erección; el hecho de que a él le pareciera provocativo aquel bailecito medio tonto y medio sexy me excitaba aún más que el propio baile. Me subí un poco el camisón por los muslos, para mostrarle mi sexo, y después me giré para mirarlo por encima de mi hombro. Me ahuequé el pelo y saqué el trasero. Hice un par de poses de actriz porno y los dos nos echamos a reír. Sin embargo, a él se le cortó la respiración.

Entonces me senté en su regazo y apoyé la espalda en su pecho, la cabeza en su hombro. Él no me había tocado ni una sola vez; supongo que me estaba siguiendo la corriente en aquella fantasía de *stripper*. Moví el trasero por su erección, lentamente, y me senté a horcajadas sobre sus muslos. La seda se me había subido por las piernas, y a cada movimiento de mis caderas, mi clítoris se frotaba contra él.

No guardamos silencio durante todo aquello. Él me decía lo sexy que estaba, y lo mucho que deseaba tocarme, hacerme el amor. Yo le dije que deseaba saborear su miembro. Eran palabras sexuales, no siempre coherentes. No importaba que sonaran ridículas; para nosotros tenían valor.

Yo alcé el trasero.

–Desabróchate el cinturón. Sácatela.

Él obedeció. Yo me deslicé sobre él. La seda se me bajó de las caderas y le cubrió el regazo. Me incliné un poco hacia delante, con las manos apoyadas en sus rodillas y las piernas apretadas.

Su pene me rozaba el punto G en aquel ángulo, y, sin poder evitarlo, gemí.

–Acaríciame el clítoris.

Él pasó la mano hacia delante, tal y como yo le había pedido. Entonces, yo empecé a empujarme hacia arriba y hacia abajo, lentamente, al ritmo de los círculos que él dibujaba con el dedo. Cerré los ojos; mi cuerpo ya se estaba estremeciendo. El camisón se movió y dejó mi pecho al aire. El pelo me cayó sobre la cara.

No podía pensar en un título para aquella sucesión de imágenes. No podía pensar en otra cosa que en el deseo que se estaba acumulando entre mis piernas. Me moví un poco más deprisa.

–Voy a correrme –me advirtió él–. Olivia…

–Un minuto más –le rogué, con la voz entrecortada.

Más deprisa. Más rápido. Su mano se movía a la perfección. Alex emitió un sonido gutural, y supe que iba a llegar al orgasmo. Al oírlo, yo lo acompañé.

Después, mientras el placer iba desvaneciéndose poco a poco, fui dándome cuenta de que tenía calambres en los dedos de los pies, y de que me temblaban los muslos, por haber empujado con tanta fuerza contra el suelo de madera. Por dentro me sentía un poco dolorida debido al ángulo de aquella posición, pero no de un modo desagradable. Me levanté de su regazo y me puse en pie.

Alex me sonrió. Su ropa apenas se había descolocado.

—Eso ha valido bastante más que un puñado de dólares.

Yo le arrojé un cojín del sofá a la cara. Él lo esquivó en el último segundo, aunque conseguí despeinarlo un poco.

—Listo.

—Ese soy yo.

Hice una mueca y me alejé hacia la cocina. Tomé un vaso de agua fría, y abrí la nevera para sacar comida. Alex se acercó por detrás de mí, e hizo chocar su entrepierna contra mi trasero.

—Ah, disculpa —dijo, sin sentirlo en absoluto—. No te había visto.

Yo me giré con las manos llenas de fiambre y mostaza. Él me abrazó de todos modos, y me besó, y a mí no me importó sentir la frialdad del frasco de cristal contra el vientre. Después me soltó; yo hice la comida, nos la comimos, y él lavó los platos mientras yo me duchaba. Entonces, ya no hubo manera de engañarme a mí misma pensando que iba a conseguir trabajar algo. No fui capaz de subir al estudio.

Así pues, mientras Alex se duchaba, tomé mi ordenador portátil y me senté en el sofá. Busqué el perfil de Alex en Connex, pero no apareció nada. O no tenía, o lo mantenía en privado. Yo puse al día mi estado con un «amor, buena comida y descanso». Después miré el perfil de Patrick, que no había cambiado. Todavía decía que era la pareja de Teddy; por el contrario, Teddy había borrado su perfil.

Yo no iba a molestarme más por aquel drama. Miré algunos mensajes de amigos a quienes rara vez veía en persona, y busqué las últimas fotos de Sarah. Había varias de ella acompañada con un chico muy guapo, moreno, con muchos tatuajes. Comenté uno de ellos con un signo de interrogación. Ella me entendería.

Después revisé mi correo electrónico, y encontré un mensaje de mi madre.

Lo estaba leyendo por segunda vez cuando Alex salió de la ducha con una toalla alrededor de la cintura y otra en la cabeza. Tal vez quisiera resultar divertido, o aquello no tuviera nada de irónico. Esa era una de las cosas que más me gustaba de él: jamás se sentía absurdo, y jamás se disculpaba por nada de lo que hacía.

–¿Qué pasa? –me preguntó, con cara de preocupación.

Yo no me había dado cuenta de que tenía el ceño fruncido, y sonreí.

–Tengo un correo electrónico de mi madre. Quiere venir a visitarme.

–Ah, muy bien –dijo él. Se quitó la toalla de la cabeza y comenzó a secarse vigorosamente el pelo. Después me miró con atención–. ¿Y eso es malo?

–No, no es malo. Solo… raro.

–Ah –dijo Alex. Se puso la toalla sobre un hombro, y las manos en las caderas–. Bueno, por lo menos no es malo.

–Ella nunca viene aquí porque es un viaje demasiado largo para hacerlo en un día, o al menos siempre me ha dicho eso; y también porque no puede alojarse en mi casa, y porque no puede comer.

Él asintió, como si me entendiera, pero me preguntó:

–¿Y por qué no?

–No es *kosher*.

–¿Y no puedes prepararle algo *kosher*?

–Aunque le comprara comida *kosher*, los platos y los cubiertos no lo son. Supongo que el aire tampoco –expliqué. Aquello era un punto de fricción, no solo conmigo, sino también con mis hermanos, que vivían lejos–. Para mi madre es muy importante.

Alex frunció el ceño y se colocó detrás de mí para ver el mensaje.

–¿Más importante que ver a sus hijos?
–Supongo que sí.
–Pues yo creo que a Dios le importa menos lo que comes que cómo tratas a tus seres queridos –dijo Alex–. Además, ella podría traerse su propia comida. Comer en platos de papel, ¿no?
–Sí, pero nunca lo ha hecho.
–Pero ahora quiere hacerlo, ¿no?
–No sé lo de la comida –dije yo, señalando la pantalla del ordenador–, pero dice que le gustaría venir a visitarme un día, o tal vez quedarse a dormir y estar un par de días aquí.
Él me apretó el hombro.
–Pues pregúntale que cuándo puede venir.
–No sé. Tendré que ver si puedo conseguir días libres en el trabajo, pero, realmente, no puedo permitírmelo, Alex.
–Olivia, nena –me dijo al oído, antes de besarme la oreja–, no tienes por qué preocuparte de nada de eso. ¿Es por el dinero? Ya te he dicho que no te preocupes.
Me giré para mirarlo.
–Tengo que pagar las facturas.
Él sonrió y se encogió de hombros.
–¿Sabes? Cuando estemos casados...
–Pero todavía no lo estamos.
Él volvió a encogerse de hombros.
–Tu madre puede venir de todos modos. Yo estaré aquí mientras tú estés trabajando.
–¿De verdad? ¿Tú estarías dispuesto a entretener a mi madre?
–A mi futura suegra –dijo él–. Claro, ¿por qué no?
Yo me mordí el interior de la mejilla.
–Está bien.
Mientras tecleaba la respuesta a su mensaje, apareció un nuevo correo electrónico en mi bandeja de entrada. Me quedé boquiabierta al leerlo; era una invitación de Scott

Church para que participara en su próxima exposición en una galería. Al principio pensé que era una invitación para todos los que habían ido a su último taller, pero luego me di cuenta de que él mencionaba una fotografía en concreto.

–Alex, mira esto.

Él ya se había puesto sus pantalones de Batman, y se inclinó sobre mi hombro.

–¡Vaya, es increíble! –exclamó.

–No lo entiendo…

–Quiere que expongas una de tus fotos en su exposición. Es estupendo –dijo Alex. Alzó un puño en el aire y me besó la coronilla–. Sabía que te iba a elegir.

–Un momento, ¿has sido tú el que le ha enviado una de mis fotos?

Él saltó por encima del respaldo del sofá y aterrizó a mi lado, sacudiendo el portátil.

–Sí. Vi el aviso en su blog.

–Un momento, un momento. ¿Tú lees el blog de Scott?

–Sí, claro.

Ah. A mí se me había escapado aquel detalle.

–¿Y qué decía el aviso del *post* que leíste, exactamente?

–Que las personas que habían ido a alguna de sus clases podían enviarle una fotografía, y que él elegiría una de todas ellas para exponerla en la Galería de Mulberry Street. Es en septiembre u octubre.

–¿Y mandaste una de mis fotografías sin preguntarme?

Él se apoyó un poco en el respaldo del sofá.

–¿Te sienta mal?

–No –dije, y miré de nuevo la invitación, que incluía todos los detalles de la exposición–. Supongo que no, porque ha seleccionado mi fotografía. Pero hubiera preferido que me lo dijeras.

–Quería que fuera una sorpresa.

Arqueé una ceja.

—Bueno, pues lo ha sido. ¿Y cómo supiste qué foto debías enviar?

—Tú me diste un disco entero. Yo elegí mi favorita —dijo él, y se acarició el pecho—. Es una mía, por supuesto.

Me eché a reír, porque supe que lo decía en serio.

—Muy bien, señor Engreído.

—Tu trabajo se merece estar en una galería de arte, Olivia.

Yo cerré el portátil y lo dejé sobre el taburete que tenía enfrente, para poder besar a Alex.

—Tú me quieres. Se supone que debes pensar esas cosas buenas de mí.

Alex me tomó la cara entre las manos.

—Yo no te lo diría si no fuera cierto —respondió, y yo lo creí. Entonces, me besó y me miró a los ojos—. Deberías dejar el trabajo de Foto Folks, y también ese otro trabajo. El de los equipos deportivos y los retratos escolares. Deberías trabajar más en tu obra. Deberías montar un negocio con tu propio arte.

Yo negué con la cabeza.

—Todavía no puedo dejar mi trabajo. Ahora no. No puedo permitir que tengas que mantenerme.

Él suspiró.

—Está bien. Pero, cuando nos hayamos casado, ¿lo pensarás?

—Cuando nos hayamos casado pensaré en un montón de cosas.

Él me tomó la mano y entrelazó sus dedos con los míos. Mi diamante relució. Alex lo acarició con un dedo. Sonreímos. Nos besamos. Pero ninguno de los dos sacó un calendario y habló de fijar una fecha.

Sarah tenía cara de cansada. Jugueteó con su ensalada, pero no comió. Bostezó y dejó el tenedor en el plato.

–Ah, no me apetece.

Yo había devorado mi medio sándwich y un tazón de sopa, y pensaba ir al mostrador a pedir un pedazo de *brownie*. Entonces me puse una mano en el estómago, calculé las horas que tendría que pasar haciendo ejercicio para quemar el postre y decidí tomarme un té helado.

–Me gusta este –dijo Sarah, señalando el folleto que yo había sacado de mi bolso. Ella estaba en el descanso de su trabajo, y yo estaba de camino al centro comercial para cubrir mi turno de Foto Folks–. Me gustan los gráficos.

–A mí también me gusta este –dije. Observé la primera página, y después le di la vuelta–. Tengo algunas fotos buenas que se pueden usar para la parte trasera, pero si tienes algún rato libre esta semana, me gustaría hacer unas cuantas más. ¿Sarah?

Ella no me estaba escuchando. Estaba mirando hacia la fila de gente que había en el mostrador, con los ojos muy abiertos.

–Mierda –dijo en voz baja.

Yo me giré para ver qué ocurría, pero ella me dijo que no lo hiciera.

–¿Qué te pasa? –le pregunté.

Apretó los labios y se tapó la cara con las manos.

–Mierda –repitió.

–Sarah, ¿qué te pasa? –insistí, y me giré en el asiento aunque ella me había dicho que no. Sin embargo, no pude averiguar qué era lo que la había disgustado.

Sarah me miró.

–Es él.

–¿Quién?

Frunció el ceño y movió su silla hacia detrás de la columna, para bloquear su campo de visión.

–Un tío con el que he estado saliendo. No es importante. Tal vez se vaya.

–¿El que aparecía en tu página de Connex?

–Ya no.
–Demonios, Sarah, me has estado ocultando cosas.
Ella sonrió.
–Tú has estado un poco ocupada, cariño. No quería desconcentrarte. Además, no hay nada que contar. Ya me conoces. Un tío, otro tío, y otro más.
–No es cierto.
Sarah tenía muchas citas, y no siempre iba en serio. Era solo... amigable. No era una mojigata, pero tampoco se acostaba con nadie a la ligera.
–Se llama Jack –me dijo.
Se le quebró la voz, y eso me dio a entender muchas cosas.
–Ah, nena. ¿Y qué ha pasado?
Se encogió de hombros, y se pasó las manos por los ojos.
–Nada. Ese es el problema. Que no pasa nada.
En aquel momento, una mujer de caderas anchas con un vestido de flores, con joyas vistosas y un maquillaje exagerado, pasó junto a nuestra mesa acompañada de un hombre mucho más joven, que iba tras ella. Él llevaba una gorra de béisbol y una camisa de manga larga que ocultaba sus tatuajes, pero Sarah lo miró de un modo que me lo dijo todo. Él se detuvo en seco al verla.
–Sarah –murmuró. Su tono era de anhelo, pero ella fingió que no lo había oído.
Él me miró durante un segundo, y ambos nos quedamos azorados. Siguió caminando como si no hubiera hablado. Lo vi charlando con la mujer, que le puso la mano en la espalda y lo devoró con los ojos. Ella no miró hacia nuestra mesa, pero asintió y siguió caminando hacia el otro extremo del local. Se metieron detrás de un tabique, y no pudimos verlos más.
–¿Quieres que nos marchemos? –le pregunté.
Ella volvió a juguetear con su ensalada.

–No. No voy a permitir que ese idiota me estropee la comida.

Ya se la había estropeado, pero yo no dije nada.

–¿Quieres que hablemos de ello?

–Jack –me dijo Sarah– es prostituto.

–Oh, Dios mío. Entonces, no me lo dijiste en broma.

–No. Se acuesta con mujeres por dinero.

–Oh. Vaya.

Sarah bebió con enfado, y empezó a desmenuzar un pedazo de pan.

–Al principio no le di importancia. Era solo un trabajo. Yo tampoco soy virgen, ni nada por el estilo. Me he acostado con tipos a los que no quería.

–Bueno, creo que eso lo hace todo el mundo, algunas veces.

Ella cabeceó, sin dejar de mirar el desastre de su plato.

–Y no me importa que lo hiciera, Liv. De verdad que no me importa. Lo que me importa es que siga haciéndolo.

Se le quebró la voz de nuevo, y yo tuve ganas de consolarla. Sarah necesitaba un abrazo, pero tuve que conformarme con agarrarle la mano y apretársela.

–Lo siento.

Ella me devolvió el apretón, y después se soltó para quitarse las migas de la palma. Me miró. Tenía la máscara de pestañas corrida, y eso hacía que pareciera más cansada aún.

–Conozo a muchas mujeres que ni siquiera le perdonarían que lo hiciera en el pasado, ¿sabes?

Yo pensé en la primera vez que había visto a Alex.

–Sí. Lo sé perfectamente.

–Sí –dijo ella, asintiendo–. Así que no es que tenga que perdonarle nada, porque no pienso que hiciera nada malo. Pero no puedo estar con él si sigue haciéndolo, ¿entiendes?

–Perfectamente.

Sarah sonrió.

—Sé que me entiendes.

—¿Y por qué no me habías contado antes todo esto, so boba? ¿Cuánto tiempo llevas así? —le pregunté, y la observé con atención—. Tienes muy mal aspecto, a propósito. No quería decírtelo, pero ahora que nos hemos puesto sinceras...

—Que te den, Olivia —me dijo ella, riéndose. Sus mejillas habían recuperado un poco de color, y mordió un pedacito de pan—. No lo sé. No quería agobiarte. No quería hablar de esto porque... No lo sé. Con él es diferente, eso es todo.

Estaba muy triste, muy empequeñecida.

—O, por lo menos, yo creía que podía ser diferente.

Sarah me había hablado de otras relaciones fallidas, pero nunca la había visto así.

Ella suspiró.

—No pasa nada. Voy a olvidarme de él, aunque solo sea por molestarlo.

Nos echamos a reír. Cuando nos marchamos, intenté atisbar al hombre que le había roto el corazón a mi amiga, pero él debía de haber salido por otra puerta.

Mi madre llegó la semana siguiente, con varias bolsas de comida en tarteras que metió en mi congelador. Yo me eché a llorar cuando me dio un frasco de caldo de pollo casero, porque era el mismo que me hacía siempre cuando estaba en la universidad, para que me lo llevara a la residencia.

Mi madre me abrazó y me acarició la espalda como siempre había hecho. Había llevado sus propios platos y sus propios cubiertos, pero no dijo nada acerca de que mi microondas no fuera *kosher*. Se quedó durante tres días.

No sé por qué me sorprendía tanto que se llevara tan bien con Alex. Yo sabía que él era encantador. Llegaba a casa todos los días esperando encontrármelo en su apartamento del piso de abajo, donde estaba durmiendo durante la visita de mi madre, y a mi madre con cara de pocos amigos a punto de echarme un sermón. Sin embargo, mi madre lo adoraba.

Una de aquellas noches entré por la puerta, pensando en sugerirles que fuéramos al cine o a dar un paseo, puesto que ella se iba al día siguiente. Me los encontré en la cocina, junto al fuego. Mi madre le estaba enseñando a hacer caldo a Alex.

–Es el *seltzer* –explicaba mi madre–. Eso es lo que hace que crezca. Ah, Livvy, cariño. Ven aquí a probar el guiso.

Tomó caldo con el cucharón, y una enorme bola de *matzo*. Lo sopló para enfriarlo, y me lo ofreció. Yo miré a Alex, que tenía una sonrisa de orgullo y estaba apoyado en la encimera.

–¿Lo has hecho tú? –le pregunté.

–Pues sí –dijo mi madre–. Yo solo le he ayudado un poco. Pero es un buen cocinero.

–Sí, ya lo sé –respondí. Tomé el cucharón y mordí la bolita de masa, que estaba muy blandita y tenía un delicioso sabor a especias–. Ummm... Es de los que flotan, definitivamente.

Mi madre sonrió.

–Vamos, saca unos platos. Tenemos que tomarnos la sopa antes de que se enfríe.

Cenamos, y después jugamos a las cartas. Después, mi madre se disculpó para darse su ducha nocturna, y nos avisó con un guiño de que iba a tardar un rato.

–¿Lo ha dicho para que no aporreemos la puerta? –me preguntó Alex.

Yo me eché a reír mientras recogíamos la cocina.

–No. Es para que podamos achucharnos.

–Ah –dijo él, y me atrapó entre sus brazos–. No sabía que podíamos hacer eso.

Yo le besé la barbilla, y se la mordisqueé.

−No tenemos tiempo ni para uno rápido.

−Hace tres días −dijo él, murmurándome las palabras al oído−. Sería muy rápido, es cierto.

Un suspiro, un beso, una caricia. Para nosotros era suficiente. Una llama. Me apoyé en él; oí el grifo del baño y supe que mi madre estaba en la ducha. Pensé en arrodillarme ante Alex y hacerle una felación rápida, pero solo el hecho de estar abrazada a él era tan dulce, tan perfecto, que no quise moverme.

−Quiero ir a casa −dijo él, contra mi pelo.

−¿Ahora? De acuerdo −respondí, acurrucándome todo lo posible contra su pecho−. Solo espera hasta que ella salga de la ducha para despedirte.

−No, Olivia. No me refiero abajo. Me refiero a casa, a Ohio.

Yo me aparté de él.

−¿A casa de tu familia?

−Sí. Creo que debería presentártelos, ¿no?

A mí se me encogió el corazón.

−Sí. Supongo que tengo que conocerlos antes de que nos casemos.

Él se echó a reír, pero no parecía muy feliz.

−¿Te parece bien el fin de semana del Memorial Day? Podríamos salir el viernes y volver el martes.

Rápidamente, calculé el tiempo mientras lo besaba. Alex sabía lo que estaba haciendo, y me permitió que lo besara. Después se apartó lo suficiente para preguntarme:

−¿Cuándo fue la última vez que te tomaste unas vacaciones?

−Ah, entonces, ¿una visita a tu familia son unas vacaciones?

Alex contuvo una sonrisa.

−Bueno, será todo un viaje, eso sí puedo asegurártelo.

Capítulo 19

Así pues, lo decidimos. Yo lo preparé todo para poder tomarme aquellos días libres; tuve que adelantar mucho trabajo durante aquellas dos semanas previas, pero Alex no se quejó a pesar de no poder verme demasiado.

Estuvo callado en muchas cosas. Preocupado. Yo lo atribuía a la visita a Ohio, puesto que sabía que no tenía buena relación con su familia. Intenté hablar con él sobre aquel asunto.

—Lo entenderás todo cuando los conozcas —me explicó él.

—Pero... me gustaría entenderlo un poco antes, para poder prepararme.

Estábamos en el sofá, abrazados, viendo una serie de televisión. Yo no podía ver la expresión de su cara, pero él me estrechó entre sus brazos. Suspiró, y yo noté su respiración caliente en el cuello.

—Digamos que esta pátina de sofisticación que tengo no me llegó naturalmente.

—Eso no le ocurre a nadie.

Él se rio un poco contra mi nuca.

—Mi padre es un alcohólico que ya no bebe. Mi madre siempre se dejó pisotear por él. Mis hermanas, que Dios las bendiga, eran el tipo de chicas cuyo nombre aparecía escrito en las paredes de los baños. Bueno, supongo que mi nombre también.

—¿Durante el instituto?

Él se rio.

—Sin duda.

Nos quedamos un minuto en silencio.

—Sabes que yo te voy a querer sea como sea tu familia —le dije.

Él me estrechó contra sí.

—Eso espero.

Me giré para mirarlo.

—Lo digo en serio, Alex. No me importa cómo sea tu familia. Me alegro de que me lleves a conocerlos.

Él frunció el ceño, y cabeceó.

—¿Qué?

—Nada.

Por primera vez, tuve la sensación de que me estaba ocultando algo. Lo observé atentamente, y le aparté el pelo de la frente.

—Puedes decírmelo.

—Nada —repitió él—. No es nada.

Y, como nunca me había dado motivos para no creer lo que me decía, me lo creí.

Sandusky estaba a mucha distancia de Annville. Tardamos nueve horas en llegar. Entramos en el pueblo a las tres de la tarde. Yo tenía las piernas entumecidas y me moría de ganas de ir al baño, y tenía el estómago vacío, porque solo habíamos tomado un par de donuts en todo el viaje.

No fuimos directamente a casa de sus padres, tal y como yo había pensado. Primero fuimos a reservar habitación en un hotel grande y antiguo que estaba a orillas del lago Erie, en el centro del Cedar Point Amusement Park.

Alex ya lo había arreglado todo con antelación, y yo me quedé sorprendida por su elección. Él sonrió, tomó nuestras maletas y se dirigió hacia el ascensor, para subir a nuestra suite con vistas al lago.

–Si quieres disfrutar del parque de atracciones, tienes que estar en él –me dijo.

Yo agudicé el oído para escuchar el sonido de la montaña rusa.

–¿Vamos a montar en las atracciones?

–No creerás que te he traído hasta aquí para no montar en una de las montañas rusas más altas y más rápidas de todo el país, ¿no?

Me eché a reír.

–No, supongo que no.

Entonces, él se tendió en la cama y arqueó una ceja.

–Vamos a probar este colchón.

–¿No tenemos que ir a casa de tus padres?

–Hasta el domingo no.

Yo me acerqué a la cama, pero no dejé que él tirara de mí. Me crucé de brazos.

–En realidad, no quiero montar en la montaña rusa con tu zumo del amor escurriéndoseme entre las piernas.

Alex hizo una mueca.

–Eres taaan estirada…

–Lo digo en serio.

Entonces, él suspiró y cambió de táctica.

–¿Y puedo lamerte hasta que te corras en mi cara? –me preguntó.

–Siempre y cuando te la laves después…

A mí me gustó el brillo de sus ojos.

–Trato hecho.

–Tal vez yo te haga lo mismo a ti, al mismo tiempo –le dije con aire de superioridad.

Él cayó sobre los cojines de la cama.

–¡Sí!

—No te aceleres, tigre. Primero tengo que ir al baño a refrescarme un poco.

—Date prisa —me dijo él con una expresión de lascivia.

—Sí, sí. Dame un minuto.

—Ya estoy contando.

Riéndome, entré en el baño y miré a mi alrededor. Después tomé una toallita y comencé a asearme. Después de un viaje de nueve horas, no me sentía demasiado sexy. Tenía la puerta del baño entreabierta, y por encima del ruido del agua del grifo, oí que sonaba el iPhone de Alex. Respondió a la llamada. Oí un murmullo grave. Y una risa, también grave. Profunda. Una risa sexy.

Me quedé inmóvil frente al lavabo, con las manos llenas de jabón y la cara mojada. Pestañeé para quitarme las gotas de las pestañas y cerré el grifo. Oía su voz, pero solo partes de la conversación. No eran sus padres; eso estaba claro. No había manera de negar la cadencia de sus palabras, ni lo que implicaban.

Me quedé junto a la puerta, escuchando. Abrí la puerta del todo, y vi a Alex.

—Que te den, tío —estaba diciendo—. No, que te den a ti dos veces. Que te den con algo duro y áspero. Sí, claro. Lo que tú digas. Sí, ya sé que ha pasado mucho tiempo. Sí. Bueno, bien. Será muy divertido.

Para otras mujeres con otros novios, aquel simple «tío» habría sido suficiente para disipar cualquier temor... Sin embargo, a mí me suscitó muchas dudas. Debí de hacer algún ruido, porque Alex alzó la vista y me vio.

—Sí, allí estaremos —dijo, y su voz cambió sutilmente delante de mí. O tal vez fuera mi imaginación—. Sí. Hasta el lunes.

Deslizó el dedo sobre la pantalla del teléfono móvil y colgó.

—Era Jamie, mi mejor amigo del instituto.

—¿Ah?

—Sí –dijo Alex; tal vez se diera cuenta, en aquel momento, de que nunca me había mencionado a aquel amigo–. Hace unos cuantos años que no lo veo.

—¿Y sigue viviendo aquí, en el pueblo?

—Sí. Nos ha invitado a una barbacoa el lunes. Le he dicho que iremos.

—Claro, por supuesto. Me gustaría conocer a tu amigo.

—Estupendo –dijo él. Entonces, arrojó el teléfono sobre la cama y se dirigió hacia mí con una sonrisa muy familiar–. Y ahora, con respecto al asunto del sexo oral...

No bajamos al parque de atracciones hasta dos horas después. Y pasamos el sábado en el parque, también. Subimos en todas las atracciones, incluso dos veces en algunas, y tomamos comida rápida en los puestos. Alex hizo de guía del parque, y estaba claro que se sentía orgulloso y emocionado al mostrarme la maquinaria en la que había trabajado y los baños que había limpiado cuando trabajaba, de adolescente, en al recinto. Allí era diferente, supongo que de esa manera en que lo somos todos cuando volvemos al lugar que hemos dejado atrás.

Y me contó muchas historias. Se mostró muy expansivo con su pasado, cosa que no había hecho nunca, y yo atesoré cada uno de los detalles que me daba. El hecho de darme cuenta de que había tantas cosas que no sabía de él me hizo tomar la determinación de aprender todo lo que pudiera.

Caminamos tomados de la mano por las avenidas del parque, participamos en las tómbolas, nos hicimos fotografías en una de las cabinas, yo sentada en sus rodillas, riéndonos. Besándonos. Él ganó una estupenda rana de peluche con ojos enormes y una corona en el tiro al plato, y me la regaló.

—¿Le doy un beso? –le pregunté.

—Yo soy el único príncipe que vas a necesitar, nena.
Fue un día muy bueno.

El domingo, antes del amanecer, oí sonidos amortiguados en el baño. Me incorporé en la cama y descubrí que Alex no estaba allí. Oí la cisterna y el grifo de la ducha. El agua corrió durante tanto tiempo que yo ya estaba a punto de llamar a la puerta para ver qué ocurría, cuando el grifo se cerró. Pocos minutos después, Alex salió del baño y se tendió en la cama, a mi lado, desnudo.
—¿Estás bien?
—Demasiados viajes en la noria y demasiados dulces —dijo con la voz ronca, exhausto—. Se me pasará.
—¿Quieres que te prepare algo?
—No.
La noche anterior habíamos hecho el amor, y él se encontraba bien. Le puse la mano sobre la frente para ver si tenía fiebre. Se me encogió el estómago al pensar en un virus contagiado por un beso.
—¿Te sientes mejor?
Él se rio forzadamente.
—Me pondré bien, nena. De verdad, te lo prometo. Solo necesito dormir un poco.
—¿Cuánto tiempo llevas despierto?
—No he dormido.
—Oh, cariño —dije, moviéndome entre las sábanas—. Eso es un asco.
—Sí —dijo él, y volvió a soltar una carcajada artificial—. No pasa nada. Ahora voy a poder dormir. Una buena diarrea siempre tiene ese efecto en mí.
Yo arrugué la nariz.
—Puaj.
Él se tumbó de costado, dándome la espalda.
—Lo siento.

–No pasa nada. Yo soy la que siente que no te encuentres bien. ¿Estás seguro de que no quieres nada?
–No, estoy bien, de verdad. Es solo que... se me ha revuelto el estómago.
Entonces, lo entendí.
–¿Es por tus padres?
Su cuerpo se movió un poco, por un estremecimiento o por su asentimiento, no lo distinguí.
–Sí. Mierda.
Yo le puse una mano sobre el hombro.
–No tenemos por qué ir.
–Sí –dijo Alex, gravemente, en la oscuridad–. Sí, tenemos que ir.
A mí se me encogió el corazón por él, al pensar en que estaba tan nervioso que se había puesto malo. Aquello tampoco ayudó mucho a que yo me tranquilizara.
–¿Quieres que hablemos de ello?
–No, en realidad no.
Lo entendí. Le acaricié suavemente la espalda, en círculos, hasta que se quedó dormido. Después, fui yo la que se quedó en vela, mirando al techo en la penumbra, con un nudo de ansiedad en el estómago.

–Bueno, ya hemos llegado –dijo Alex, echando el freno de mano, aunque no estábamos en cuesta.
Habíamos parado delante de una casa pequeña, pero bien cuidada, de la calle principal de Sandusky. Tenía un camino que conducía a un garaje exento, y un pequeño porche delantero. Los muros eran de piedra gris, y la puerta y las ventanas tenían el recerco negro. La puerta estaba pintada de rojo.
Alex no hizo ademán de bajar del coche. Yo tampoco. Miré la casita a través del parabrisas. La cortina de una de las ventanas delanteras se movió.

—Cariño, no podemos quedarnos aquí para siempre.
—No —murmuró él—. Tienes razón. Vamos.
—Espera un momento —le dije. Tomé su cara con ambas manos y lo besé—. Todo va a salir bien.
Alex estaba muy sombrío.
—Te quiero, Olivia.
—Bien —dije yo. No conseguí que sonriera, pero al menos lo intenté.
Él suspiró.
—Vamos.
Nos acercamos a una puerta lateral. Justo antes de abrirla, Alex me agarró con fuerza de la mano. Yo hice un gesto de dolor para que aflojara la presión, pero él no me estaba mirando. Abrió la puerta y entramos a una pequeña cocina, en la que olía a pan recién hecho.

Junto al fregadero había una mujer muy delgada con el pelo sujeto con una cinta, que estaba lavando una cazuela. Se giró hacia nosotros. Llevaba una camisa amarilla, con el bajo deshilachado, y unos pantalones cortos de color blanco que le quedaban grandes. Tenía las manos enrojecidas, y la cara y los brazos llenos de pecas. No llevaba maquillaje alguno.

—¡A.J.!
Al instante, vi de donde había sacado él su sonrisa amplia y sus ojos grises. Alex se parecía mucho a su madre, aunque me costaba pensar que él pudiera descuidar tanto su aspecto en alguna ocasión.

—Mamá —dijo, en un tono de voz frío y distante, muy diferente al de ella, que era de adoración—. Te presento a Olivia.

Di un paso adelante, sonriendo. No me esperaba un abrazo afectuoso; de hecho, no me esperaba más que un apretón de manos cortés. Sin embargo, ni siquiera me ofrecieron eso.

Lo peor fue que ella se había acercado a mí con los brazos abiertos, y que se quedó helada a medio ademán.

—Ah... hola.

Vi que su mirada pasaba por mi cara, por mi pelo recogido en una trenza, y que después miraba mi mano, que su hijo apretaba con fuerza.

Yo había sido objeto de muchas miradas de curiosidad, sobre todo de gente que había conocido a mis padres antes que a mí. Y algunas veces, al revés. Me habían juzgado por el color de mi piel, antes de que abriera la boca, muchas veces, y no siempre gente blanca. Sin embargo, nunca, hasta aquel momento, había sido tan consciente ni me había sentido tan azorada e incómoda por la reacción de otra persona al verme.

—Mamá —dijo Alex con más firmeza—. Te presento a Olivia. Es mi prometida.

—Ah... sí. Por supuesto. Olivia.

La señora Kennedy, que todavía no tenía nombre de pila para mí, sonrió forzadamente. Tomó un trapo de la encimera y empezó a secarse las manos una y otra vez.

—Pasad, pasad. La cena estará lista dentro de poco. Voy a avisar a tu padre; está en el sótano. Ven aquí, A.J., y dale un beso a tu madre.

Él se acercó obedientemente a su madre. Ella lo agarró para poder abrazarlo unos segundos más, pero él se apartó con suavidad. Ella lo miró con avidez, con un placer tan evidente que yo no pude mirar más.

—Bueno, pasad al salón. Tus hermanas están ahí con los niños. Se van a poner muy contentas de verte. Voy a avisar a tu padre.

—De acuerdo —dijo él, y me tomó de la mano otra vez—. Vamos, nena, vamos a saludar.

Yo tragué saliva y alcé la cabeza, preparándome para más miradas de asombro, pero las hermanas de Alex, por lo menos, no se quedaron tan horrorizadas como su madre. Tenía tres, mucho más pequeñas que él. Tanya, Johanna y Denise. Todas ellas tenían varios hijos. Había desde adolescentes hasta bebés. Sin embargo, no había ningún marido a la vista, aunque Johanna y Denise llevaban alianza.

Alex saludó a sus hermanas con más afecto que a su madre, y ellas lo abrazaron con fuerza y le dieron palmaditas como siempre hacen las hermanas pequeñas con sus hermanos mayores. Yo lo sabía por experiencia. Me quedé un poco rezagada, porque no quería participar en la ronda de preguntas y respuestas, pero Alex se giró y tiró de mí. No me soltó ni un segundo.

Los niños mayores saludaron con desinterés y siguieron con sus teléfonos móviles o jugando a sus videojuegos, pero los tres más pequeños se colocaron a mi alrededor y me miraron con los ojos muy abiertos. La más pequeña de todas era una niña que llevaba un vestido de tirantes amarillo. Se subió al sofá a mi lado, y se puso a tocarme el pelo.

—Trina, déjala en paz —dijo Denise, pero no hizo ademán de apartar a la niña de mí.

Alex la tomó en brazos y le sopló en el cuello hasta que la niña se echó a reír y gritó, y después se la entregó a su madre.

—Cámbiale el pañal, por el amor de Dios.

Denise puso los ojos en blanco.

—Sí, ya. Como si tú hubieras cambiado un pañal en toda tu vida. ¿Y tú, Olivia? ¿Tienes hijos?

Miré a todos los niños, y después la miré a ella.

—Yo... no.

Tanya le revolvió el pelo a Alex.

—Tal vez los tengas pronto, ¿eh? ¿El hermano mayor va a ser papá?

—Sí, será mejor que te des prisa en alcanzarnos —dijo Johanna—. Demonios, incluso Jamie tiene un niño, ¿sabes? Lo vi en el centro comercial hace dos semanas. Sigues en contacto con Jamie, ¿no?

—Claro que sí —dijo Denise con sorna—. ¿Es que te creías que ha venido hasta aquí solo para vernos a nosotros?

Ella lo dijo en broma, pero todos notamos el peso de la verdad en sus palabras.

—Sí, sabía que Jamie tiene un niño —dijo Alex—. Se llama Cam.

—Vaya, vaya, vaya —dijo alguien con una voz resonante y grave, desde el fondo de la habitación—. ¿No es este el que se llama... hijo prostituto?

—Pródigo, papá —dijo Tanya en voz baja.

—Y su futura esposa —añadió el señor Kennedy, entrando en la habitación. Era un hombre corpulento. Estaba calvo, pero tenía las cejas muy pobladas, y mucho pelo en las orejas—. Te llamas Livvy, ¿no?

—Se llama Olivia, papá —respondió Alex. Se giró hacia mí y me dijo en voz baja—: John Kennedy.

—Sí, sí —dijo John Kennedy. Su esposa debía de haberle advertido, porque no mostró tanta sorpresa como ella, aunque me miró con fijeza—. Bienvenida, hija. Llevábamos mucho tiempo esperando a que el chico trajera a alguien a casa. Y nos alegramos de que sea una chica, ¿verdad?

Él fue el único que se rio. Las hermanas de Alex apartaron la mirada, y Alex no dijo nada. Yo carraspeé.

—Me alegro de conocerlo, señor Kennedy.

—¿Señor Kennedy? Tiene buenos modales, hijo. Pero, Livvy, no tienes que llamarme señor Kennedy. John es más que suficiente.

—Se llama Olivia, papá —repitió Alex con tirantez—. No Livvy.

Su padre lo miró. John Kennedy no era tan estúpido como pretendía aparentar. Su sonrisa se hizo tensa, y atravesó a su hijo con una mirada fulminante.

—Ya te he oído.

—Ummm... La cena está lista —dijo la señora Kennedy, que todavía no me había dicho su nombre de pila—. Vamos a comer, ¿de acuerdo?

John se dio unas palmaditas en el estómago.

–Sí, vamos. Vamos, Liv... Olivia. Siéntate a mi lado.

No sé si aquello era un honor o un castigo. John Kennedy no dejó de hablar en toda la cena. Tenía mucho que decir sobre todos los temas: religión, política y prensa. Impuestos. Había muchas cosas que estaban mal en el país, en opinión de John, y todo era culpa de la gente que no se llamaba John Kennedy.

–¿Eres vegetariana?

Aquella pregunta me sorprendió. Había surgido en medio de una diatriba contra una tienda del pueblo que había dejado de vender su marca de cigarros favorita. Yo me sobresalté y miré hacia el final de la mesa, donde Alex estaba entreteniendo a uno de sus sobrinos con un truco de magia. Miré mi plato; la mayoría de la comida había desaparecido de él.

–No.

John señaló con su cuchillo la pequeña loncha de jamón que yo me había servido por cortesía, pero que no había tocado.

–No te has comido eso.

–Papá, no jod...

–¡Eh! –exclamó John Kennedy, arqueando las cejas y atravesando el aire con el tenedor–. Ten cuidado con esa boca...

Algunos de los niños se rieron. Alex no. Dejó en la mesa el salero con el que estaba enseñándole el truco de magia a su sobrino.

–No tiene por qué comer nada que no le apetezca.

–John –dijo tímidamente la señora Kennedy–. El jamón está muy salado. Tal vez a Olivia no le guste.

–El jamón no tiene nada de malo, Jolene. Solo me preguntaba si Livvy no come jamón por algún motivo.

Yo me agarré las manos sobre el regazo, para que nadie se diera cuenta de que me había echado a temblar.

–No se ofenda, señora Kennedy. Estoy segura de que está delicioso.

–Ummm... Creía que tal vez no querías comértelo porque eres una de esas... musulmanas.

–¡Papá! –exclamó Alex. Se apartó de la mesa, pero yo lo miré fijamente.

–No soy musulmana, señor Kennedy.

–Bien. Porque no voy a sentar a un maldito musulmán en mi mesa.

Johanna, que estaba sentada frente a mí, dejó caer la cabeza sobre una mano.

–Papá, por Dios.

–¿Qué es un musulmán? –preguntó uno de los niños.

Nadie dijo una palabra.

John me sonrió, mostrándome sus dientes amarillentos y torcidos.

–Siempre y cuando tú no lo seas...

Yo tuve ganas de levantarme y enseñarle el colgante que me había regalado mi madre, y proclamar que era judía, solo para comprobar si eso le enfadaba. Sin embargo, le vi la cara a Alex. Él tenía una expresión de ira, y me di cuenta de que si proclamaba quién era yo, lo que era en realidad, solo conseguiría causarle problemas. Seguramente, John diría algo increíblemente grosero y, por la expresión de Alex, pensé que tal vez se levantara y le diera un puñetazo en mitad de la cara a su padre.

–El puré de patatas está delicioso, señora Kennedy –dije, con tanta serenidad como pude.

Hubo un suspiro de alivio colectivo, pero John no debió de darse cuenta. Siguió con su retahíla de quejas contra la sociedad, y en aquella ocasión añadió chistes sobre distintos grupos étnicos. Al menos, no utilizó palabras desdeñosas para designar las razas, y menos la raza negra, aunque creo que todos estábamos esperando lo peor. Finalmente, no fue un chiste sobre negros lo que originó la reacción más fuerte, sino un chiste sobre gais. Estábamos tomando tarta de manzana con helado de postre. John ya se había comido un buen pedazo y había comenzado con el segundo.

El primer chiste sobre homosexuales lo deslizó entre quejas sobre el precio de la gasolina y sobre los impuestos del tabaco. A la segunda, yo miré a Alex. Él tenía la vista fija en el plato, en el helado que se deshacía sobre la tarta intacta. Tenía el pelo sobre la frente, y yo no le veía los ojos.

Nadie se había reído de ninguno de los chistes, pero John continuaba. La tercera broma fue sobre el matrimonio homosexual. Entonces, yo respondí.

–A mí no me parece gracioso.

Se hizo un silencio sepulcral, salvo por el gritito de la señora Kennedy. Yo no alcé la vista para mirar a Alex. Seguí mirando al señor Kennedy a la cara.

Él me observó fijamente, mientras yo me preguntaba por quién estaba haciendo todos aquellos chistes. Sus ojos brillaban con una inteligencia oscura y desagradable. Pensaba que tenía derecho a sentir lo que sentía acerca de los negros, los homosexuales, los extranjeros y los inmigrantes. No se daba cuenta de que él era otro estereotipo más, como aquellos que estaba denigrando con su lamentable sentido del humor.

–Bueno, bueno –dijo por fin, con una sonrisa desdeñosa–. Supongo que a mí tampoco me parecen graciosos los mariquitas.

Y lo dejó así.

En casa de los Kennedy eran las mujeres las que limpiaban después de la cena, mientras los hombres se retiraban al sótano a ver la televisión. Alex se quedó en el salón hasta que una de sus hermanas lo echó.

–Vamos, vete –le dijo sin miramientos–. Queremos conocer a tu Olivia.

–¿Estarás bien? –me susurró al oído mientras me besaba.

—Sí —le dije—. No te preocupes.

—Lo siento —me respondió.

Estaba derrotado, agotado y pálido. Apenas había comido.

Yo le acaricié la mejilla.

—Cariño, hay todo tipo de gente en el mundo, y algunos son idiotas.

Él sonrió al oírlo, y volvió a besarme.

—Te quiero.

—Ya lo sé —dije yo. Lo empujé suavemente hacia el sótano—. Ve a estar con tu padre.

—Como si me apeteciera —dijo él con una expresión sombría. Sin embargo, se marchó hacia las escaleras.

Lejos de su marido, Jolene Kennedy demostró que tenía sentido del humor, aunque no contara muchos chistes. Tenía una risa agradable. Dejó que sus hijas la sentaran en una butaca a jugar con sus nietos mientras ellas terminaban de recoger y limpiar. Yo participé en la limpieza, y averigüé que, aunque las hermanas de Alex hubieran sido muy ligeras de cascos en el instituto, eran buenas madres y buenas hijas.

Y querían a su hermano. Me contaron muchas cosas de él. Me dijeron que Alex siempre las ayudaba cuando necesitaban algo; dinero, un consejo, un viaje en coche. Él se había ido de casa cuando eran pequeñas, pero todavía seguía siendo parte de sus vidas. Sus historias encajaban a la perfección en el retrato del hombre a quien yo quería, y al mismo tiempo, me mostraban otra imagen de él.

Me disculpé para ir al baño, el único de la casa, que estaba en el piso de arriba. Cuando salí, John estaba esperando. Me aparté para dejarle pasar, pero él me bloqueó el paso.

A mí se me aceleró el corazón, pero no quise que se diera cuenta de que me intimidaba.

—Disculpe.

—Entonces, ¿vas a casarte con nuestro hijo?
—Esos son nuestros planes. Sí.
—¿En una iglesia?
Yo miré al padre de Alex, cuyos ojos se habían clavado en el colgante de mi cuello.
—Todavía no lo hemos decidido.
Me recorrió de pies a cabeza con la mirada.
—¿Sabes? No puedo decir que me sorprenda que te haya elegido a ti, Livvy. Eres muy guapa para ser negra. Yo también he probado a un par de negras durante mi vida, aunque no se lo digas a Jolene.
Yo sentí el sabor amargo de la bilis en la boca, pero mantuve la cabeza alta.
—Disculpe.
Él no se movió.
—¿Eres negra del todo?
—¿Cómo?
—Que si eres negra del todo —me repitió él, como si yo fuera idiota o sorda—. Te lo pregunto porque tienes rasgos blancos. Y no eres tan oscura, ¿sabes?
Entonces miré fijamente a aquel hombre.
—Quiero a su hijo, y su hijo me quiere a mí. No tiene nada que ver con el color de la piel, asqueroso racista. Y ahora, déjeme pasar antes de que le dé una patada en las pelotas.
John pestañeó, y después sonrió, pero siguió sin moverse.
—Malhablada, ¿eh?
Yo me acerqué a él.
—Apártese de mi camino.
Él señaló mi colgante con el dedo índice.
—Bueno, ¿vais a casaros en la iglesia, sí o no?
Pasé junto a él sin responder. John me siguió escaleras abajo. Alex estaba riéndose con Tanya. Era el momento en que yo lo había visto más relajado desde que habíamos lle-

gado. Me sonrió, pero la sonrisa se le borró de los labios rápidamente.

—No me des la espalda —me espetó John.

La habitación quedó en silencio. Seguro que todos habían oído aquel tono de voz más veces, a juzgar por sus reacciones. Johanna se quedó pálida, e incluso los adolescentes levantaron la vista de sus videojuegos y sus teléfonos móviles. Alex dio un paso hacia delante.

—Gracias por la cena, señora Kennedy —dije yo con nitidez—. Creo que es hora de que nos vayamos.

—Chica, no me dejes con la palabra en la boca cuando te estoy hablando. Te he hecho una pregunta.

—Y yo ya he respondido —dije con calma, aunque me temblaran las rodillas—. Todavía no hemos hablado sobre ello, y, sinceramente, creo que es algo que nos atañe solo a Alex y a mí, no a usted.

—¿Qué ocurre? —inquirió Alex.

—Le he preguntado a tu novia si os vais a casar en la iglesia, y no me ha contestado. Solo quiero saberlo —dijo John—. ¿Es que un hombre no tiene derecho a saber si su hijo va a hacer las cosas bien o mal? ¿O es que debería darme por satisfecho con que te cases?

—¿Quieres decir que debes darte por satisfecho porque no sea un marica?

John se echó a reír.

—Ningún hijo mío es un *chupapollas*.

Yo miré a Alex para intentar transmitirle fuerzas, pero aquella no era mi lucha. Él miró a su padre con frialdad.

—Nos marchamos ya. Os avisaremos de cuándo es la boda, pero no esperes que sea en una iglesia —dijo, y me miró—. Vamos, nena, salgamos de aquí.

Pensé que John iba a gritarnos, pero nadie dijo ni una palabra mientras nos marchábamos. Nadie nos dijo adiós. Nos fuimos en silencio, hasta que entramos al coche.

Entonces, Alex se desahogó.

–¡Es un cabrón y un desgraciado!

Arrancó el coche, y salimos a la calle, entre el tráfico. Él agarraba con tanta fuerza el volante que tenía los nudillos blancos. Yo no dije nada; dejé que se desahogara. No le hice notar que estaba hablando de forma muy parecida a su padre.

No se calló hasta que llegamos al aparcamiento del hotel. Allí apagó el motor y tomó aire. No me miró.

–Lo siento, Olivia. Lo siento muchísimo.

–Cariño, a mí no me importa que tu padre sea un imbécil. De verdad.

Me miró.

–Estaba provocándome.

–Sí, ya lo sé.

Yo vacilé, pensando en la conversación que habíamos mantenido John Kennedy y yo junto a la puerta del baño, y me pregunté qué ocurriría si le contaba a Alex las otras cosas que había dicho su padre.

–Debería habérselo dicho –murmuró.

Le puse la mano en el hombro y se lo acaricié.

–¿El qué?

Alex cabeceó.

–No sé. Que tiene razón. Que soy un *chupapollas*.

–Tú no eres eso.

Aparté la mano y la posé en mi regazo. Él tenía la respiración entrecortada, y su aliento llenaba el aire del coche, pero yo no tenía nada que decir. No podía consolarlo. Aquello era un puente poco firme sobre un abismo muy profundo.

Él me miró de reojo.

–Pero te quiero. Quiero casarme contigo. Eso es lo que importa.

Sus palabras me animaron un poco.

–Sí, eso es lo que importa. Por lo menos a mí.

Alex asintió.

—Bien. Muy bien. Y que le den a ese viejo. Es un cabrón. Lo odio.

Se le quebró la voz. Yo volví a acariciarle el hombro, sin saber qué hacer. Alex cabeceó, exhaló un suspiro y se pasó las manos por la cara. Me sonrió, pero la sonrisa no le llegó a los ojos.

—Pero le has pegado un buen corte, de todos modos, ¿no?

A mí se me escapó una carcajada áspera.

—Me he encontrado con idiotas más veces, Alex.

—Lo siento.

—Cariño, no lo sientas. Yo me alegro de que hayamos ido. Me alegro de haber conocido a tus hermanas y a tu madre, y a tus sobrinos. Tú no puedes evitar que tu padre sea así.

—Bueno, ahora ya sabes cuál es una de las razones por las que nunca vengo a casa.

—¿De verdad? —bromeé yo, para intentar aliviar la tensión—. Con esa razón, ¿quién necesita otras?

Él no respondió, y me pregunté si había más motivos por los que no volvía nunca a casa, aparte de su padre homófobo e intolerante.

Entonces, Alex me besó con dulzura y con suavidad, y no me molesté en preguntarle nada más.

Capítulo 20

La mañana del lunes, el Memorial Day, amaneció soleada y cálida. Al despertarme, oí de nuevo el agua correr en el baño, pero en aquella ocasión, Alex salió a la habitación con una sonrisa. Yo me acurruqué en la cama. Nos habíamos quedado despiertos hasta muy tarde, haciendo las cosas que la gente suele hacer en las habitaciones de hotel, y haciendo algunas de aquellas cosas dos veces.

–¡Vamos, perezosa! –exclamó él, y apartó las sábanas, dejando mi cuerpo expuesto al frío del aire acondicionado.

–Cinco minutos más.

–Vamos, Olivia. Nos vamos a perder la fiesta.

Aparté la almohada de mi cara y lo miré. Se había repeinado hacia atrás, se había afeitado y se había puesto colonia. Todavía tenía gotas de agua brillantes en las pestañas.

–Estás muy alegre para ser un tipo que ha dormido tan pocas horas.

Me besó, aunque yo mantuve los labios cerrados para contener mi aliento mañanero.

–Tú, por otra parte...

Le pellizqué un pezón, y se echó a reír mientras me agarraba de la muñeca.

–Ten cuidado con lo que dices.

—Amor mío, eres un ángel de la mañana.

Yo refunfuñé durante unos segundos más, y después me incorporé.

—Si me quisieras, me traerías un café de Starbucks a la cama.

Alex arqueó una ceja.

—¿De verdad?

—De verdad.

Entonces, él se inclinó hacia mí. Yo me vi reflejada en sus ojos grises.

—Vuelvo dentro de cinco minutos.

Sonreí.

—Así me gusta. Un servicio rápido.

Alex se echó a reír mientras se ponía unos vaqueros y una camiseta.

—Levanta el trasero de la cama, Olivia.

Cuando él se marchó de la habitación, obedecí. Fui al baño y me di una ducha. Después me envolví en una toalla y me lavé los dientes, y, finalmente, mirándome al espejo entre una nube de vapor, tuve que admitir que estaba más nerviosa por la perspectiva de conocer a los amigos de Alex que la de conocer a su familia.

Al salir del baño, me encontré con que Alex ya había vuelto, con un par de cafés y un par de magdalenas grandes. También había sacado mi ropa y la había colocado sobre la cama; bragas, sujetador, vestido e incluso unas sandalias, que estaban en el suelo.

—¿Qué es esto? —le pregunté. Tomé el café y di un sorbito.

—Quiero que te pongas esto —dijo.

Yo observé el atuendo.

—Es un poco arreglado para una barbacoa.

—Pero estás tan buena con ese vestido...

Era un vestido de color azul claro con flores bordadas en rojo y en dorado. Tenía manga corta y me llegaba por las rodillas. Me lo había puesto muy pocas veces, pero me gustaba cómo me quedaba con el color de mi piel y mis ojos. También me gustaban las sandalias. Eran planas, de tiras. Yo había pensado en ponerme unos pantalones y una camisa.

—¿Estás seguro? —le pregunté—. No es una fiesta elegante, ¿no?

—Lo dudo, pero, ¿qué importa? Vas a estar preciosa.

—¿Es que quieres presumir de mí?

—Pues claro —respondió—. ¿Quién no iba a querer?

Me eché a reír y comencé a ponerme la ropa interior. Después me metí el cuello del vestido por la cabeza y noté que la tela suave me acariciaba la piel. Cuando giré sobre mí misma, la falda flotó en el aire.

—Maravillosa —dijo Alex, como si estuviera admirando una pintura o un jarrón, en vez de admirarme a mí. Lo miré fijamente, para hacerle una advertencia, pero él no se dio cuenta.

—¿Cuánto hace que no ves a tu amigo? —le pregunté, sin darle importancia, mientras pasaba al baño para maquillarme.

—Un par de años —dijo Alex. Se quitó la camiseta y sacó su camisa rosa de la maleta.

Yo lo vi a través de la puerta del baño, mientras me pintaba. Se atusó el pelo. Se puso la camisa. Se la abotonó, y después se desabrochó algunos botones. Eligió un cinturón, lo pasó por las trabillas de la cintura del pantalón y se abrochó la hebilla. Se metió la camisa por el pantalón.

Me dio la impresión de que él también estaba más nervioso por ir a ver a sus amigos que a su familia.

Yo me puse aceite perfumado en los pequeños rizos de las sienes y me recogí el pelo en un moño suelto. Me pinté los ojos y me apliqué brillo en los labios. Cuando terminé de arreglarme, él todavía estaba mirándose al espejo del armario de la habitación.

Me acerqué a él y lo agarré de los hombros para que se girara hacia mí. Lo miré a los ojos y lo besé, no porque entendiera su nerviosismo, exactamente, sino porque no tenía por qué conocer sus razones. Solo tenía que saber apoyarlo.

Apoyó su frente en la mía y cerró los ojos. No dijimos nada. Cuando volvió a abrirlos, estaba mejor. Me abrazó y sentí sus brazos fuertes a mi alrededor, como si nunca pudiera suceder nada malo entre nosotros.

–Vamos –dijo.

Los Kinney vivían en la casa más pequeña de una hilera de viviendas enormes y caras que había frente al lago. Su pequeño jardín daba a la orilla del agua, y eso debía de ser muy agradable en verano. Desde allí se divisaba, al otro lado del lago, el parque de atracciones. Gran parte del patio estaba ocupado por una barbacoa excavada en el suelo, y en cuanto salí del coche percibí el olor a carne asada.

Y oí la música y las risas. Ruidos de fiesta. Sonidos de verano. De repente, sentí vergüenza por no llevar nada, ni siquiera unas pastas que podríamos haber comprado por el camino. Alex me aseguró que no tenía importancia, pero yo necesitaba algo que sujetar entre las manos mientras él me guiaba por el camino de gravilla hacia una cocina alegre y brillante. Se me había olvidado la cámara, y eso era suficiente prueba de lo nerviosa que estaba.

–Jamie, tío, ¡cuántas ganas tenía de verte!

Yo nunca había oído a Alex hablar con tanto cariño a alguien. El hombre que debía de ser Jamie se giró desde la isla de la cocina, donde estaba preparando una bandeja de hamburguesas. Mi primera impresión fue que era guapo, mucho más guapo que Alex. Tenía los ojos azules y las cejas más oscuras que su pelo rubio, y los rasgos de la cara perfectamente alineados. Mi segunda impresión fue que podían ser hermanos, por la forma en que sus caras, que eran bien distintas, adoptaban expresiones idénticas.

¿Y mi tercera impresión?

Que Jamie, el amigo de Alex, su mejor amigo desde el instituto, no me esperaba en absoluto.

No fue el color de mi piel, sino mi presencia, lo que le hizo dar un paso atrás. Su enorme sonrisa se transformó en una mueca tan breve que desapareció antes de que yo pudiera analizarla. Volvió a acercarse al instante, como si nunca hubiera retrocedido por la impresión. Entonces, le tendió los brazos a Alex.

Yo fui como una *voyeur* observando su abrazo, que duró un poco demasiado, y que se interrumpió con brusquedad. Jamie estaba sonrojado cuando se separaron, dándose palmadas en los hombros y puñetazos en los bíceps como si fueran adolescentes. Yo no podía ver los ojos de Alex.

–Esta es Olivia –dijo él, tomándome de la mano para acercarme–. Mi prometida –me pasó el brazo por los hombros, y añadió–: Olivia, este es Jamie, mi mejor amigo.

–Olivia –dijo Jamie con solemnidad–. ¿Cómo demonios ha conseguido este desgraciado engañarte para que le digas que sí?

Y entonces, todo fue bien, por lo menos a mi entender. Lo que hubiera pasado entre ellos quedó ahí. Jamie me estrechó la mano amablemente y volvió a darle palmadas en el hombro a Alex, mientras intercambiaban insultos afectuosos.

–Ha venido todo el mundo –dijo Jamie–. Venid, vamos al jardín a saludar.

–¿Todo el mundo? –preguntó Alex.

Jamie se echó a reír y le dio otra palmada en el hombro.

–Sí, hasta mi madre. Procura darle un abrazo.

Alex me miró.

–Su madre me adora.

–Exacto.

Yo me reí.

—¿Cómo no lo va a adorar?

Jamie volvió a mirarme con solemnidad.

—Exacto —repitió—, ¿cómo no lo va a adorar?

Fuera, en el porche trasero, había pequeños grupos de invitados con platos de comida en la mano, que nos saludaron. Todos conocían a Alex. Ninguno se quedó tan sorprendido como Jamie de que yo estuviera allí, ni de que fuera la prometida de Alex. También me dio la impresión de que aquella gente conocía a Alex, pero no tan bien como Jamie.

—Allí está Anne —dijo Jamie, desde detrás de nosotros, mientras Alex y yo bajábamos el corto tramo de escaleras y pisábamos el patio—. Está chapoteando con Cam.

La mano de Alex se tensó dentro de la mía.

—Voy a presentarte a la mujer de Jamie.

Anne Kinney no estaba prestándole atención a nada más que a su hijo, que daba patadas y salpicaba en la orilla del lago. Ella llevaba unos pantalones vaqueros desgastados, que podían haber sido de su marido, remangados hasta la mitad de la pantorrilla, y sujetos a la cintura con un pañuelo de colores. Tenía el pelo rojizo recogido en una trenza que le colgaba por la espalda, y su camisa de cuadros estaba húmeda por los chapoteos de su hijo.

—Ve con la abuelita —le dijo mientras nos acercábamos, y el pequeño echó a correr en dirección contraria, hacia una mujer mayor que llevaba un sombrero de ala ancha para protegerse del sol, y que le tendió los brazos.

—Anne.

Ella se giró lentamente al oír la voz de Alex, como si tuviera todo el tiempo del mundo, y, cuando lo vio, sonrió.

—Hola, Alex.

Al contrario que su marido, Anne no se quedó sorprendida al conocerme. Se secó las manos en los pantalones y nos miró a Alex y a mí. Arqueó una ceja.

—Esta es Olivia –dijo Alex–. Mi… Vamos a casarnos.
—Enhorabuena –dijo Anne.
Parecía que lo decía con sinceridad. No hizo ademán de abrazarlo, como había hecho Jamie. Tampoco le tendió la mano. No tocó a Alex en absoluto.
—Olivia –me dijo amablemente–, ¿te ha dado mi marido algo de comer o de beber? ¿No? Vaya anfitrión. Vamos, te pondré un plato antes de que la plaga de langostas a la que llama familia se lo coma todo.

Y con aquellas palabras, me tomó del codo y me llevó hacia la casa.

—No te preocupes por Alex. Estará con James –dijo con resignación–. Esos dos juntos son una fuerza de la naturaleza. Es mejor apartarse de su camino.

En la cocina, sacó de la nevera unas botellas frías de Coca Cola y me dio una. Ella abrió la suya y dio un sorbo. Yo hice lo mismo, en silencio. No había hablado demasiado.

—Ha sido muy agradable que Alex te trajera –dijo Anne en voz baja.

Fuera, la música seguía sonando y la fiesta continuaba. La gente se reía. Yo oí el ruido de un motor y el llanto de un niño. Miré por las ventanas, que daban al porche. Veía a Alex y a Jamie juntos, en la barandilla, con una cerveza cada uno. El viento le apartó el pelo a Alex de la cara. Se estaba riendo. ¿Lo había visto alguna vez riéndose así? ¿Lo había visto alguna vez inclinándose hacia otra persona como yo pensaba que solo se inclinaba hacia mí?

—¿Son amigos desde hace mucho tiempo? –le pregunté, por fin.

—Sí, desde el primer año de instituto –respondió Anne, y miró por la ventana también–. Son muy, muy amigos.

Antes de que yo pudiera decir algo más, sin saber si verdaderamente quería decir algo más, se abrió la puerta de la cocina y entró una mujer más joven con el niño de Anne en brazos.

–Mamá, este pequeñajo maloliente necesita un cambio de pañal.

–Gracias, Claire. Es mi hermana –dijo Anne, mientras Claire se colocaba al niño sobre el hombro y le daba unos azotes en el pañal, cariñosamente–. Claire, ¿conoces ya a Olivia? Es la prometida de Alex.

–No es posible –dijo Claire. El pequeño comenzó a retorcerse en su hombro, y ella sonrió y lo sentó sobre su cadera–. Cambia a este niño, hermana. Hola, Olivia.

Me tendió la mano y yo se la estreché. Entonces, me estudió de arriba abajo, centímetro a centímetro. Yo no supe si aprobaba su examen hasta que silbó en voz baja y cabeceó.

–¿Y tú vas a casarte con Alex?

–Ese es el plan –dije, con tanta despreocupación como pude.

–¡Claire! –exclamó Anne, con exasperación.

Una cara de pillo me miraba por entre sus manitas. El niño tenía el pelo rubio, como su padre, y la piel blanca como su madre. Tenía unos enormes ojos grises. Yo lo miré durante mucho tiempo.

–¿Qué? –preguntó Claire, encogiéndose de hombros–. Cualquier mujer que vaya a casarse con ese tipo tiene que tener sentido del humor, por lo menos.

Yo me eché a reír.

–Lo intento.

–¿Lo ves? –dijo Claire, y le hizo una mueca de burla a Anne. Entonces, empezó a mecer al niño en su cadera hasta que él se rio–. Mira, voy a llevarme a Maloliente y lo cambiaré yo misma, ¿de acuerdo? Y así me perdonaréis mi falta de tacto social.

–Sí, por favor. Cámbiale el pañal a Cam. Gracias.

–Me alegro de conocerte, Olivia. No permitas que nadie de esta fiesta te asuste. No somos tan malos.

–No estoy asustada –respondí yo.

Claire se llevó a Cam por el pasillo, y yo seguí oyendo sus risas durante unos instantes. Anne tomó una servilleta de papel y la utilizó para limpiar algunas migas que había en la encimera. Después tiró la servilleta a la basura y le dio otro sorbo a su refresco.

–¿Cuántos años tiene tu niño?

–Cam va a cumplir tres años.

Fuera, Alex y Jamie habían desaparecido del porche.

–Me muero de hambre –dijo ella–. Vamos fuera a comer algo, ¿te apetece? Y seguro que alguien está haciendo alguna tontería, como jugar a los dardos o preparándose para cantar en el karaoke.

Yo tenía el estómago vacío, y pensé que comiendo, por lo menos, tendría algo que hacer, ya que había sido abandonada por mi novio.

–Sí, me apetece comer algo.

–Pues ven –me dijo Anne–. Te enseñaré dónde está la comida.

He estado en fiestas en las que conocía a todo el mundo y me lo he pasado fatal, y he estado en fiestas en las que no conocía a un alma y fueron fantásticas. Esta fiesta fue una mezcla de ambas. No necesitaba que Alex estuviera a mi lado a cada minuto, pero pasé más tiempo saludándolo de lejos, y viéndolo jugar a los dardos y beber cerveza tras cerveza que hablando con él. No me ignoró, porque vino a verme cada hora, más o menos, y me miró varias veces. Pero no estuvo conmigo.

Estuvo con Jamie, a quien todos los demás llamaban James.

La otra gente de la fiesta era muy agradable. Me incluyeron en sus conversaciones como si me conocieran de toda la vida. Entre varios, comenzamos una partida de Balderdash, mi juego de mesa preferido, y nos reímos mucho.

Claire y su marido, Dean, me llevaron a dar una vuelta en un pequeño velero, mientras su hija Penny se quedaba con los padres de Anne en la orilla. Comimos mucho, bailamos un poco, e incluso cantamos en el karaoke.

Poco a poco fue anocheciendo, y alguien encendió unas cuantas antorchas y las clavó en la orilla del lago. Los invitados que tenían niños pequeños comenzaron a marcharse. Llegaron los encargados de la barbacoa para limpiar, y yo me puse a ayudar en la cocina, envolviendo sobras con Anne. Trabajamos bien juntas, sin hablar mucho. Sinceramente, no había mucho que decir.

Y, al final, Alex y yo fuimos los últimos que quedaban en la casa. Anne había acostado a Cam una hora antes, y la cocina estaba limpia. Ella acababa de poner la televisión, y yo se lo agradecí, porque así las dos podíamos ver algo tonto juntas, sin tener que hablar. Había servido un vaso de té helado para cada una, cuando Alex y Jamie entraron tambaleándose desde el jardín.

—Nena —dijo Alex.

Yo nunca lo había visto borracho. Le brillaban los ojos y tenía las mejillas sonrojadas. Tenía la boca relajada y suave. Se había desabotonado la camisa casi hasta la cintura, y había perdido los zapatos en algún lugar. Jamie no tenía mucho mejor aspecto. Se le había pegado el pelo a la frente debido al sudor, y se había manchado la camisa de hierba.

—¿Qué demonios habéis estado haciendo? —les preguntó Anne—. ¿Lucha en el barro?

—El muy mamón ha intentado quitarme la última cerveza —dijo Jamie—. He tenido que patearle el trasero.

—Que te den, mamón —dijo Alex, y añadió un gesto obsceno con el dedo corazón a su retahíla—. Tú me has robado el último panecillo.

—Hay más panecillos —dijo Anne con ironía, y metió los pies bajo sus piernas en el sofá—. Están en la nevera. Sírvete tú mismo.

Alex se puso una mano en el corazón.

—Anne. Eres una diosa —dijo. Me miró—. Nena... nena, ¿dónde has estado todo el día? Te he echado de menos.

Se tropezó al bajar los dos escalones del salón, y cayó en el sofá, a mí lado, riéndose. Posó la cabeza en mi hombro y me miró con sus enormes ojos grises.

—Nena, hola.

Yo le acaricié la cara. Tenía la piel ardiendo. Él me besó la palma de la mano y yo la aparté, porque me sentí azorada por aquella muestra de cariño frente a sus amigos.

—Hola.

Alex se incorporó. Jamie había ido a revolver en la nevera. Yo vi que Anne estaba observando a su marido. No estaba exactamente disgustada, sino resignada, más bien. Y, claramente, no estaba sorprendida.

—Tráeme un panecillo de esos, mamón —le dijo Alex.

—Que te den, imbécil, ven por él tú mismo. Yo no soy tu criado.

—Que te den a ti, idiota —respondió Alex, y se acomodó en el sofá, a mi lado—. Nena, ¿me traes un panecillo?

—Nene —dije yo con tirantez—, creo que lo mejor será que volvamos al hotel.

—No, no, no, no podéis iros todavía —dijo Jamie, volviéndose a mirarnos desde el frigorífico, con cara de consternación—. ¡Acabáis de llegar! ¡Estoy a punto de abrir una botella de Jameson!

Ambos se echaron a reír. Anne y yo no. Ella suspiró. Yo me puse tensa.

—James, Cam está durmiendo —dijo ella.

Jamie se puso un dedo en los labios.

—Es cierto. Lo siento. Se me había olvidado. Será mejor que volvamos a salir. Vamos, *chupapollas*, levanta el trasero del sofá y sal al porche para que podamos bebernos esto.

Yo pensé que Alex se iba a ofender por el insulto que

había utilizado su amigo. Sin embargo, se incorporó en el sofá y se giró hacia mí, riéndose.

–Volvemos dentro de un rato, ¿de acuerdo, nena?

Yo tuve que morderme la lengua. Hay una fina línea entre ser firme y ser una bruja, y yo estaba a punto de cruzarla. Incluso pensé en montar una escenita. Llevaba horas allí, tratando con gente extraña y siendo agradable. Viendo a mi prometido comportarse como un idiota con un tipo que estaba demasiado cerca de él.

–James –dijo Anne en voz baja, a modo de advertencia.

Yo no quería sentir agradecimiento hacia ella, pero lo sentía. Me puse en pie. Alex también. Él se sujetó a mi brazo.

–Una copa más –me dijo–. Y después nos iremos. Hacía mucho tiempo que no veía a Jamie.

Si me hubiera besado, todo hubiera terminado ahí. Sin embargo, no lo hizo. Me miró de aquel modo al que sabía que yo no podía resistirme, y supongo que yo no quería ser una bruja, en realidad.

–Te quiero –me dijo al oído.

Después, Jamie y él salieron al porche, y nos dejaron a Anne y a mí mirándonos desde ambos lados de la mesa de centro. Ella apagó la televisión. Se oían las risas desde fuera.

–Lo siento –me dijo–. Hacía mucho tiempo que no se veían.

–Unos cuantos años, según Alex.

Ella titubeó, y después asintió lentamente.

–Sí, creo que sí.

Apreté los puños, pero no porque estuviera furiosa, sino porque no tenía otra cosa que hacer con las manos. No tenía bolsillos. No quería estar allí.

Se oyó otro estallido de carcajadas, y las dos miramos hacia fuera. Anne suspiró. Yo intenté suspirar, pero se me quedó el suspiro en la garganta. Entonces, ella me miró con los ojos entrecerrados.

–Qué anormales pueden llegar a ser –dijo.

A mí me entró la risa.

–¿Tú crees?

–Oh, sí –dijo ella, y se puso en pie–. Ya es terrible cuando están hablando por teléfono, o a través de la Xbox. Y peor todavía a través de Connex. Parece que tienen quince años.

–Esto es... Nunca lo había visto así.

Ella asintió después de un segundo.

–¿Quieres un poco más de té? ¿Un poco de tarta?

–Siempre puedo comer tarta. Sí, por favor.

La seguí hacia la cocina. Ella sacó un pedazo de tarta de chocolate del fondo de la nevera. Puso un poco en dos platos mientras yo servía el té, y las dos nos quedamos apoyadas en la isla, mirando hacia el porche, donde solo se veía la luz de un cigarrillo que pasaba de un lado a otro. Yo corté un poco de tarta con el tenedor, pero no me lo comí.

–¿Siempre son así?

Anne chupó el chocolate del tenedor.

–Creo que si se vieran más a menudo en persona, no lo serían. Porque James no es así con nadie más.

–Alex también es... diferente aquí.

–Llevan mucho tiempo siendo amigos –repitió ella.

–Bueno, ¿y qué debería hacer con respecto a eso?

Ella volvió a lamer el chocolate de su tenedor.

–¿Lo quieres de verdad?

–Sí. Mucho.

–Entonces, deberías saber que...

–Sé lo suficiente –respondí.

Anne me miró fijamente, de un modo que me hizo pensar que ella también sabía sobre mí mucho más de lo que había podido observar aquel día.

–Entonces, podrás hacer lo que yo hago con James.

–¿Y qué es?

–Puedes quererlo, aunque a veces se comporte como un bobo.

Entonces, lo supe.

Estaba en lo que ella no había dicho. En el hecho de que no hubiera tocado a Alex ni una sola vez. En cómo miraba a Alex y a su esposo cuando estaban juntos, comportándose como niños, y en lo amable que había sido conmigo. Y, de repente, también lo vi en un par de enormes ojos grises en el rostro de un niño pequeño.

Todo se detuvo en la cocina.

Fue un enfrentamiento silencioso, y yo no estaba segura de si debía desplegar mi enfado. Ojalá tuviera la cámara, pero me la había dejado en la habitación. Detrás de las lentes, todo aquello podía haberme parecido una fiesta más. Otro grupo de gente. Tal vez Anne y James me habrían parecido un matrimonio corriente, y su hijo no me habría recordado a mi amante.

Sin embargo, no tenía la cámara. Todo estaba allí, delante de mí, golpeándome en la cara una y otra vez. Tomé aire profundamente.

–Creo que es hora de que nos vayamos.

–Olivia –dijo Anne rápidamente, pero yo ya iba hacia la puerta trasera. La abrí.

Alex y Jamie no se estaban besando, pero habría sido lo mejor. Así, habría podido terminar con todo allí mismo, por aquel motivo. Sin embargo, no estaban besándose. Solo estaban sentados uno junto al otro, riéndose suavemente y hablando de intimidades que yo no quería escuchar.

–Alex.

Al principio, él no me miró, y durante aquellos segundos, pensé en dejarlo allí. Entonces, sus ojos se volvieron hacia mí, y sonrió. Vi amor en su cara, y tuve ganas de darle una torta.

—Vamos —dije.
—Pero, nena...
—Ahora.

Ni Jamie ni él dijeron nada, pero Alex se levantó. Oí los pasos de Anne detrás de mí. Ella tampoco dijo nada. Yo no tenía ninguna enemistad con ella, ni con su marido, y lo habría dicho en voz alta si me lo hubieran preguntado. En el silencio de la noche se oyó el llanto de Cam, y Anne entró en casa para atenderlo. Jamie se levantó y nos siguió hasta el coche. Yo me senté al volante y miré hacia delante mientras ellos se despedían.

Mientras conducía de vuelta al hotel, estaba furiosa, pero Alex no decía nada, así que me mordí la lengua. Cuando entramos en la habitación, desapareció en el baño, enfadado, y después se tiró en la cama vestido y se quedó dormido instantáneamente. Yo me di una ducha larga, larga, larga, y cuando salí, tenía un nudo en el estómago. Pasé la noche en la butaca, con una manta y sin almohada.

El trayecto de vuelta a Annville fue muy largo.

Capítulo 21

Llegamos muy tarde a casa, y yo me metí directamente en la cama. Dejé a Alex durmiendo allí a la mañana siguiente, porque me desperté temprano y subí al estudio para retomar todas las tareas que había pospuesto para poder tomarme libre aquel fin de semana. Me quedé absorta con la minucia de retocar unas fotografías que iba a utilizar para el folleto de un *spa* local. Había hecho varias fotografías de Sarah en diferentes poses, y superponiendo su imagen en varios fondos, quería dar la impresión de que gastar dinero en aquel *spa* en particular era el equivalente a pagarse unas vacaciones en un lugar exótico. Comparado con las vacaciones que yo acababa de tener, cualquier cosa me parecía exótica y lujosa.

Tenía que hacer el turno de noche en Foto Folks. Tenía que hacer montañas de lavadoras, y tenía que hacer recados. Tenía que organizar mi semana. Con solo pensar en aquella lista de tareas, me quedaba paralizada a causa de la indecisión. Miraba fijamente el monitor y tecleaba, pero no podía concentrarme.

Creo que es posible mirar atrás y señalar el momento exacto en el que algo bueno se convierte en un horror ante tus ojos. Sé por experiencia que también es posible saber que va a ocurrir antes de que ocurra. Yo no quería que aquello terminara. No quería perder a Alex, y no quería separarme de él.

Pero sabía que iba a hacerlo.

Él me llevó el café y yo casi no le dije nada. Me besó la coronilla y me acarició el cuello con la nariz, pero yo no dije nada. Cerré los ojos y sentí sus caricias, oí su respiración suave. Me aparté. Él suspiró con resignación.

–Estás cabreada.

Hice clic con el ratón para cerrar el proyecto. La ventana de diálogo me preguntó si quería guardar los cambios detectados en el documento, y le dije que no. Aunque había pasado unas horas trabajando en aquel folleto, lo había dejado peor que al principio. Había perdido el tiempo, pero había aprendido una lección.

Me giré hacia Alex.

–Tenemos que hablar.

Él entornó los ojos ligeramente, y frunció los labios. Asintió y tomó una silla que situó frente a mí. Se sentó. Todavía no se había duchado, ni vestido. Llevaba los pantalones del pijama y tenía el pelo revuelto. Todo me invitaba a acariciarlo.

Todo en él seguía seduciéndome, y tuve que apartar la vista.

–Lo siento –dijo Alex–. Sé que mi padre es un imbécil. Lo siento.

A mí se me cortó la respiración. Sentí una opresión en la garganta, y giré la cabeza tan rápidamente hacia él que el pelo me golpeó las mejillas. Creí que me estaba tomando el pelo, pero con solo mirarlo a la cara me di cuenta de que no se había enterado de nada.

–No me importa un pimiento tu padre, Alex.

–Entonces... ¿por qué estás tan enfadada?

Me puse en pie para alejarme de él. Debía mantener las distancias. Él no podía alcanzarme, y yo no podía alcanzarlo a él. No debía tocarlo.

—¿Cómo pudiste llevarme a esa casa y presentarme a esa gente sin decirme la verdad? ¿Cómo pudiste presentármela sin decirme antes quién era?

—¿Quién?

—Anne —dije con tirantez.

Su expresión se volvió reservada, vacía, e inmediatamente supe que había tocado en una fibra sensible.

—Anne es la mujer de Jamie —dijo él, recalcando la palabra «mujer».

—Y Jamie —dije yo—. Por el amor de Dios, Alex. ¿Es que pensabas que no me iba a dar cuenta? ¿Pensabas que no lo iba a adivinar?

—Jamie es mi amigo —dijo él, mirándome con intensidad—. Mi mejor amigo.

—¿Y Anne? ¿Qué es Anne? Me llevaste a su casa sin decirme que te habías acostado con ella, y me dejaste plantada para largarte con tu mejor amigo. Me sentí como una idiota. ¿No entiendes por qué era importante que me dijeras que te has acostado con la mujer de tu mejor amigo?

Él abrió la boca, y después la cerró. Irguió los hombros anchos y se puso las manos en las caderas.

—Lo siento. No fue... así.

—¿Y cómo fue, entonces?

Por primera vez durante aquella conversación, Alex bajó la mirada.

Yo di un paso atrás. Me dolía el estómago. Me dolía el corazón.

—Tú... la quieres.

—No —dijo él, al instante—. Ya no. Y no como a ti.

Tragué saliva.

—¿Y se supone que con eso tengo que sentirme mejor?

—¡Sí!

Podría haber extendido el brazo, y él podría haber extendido el suyo, y podríamos habernos tocado. Pero no lo hicimos. Había un gran espacio entre nosotros, e iba a agrandarse aún más.

—Tú has amado a una mujer a la que no me has mencionado nunca. Me has dado una lista completa de toda la gente con la que te has acostado, pero a ella no la has nombrado ni una sola vez. A la que has querido.

—Yo... —Alex se encogió de hombros con impotencia. Se rascó la cabeza y se revolvió el pelo—. ¿Y qué importa a quién quisiera antes, siempre y cuando tú seas a la que quiero ahora?

Aquello iba más allá que una exnovia.

—¿Y sabe tu mejor amigo que te acostaste con su mujer?

—Sí. Lo sabe.

Yo tragué de nuevo. Alex me había dicho muchas veces que siempre me contaría la verdad, si yo se la preguntaba, y me había pasado demasiado tiempo sin preguntar nada.

—Mírame.

Él me miró. Yo había visto muchas veces a Alex con los ojos neutrales, con una expresión neutral. En aquel momento no lo hizo. Me dio todo aquello que yo no le había pedido, y yo no pude fingir que no lo veía.

Pensé en dos hombres que estaban demasiado juntos el uno del otro como para que entre ellos solo hubiera amistad. Pensé en Anne, en cómo los seguía con la mirada, sabiendo y aceptando que... Y, amando, pese a lo que sabía.

Yo no podía ser esa mujer.

Y no podía seguir sin hacer preguntas.

—¿Los tres?

Él asintió.

—Sí.

—¿Cuánto tiempo?

—Unos meses. Fue hace años. Ya ha terminado todo, Olivia. Te lo juro, ha terminado.

Eso lo sabía sin que él tuviera que decírmelo. Lo había

visto en la cara de Anne cuando la miraba, y lo había oído en su voz cuando me decía que lo quisiera de todos modos.

–¿Y por qué no me lo habías contado?

Él se pasó una mano por el pelo.

–Porque no creía que fueras a entenderlo.

–¿Es ella el motivo por el que no habías vuelto a tu casa durante tanto tiempo?

–Sí. Lo de mi familia no se va a pasar nunca. Pero lo que pasó con Jamie...

–Y con Anne –dije yo.

–Sí. Con Anne. Pensé que no debía volver. Pero entonces te conocí, Olivia –dijo Alex–. Te quiero. Quiero construir mi vida contigo. Y no quiero dejar de ver a Jamie, pero... no lo veré más, si tú no quieres.

Yo no podía pedirle que hiciera eso. Tragué saliva una vez más. Me dolía la garganta de contener las lágrimas.

–Deberías habérmelo contado de todos modos. Me habría disgustado, pero eso habría sido mejor que enterarme de todo como lo he hecho. Me he sentido como una estúpida, Alex.

–Lo sé. Lo siento. Lo siento de verdad.

Lo creía, pero eso no tenía importancia. Miré el anillo que brillaba en mi dedo anular, y lo hice girar con el pulgar y el índice. Entonces miré a Alex, y lo vi de verdad, con nada entre nosotros, salvo la verdad.

–¿Lo quieres?

Él titubeó.

–Sí. Pero nunca me he acostado con él, Olivia. Te lo juro.

–¿Y quieres hacerlo?

Entonces, él se acercó a mí.

–No. Ya no.

–¿Y él quiere acostarse contigo?

–Jamie –dijo Alex– sabe cuándo tiene que parar. Mira,

Olivia... Jamie y yo... somos un par de bobos cuando estamos juntos. Sé que podemos ser muy tontos.

Yo los había visto juntos, y sabía que había algo más que una amistad entre ellos. Siempre lo había habido, y siempre lo habría. Y, al contrario que Anne, yo no estaba segura de poder quedarme mirando lo que pasaba.

–¿Cam es tuyo?

Alex no dijo nada, aunque se quedó boquiabierto. Cabeceó y se pasó una mano por el pelo, y terminó agarrándose la nuca. Se paseó de un lado a otro.

–No. Cómo... Mierda, no. Ese niño es de Jamie.

–Se parece a ti.

Alex se giró para mirarme.

–No es mío.

–¿Estás seguro?

–Tendría que contar los meses –dijo él, casi de un modo sarcástico–, pero sí, estoy bastante seguro. Y, aunque fuera mío, Olivia... ese niño no es mi hijo.

A mí se me escapó un quejido.

–¿Cómo puedes decir eso?

–Tú, precisamente, deberías entenderlo.

Entonces se me cayeron las lágrimas por las mejillas, y él se alarmó.

–Olivia...

–No puedo hacer esto, Alex. Pensé que podría. Pensé que no me importaría, pero me importa.

Él exhaló un suspiro.

–No lo entiendo.

Yo me quité el anillo y se lo tendí en la palma de la mano. Él se quedó mirándolo. Yo vi que tragaba saliva, pero no hizo ni el más mínimo movimiento para tomar el anillo.

–Pensaba que contigo sería distinto. Quería que lo fuera.

–Es diferente conmigo –dijo él–. Tú sabes que lo es.

—No lo suficiente —repliqué yo, y dejé el anillo en la mesa.

—¿Estás rompiendo conmigo?

Alex se puso muy tenso. Sus ojos se volvieron fríos, y apretó los puños a ambos lados del cuerpo.

—¿Me dejas por algo que te hizo otra persona? ¿Por las mentiras que te contó otro? ¿Me vas a hacer pagar los pecados de otro? Yo nunca te he mentido —dijo Alex en un tono glacial—. Lo sabes todo sobre mí. Y pensé que... pensé que me entenderías. Que tú, precisamente, ibas a entenderme.

—¿Pensabas que podría querer a otro hombre gay porque quise a Patrick? —le pregunté—. ¿Pensabas que todo iba a ser tan fácil?

—Pensaba —respondió él— que podrías quererme a mí.

—Siempre me preguntaría si yo soy suficiente.

No me sentí orgullosa al ver que mis palabras lo habían destrozado. Alex dio un paso atrás, hacia la puerta. Vi sus pies descalzos. No podía soportar mirarlos.

De repente, todo había quedado desnudo entre nosotros. Terriblemente desnudo.

Alex se detuvo con la mano en el pomo de la puerta.

—Acostarme con hombres no me convierte en gay, del mismo modo que acostarme con mujeres no me convierte en heterosexual. Puedes confiar en mí, o no confiar. Yo no puedo hacer otra cosa que quererte, Olivia.

—Te envidio —le dije.

—¿Por qué?

—Porque sabes exactamente quién eres. Y yo no tengo ni idea de quién soy.

—Pero... ¿cómo puedes pensar de verdad que no eres suficiente?

—Porque nunca lo he sido —dije—. Nunca he sido suficiente de una cosa ni de la otra. No sé cómo ser suficiente, Alex. No sé quién soy, ni quién debería ser.

Alex se acercó a la mesa y tomó el anillo. Me lo puso en la mano y cerró el puño alrededor de mis dedos.

—Entonces, deja que te ayude a averiguarlo.

Sombras y luz. Verdad y mentiras. Yo no quería que aquello terminara, ni él tampoco.

—No tienes por qué elegir, ¿sabes? —me dijo al oído, antes de besarme la garganta, la clavícula, el pecho. Tiró de uno de mis pezones con los labios, y yo suspiré—. No tienes por qué ser solo una cosa, Olivia.

—No estoy segura de si podría serlo, aunque lo intentara —dije yo, mientras le acariciaba el pelo—. Pero, ¿y tú?

Él sonrió, y se apoyó sobre un codo. Pasó la mano por mi vientre desnudo.

—Te he elegido a ti. He sido un imbécil casi toda mi vida, Olivia, pero te juro que seré un imbécil fiel.

Yo me eché a reír y a llorar al mismo tiempo. El anillo brilló en mi dedo cuando le acaricié el pelo una vez más.

—Confío en ti.

—Bien.

—Pero el resto... lo de casarnos en una iglesia, o...

—Nos casaremos cuando tú quieras, y donde quieras. En eso soy muy fácil.

Yo levanté un poco las sábanas y miré su erección en broma.

—Eres fácil sin más.

—Sí —dijo él, y me besó suavemente, y después un poco más fuerte, mientras me acariciaba.

Yo lo detuve un instante, lo justo para poder tomar su cara entre las manos y mirarlo a los ojos.

—¿Recuerdas cuando me dijiste que esto sería más fácil?

—Sí.

—Siento que no lo sea.

Alex me pasó el dedo por el estómago, y después posó la palma de la mano sobre él.
—Yo no.
—¿No?
—No. No hay nada que merezca la pena y sea fácil a la vez.
—Vaya, eres un filósofo.
Él me besó en el estómago, justo en el lugar que acababa de acariciarme.
—Digamos que me he pasado mucho tiempo estropeando las cosas. No quiero hacerlo más. Quiero que esto funcione.
—Yo también.
Me besó de nuevo, suavemente, sobre el ombligo.
—Trato hecho.
—Eso me gusta —susurré yo—. Hazlo otra vez, un poco más abajo.
Él me complació. Entonces siguió bajando, hasta que me mordisqueó el muslo. Después me lamió el clítoris e hizo que yo me retorciera, y me mantuvo inmóvil mientras me besaba, me acariciaba y me succionaba. Pero no permitió que yo llegara al orgasmo.
Eso lo dejó para después, cuando estaba dentro de mí, apoyado sobre las manos para no aplastarme. Lo besé, y probé su sudor. Sabía bien.
Más tarde, cuando hubimos terminado, me tumbé boca arriba y miré al techo.
—Te quiero, Alex.
Él me respondió con la voz somnolienta.
—Yo también te quiero. Todo va a salir bien, Olivia. No importa lo que pase, saldrá bien. ¿De acuerdo?
Ya estaba dormido cuando yo me levanté de la cama y tomé la cámara de la cómoda. Alex no se movió cuando le hice la primera fotografía, ni la segunda. Sin embargo, se movió cuando volví a subir a la cama y sujeté la cámara

con el brazo estirado, enfocando hacia abajo, haciendo clic para capturar aquel momento.

Había sombras, así que estábamos a medias en la luz, y a medias en la oscuridad. Y había un borrón en una esquina, una forma que podría haber sido la de una mujer, si se la miraba de cerca. En aquella fotografía había demasiadas capas y demasiadas cosas que ver.

Alex abrió los ojos y me miró, y yo dejé la cámara en la mesilla.

Yo no tenía que decidir si era una cosa o la otra. Si era ambas cosas o ninguna. Todo y nada. Está bien luchar por encontrar nuestro lugar en el mundo, y por encontrar a una persona que nos acepte tal y como somos. Algunas veces nos vestimos con muchas capas, y esas capas solo caen al final, y nos dejan tal y como deberíamos estar.

Desnudos.

ÚLTIMOS TÍTULOS PUBLICADOS EN HQN

Crimen perfecto de Brenda Novak

Tiempos de claroscuro de Deanna Raybourn

Solo para él de Susan Mallery

Chicas con suerte de Kayla Perrin

Tirando del anzuelo de Kristan Higgins

La seducción más oscura de Gena Showalter

Un momento en la vida de Sherryl Woods

Prohibida de Nicola Cornick

Sin culpa de Brenda Novak

En sus manos de Megan Hart

Eso que llaman amor de Susan Andersen

Preludio de un escándalo de Delilah Marvelle

Días de verano de Susan Mallery

La promesa de un beso de Sarah McCarty

Los colores del asesino de Heather Graham

Deshonrada de Julia Justiss

www.ingramcontent.com/pod-product-compliance
Lightning Source LLC
LaVergne TN
LVHW030337070526
838199LV00067B/6315